Patrizia Zannini

Commissario Leone

und die Tränen der Madonna

Patrizia Zannini wurde in Stuttgart geboren. Sie ist ausgebildete Fotografin und studierte Werbung. Inzwischen widmet sich Patrizia Zannini ganz dem Schreiben. Sie lebt mit ihrer Familie in Stuttgart und Berlin.

Patrizia Zannini

Commissario Leone und die Tränen der Madonna

Ein Rom-Krimi

PIPER

Mehr über unsere Autoren und Bücher:
www.piper.de

Wenn Ihnen dieser Krimi gefallen hat, schreiben Sie uns unter Nennung des Titels »Commissario Leone und die Tränen der Madonna« an empfehlungen@piper.de, und wir empfehlen Ihnen gerne vergleichbare Bücher.

www.piper.de
Für direkten Kontakt und Fragen zum Produkt wenden Sie sich bitte an: *info@piper.de*

ISBN 978-3-492-50576-5

Redaktion: Franz Leipold
Satz auf Grundlage eines CSS-Layouts
von digital publishing competence (München)
mit abavo vlow (Buchloe)
Covergestaltung: Alexa Kim »A&K Buchcover«
Covermotiv: Iakov/depositphotos.com
Printed in Germany

Für meine Geschwister Manuela und Marco
Kindheit, die für immer bleibt

Hinweis:

Nichts, was Sie in diesem Roman lesen werden, ist in der Realität geschehen. Alles ist frei erfunden.

Alle handelnden (und sterbenden) Personen sind ebenso reine Erfindung.

Namensgleichheiten und Ähnlichkeiten mit lebenden oder verstorbenen Personen sind rein zufällig und nicht beabsichtigt. Das gilt vor allem für die Romanfiguren, die existierenden Organisationen angehören wie der Polizeidienstelle, der Gerichtsmedizin, der Kirche und anderen.

Prolog

An jenem Abend, an dem Ugo Santis ihn kennenlernte, wehte ein lauer Wind durch das weit geöffnete Fenster, der jedoch nicht die ersehnte Abkühlung brachte. In seiner Studentenbude unter dem Dach, in der gerade mal ein schmales Bett, ein Schreibtisch und eine Kommode Platz hatten, war es den ganzen Sommer über unerträglich heiß. Nur die frühen Morgenstunden brachten Linderung.

Seitdem er von ihm wusste, hatte sich sein Leben verändert – er selbst hatte sich verändert. Als es klingelte, hatte er ihm geöffnet. Einem Fremden. Der ihm dennoch näher war als jeder andere Mensch in dieser großen Stadt. Ungeduldig wartete er am Treppenabsatz, bis sein Besucher das letzte Stockwerk erreichte. Das Treppenhaus lag im Dunkeln, und so konnte Ugo, als er ihn das erste Mal sah, ihn dennoch nicht erkennen. Er ließ ihn eintreten. Schweigend betrachtete er den Mann im fahlen Licht seiner Schreibtischlampe und blickte in so helle Augen, dass er glaubte, sie hätten überhaupt keine Farbe. Er suchte darin nach etwas Vertrautem.

Doch da war nichts.

Außer …

Da wusste er, dass er einen Fehler begangen hatte.

Als Ugo wieder zu sich kam, vermochte er nicht zu sagen, wie viel Zeit vergangen war. Das Hemd klebte auf seiner

Haut. Er lag auf dem Boden seines winzigen Zimmers, und ihm war als läge er in einer warmen Flüssigkeit.

Was war geschehen?

Er wollte sprechen. Denken. Doch sein Kopf war leer, und er spürte nur dieses eigenartige Kribbeln in seinem Körper.

Was hat er mit mir gemacht?

Benommen versuchte er, sich aufzurichten, doch seine Beine gehorchten ihm nicht; er krümmte die Finger, aus denen jegliches Gefühl gewichen war.

Der Fremde beugte sich über ihn.

Panik machte sich in Ugo breit. Er wollte den Mann abwehren und sah dabei die tiefe Wunde an seinem Handgelenk, aus der pulsierend sein Blut strömte. Es war ein wunderschönes tiefes Rot, das er so klar und rein nie hätte mischen können. Unpassend fiel ihm dazu ein, dass die alten Meister ihr eigenes Blut unter Rot mischten, um einen besonders natürlichen Effekt zu erhalten.

»Mache dich auf den Weg, im Namen Gottes, des allmächtigen Vaters«, flüsterte der Eindringling, den er so sehnlichst erwartet hatte und der nun sein Mörder werden sollte.

»Vater?«, röchelte Ugo und spürte, wie der Fremde ihm etwas zwischen die Lippen in den Mund schob, das augenblicklich fest an seinem ausgetrockneten Gaumen kleben blieb. Es war der Moment, in dem Ugo wusste, dass er heute sterben würde. Mit jedem Schlag seines Herzens kam er dem Tod näher.

Hieß es nicht, dass sterben einfach sei? Aber das war es nicht.

Die Gewissheit, jetzt zu sterben, erschreckte ihn. Gierig tat Ugo seine letzten Atemzüge und nahm dabei den metallischen Geruch seines eigenen Blutes wahr.

»Warum?«, kam es gequält aus seiner Kehle.

»Was nicht sein darf.« Die Stimme dröhnte ohne Erbarmen.

Alles wurde hell, und plötzlich verstand Hugo das *Warum*. Es war das letzte Aufbäumen seines Bewusstseins gegen den nahenden Tod.

Der pulsierende Schmerz an seinen Handgelenken wurde schwächer, bis er gänzlich verschwand. Ugo dachte mit einer Klarheit, die er nicht für möglich gehalten hätte. Er hatte etwas losgetreten und würde es nicht mehr stoppen können. *Rosa*. Den letzten Gedanken versuchte er zu halten, doch er wand sich aus seiner Umklammerung und flog davon – und nahm ihn mit.

Ehe der Fremde ging, stöberte er in sämtlichen Büchern und Mappen. Er durchwühlte die Kommode und schaute unter das schmale Bett. Fieberhaft suchte er etwas Bestimmtes, fand es schließlich und verließ unbemerkt das kleine Zimmer, das inmitten von Rom lag. Über die in Dunkelheit liegenden Stufen eilte er nach unten. Als ihm eine Frau entgegenkam, zog er den Hut tief ins Gesicht, verließ das Haus und ging mit schnellen Schritten zur Kirche – um Buße zu tun.

Als am frühen Morgen das fröhliche Zwitschern der Vögel durch das kleine Dachzimmerfenster drang und die kühle Stunde des erwachenden Tages zelebrierte, erwachte Rosa aus einem Traum und wusste, dass etwas Schreckliches geschehen war.

Kapitel 1

Das Haus hatte Augen und Ohren. Es war weit über hundert Jahre alt und hatte unzählige Geschichten gesehen. Vor allem aber hatte es Ohren. Es war nur eine Frage der Zeit, bis jemand klingeln und nachsehen würde.

Enzo Leone öffnete die Tür und stand der alten Baronessa gegenüber. Die kleine, hagere Frau trug ein schlichtes dunkelgrünes Kleid. Ihre Lippen waren mit einem grellroten Lippenstift bemalt, die schlohweißen Haare hatte sie mit einer Reihe bunter Haarspangen festgeklemmt.

»Ach du bist es nur«, murmelte sie. »Mitunter gibt es hier oben merkwürdige Geräusche, wenn deine Eltern nicht da sind.«

»Alte Häuser machen zuweilen Geräusche, Baronessa. In diesem Fall bin ich es nur. Ich schaue hier nach dem Rechten.«

»Du weißt, warum man Geräusche hört?« Die faltige Hand der Alten legte sich kalt und trocken auf seinen Arm. Enzo kannte sie von früher. Als er noch ein kleiner Junge war, hatte er sich vor ihr gefürchtet. Sie war ihm unheimlich gewesen.

Geistergeschichten kursierten in diesem Gebäude seit ewigen Zeiten. Eine Frau soll durch das Haus gehen. Immer wieder wurde sie gesehen. Schwarz gekleidet mit weißen Strümpfen. Türen wurden zugeschlagen, obwohl kein Wind ging. Fenster standen offen, die niemand aufgemacht hatte.

»Das sind nur Geschichten, Baronessa.« Er trat einen Schritt zurück und hoffte, dass die Alte sich verabschieden würde, aber er täuschte sich.

»Es sind die Toten, die keine Ruhe finden. Irgendjemand hat sie gerufen, und nun gehen sie nicht mehr fort. Ich habe deiner Mutter von dem Weihrauch gegeben, der die Geister vertreibt, aber sie glaubt nicht an solche Dinge.« Sie machte eine wegwerfende Handbewegung.

»Mamma?«, hallte es von etlichen Stockwerken weiter unten durch das Treppenhaus, in dem es nach frisch gekochtem Espresso duftete. *»Mamma,* wo bist du?« Schritte kamen langsam näher. Eine Frau erreichte schnaufend das letzte Stockwerk.

»Oh, Commissario. Buon giorno. Ich hoffe, meine Mutter hat Sie nicht belästigt. Sie ist manchmal ein wenig verwirrt.« Die Frau strich der Alten liebevoll über die Haare.

»Aber nein«, erwiderte Enzo, der absolut nicht wusste, was er weiter sagen sollte. Er war kein Mann, der sich gut auf Plaudereien verstand.

»Da passt man einmal nicht auf, und schon ist sie auf und davon. Wer weiß, wie lange ich das noch schaffe! Komm, lass uns nach unten gehen«, lamentierte sie, nahm den Arm der alten Frau und führte sie langsam die Treppen nach unten.

»Umherirrende Geister machen niemanden glücklich«, hörte Enzo noch die Stimme der Baronessa durch das Treppenhaus schallen, ehe er erleichtert die Wohnungstür schloss.

Sein Blick fiel auf eine Fotografie, die neben der Tür an der Wand hing. Er konnte sich nicht daran erinnern, sie zuvor gesehen zu haben. Es war letztes Jahr an seinem 30.

Geburtstag. Er hatte seine Eltern abends in das Restaurant *Le Isole* in Aprilia eingeladen, einer aufstrebenden Stadt in der Nähe von Rom. Die Küche war vor allem für ihre Auswahl an *Antipasti* und *Specialità della casa* bekannt: *Supplì, Gnocchi, Polenta, Bruschetta, Cotiche con fagioli*, eine Schweineschwarte in weißen Bohnen, *Antipasto di mare, Cozze* und einige Spezialitäten mehr, die in kleinen Schalen serviert wurden. Sie hatten ausschließlich davon gegessen und die folgenden Gänge ausgelassen. Die Kellnerin hatte das Foto von ihnen gemacht. Enzo trug seinen beigefarbenen Anzug und ein weißes Hemd. Die Hände hatte er zur Hälfte in den Hosentaschen. Seine dunklen, fast schulterlangen Haare waren wie immer etwas durcheinandergewirbelt. Seine Eltern lachten, er jedoch schaute ernst und abwesend. Er lachte selten auf Bildern und wusste, dass er es auch sonst nicht sehr oft tat. Erst kürzlich hatte Olivia zu ihm gesagt, dass er einen Hang zur Melancholie hätte. Und wer könnte es besser wissen als Olivia, seine Assistentin, mit der er die meiste Zeit des Tages auf der *Questura* verbrachte. Seine Mutter, die nur wenig kleiner war als er, stand in der Mitte zwischen seinem Vater und ihm. Ihre blonden Haare hatte sie nach oben gesteckt. Sie trug ein helles Kleid mit großen bunten Blumen, das ihr gerade bis zu den Knien reichte. Im Gegensatz zu seinem Vater wirkte sie beinahe jugendlich. Sein Vater war groß gewachsen, der Kopf kahl, und er trug einen dünnen Oberlippenbart.

Enzo Leone ging zurück auf die Dachterrasse und gab den Blumen und Kräutern in den Terrakottatöpfen eine weitere Kanne Wasser. Wer wusste schon, wann er wieder hier sein würde? Und die Pflanzen hatten schon genug gelitten. Es war erst Anfang Juni, aber bereits derart heiß, dass man erahnen konnte, wie der Sommer noch werden würde. Dann verschloss er die Fensterläden und verließ das große Wohnhaus, das inmitten von Rom lag, in Richtung *Questura.*

»Sie hat geweint.« Signora Gaeta beugte sich weit über seinen Schreibtisch und kam ihm gefährlich nahe.

Enzo Leone widerstand dem Impuls, vor ihr zurückzuweichen, und blickte zur Tür, in deren Rahmen Ispettore Rossi lehnte und mit den Schultern zuckte. Was so viel heißen sollte wie: »Sie ließ sich nicht aufhalten.« Enzo verstand.

Signora Gaeta war nicht das erste Mal bis zu ihm vorgedrungen. Niemand auf der *Questura* schien in der Lage zu sein, diese Frau aufzuhalten. Nicht einmal Ispettore Rossi – und das sollte etwas heißen.

»Und was ist es diesmal?«, wollte Enzo wissen und konnte nicht verhindern, dass seine Stimme einen genervten Unterton annahm. Zweimal an einem Tag, das war selbst ihm zu viel und er fragte sich, was der Tag noch bringen würde. Es schien, als würde er heute die alten Frauen Roms anziehen. Kein gutes Omen, schoss es ihm durch den Kopf.

»Blut, *Commissario* – sie weint blutige Tränen.«

Normalerweise würde Enzo bei dieser Aussage aufhorchen. Doch er kannte Signora Gaeta nur allzu gut. Immer wieder kam sie mit irgendeinem unsinnigen Anliegen.

»Und wer genau weint?«, fragte er ohne besonderes Interesse.

»Die Madonna.«

Enzo stöhnte innerlich auf. Rasch warf er einen Blick auf seine Armbanduhr. Gleich zwölf Uhr. Er wusste, dass er seine Mittagspause nun in der Kirche verbringen würde. Widerwillig kam er hinter seinem Schreibtisch hervor. »Dafür wird sich bestimmt eine Erklärung finden, *Signora.«* Er nahm sein Jackett vom Haken.

Die Alte folgte ihm mit kleinen, aufgeregten Schritten.

»Wollen Sie mit?«, fragte er Ispettore Rossi, der immer noch in der Tür stand. Etwas Schelmisches lag in seinem Lächeln.

»Ein Wunder? Das lasse ich mir nicht entgehen, *Commissario«*, antwortete er und setzte seine blaue Uniformmütze auf, die ihm augenblicklich ein strenges Aussehen verlieh. Und wie so oft war Enzo froh, dass er selbst in Zivil unterwegs sein konnte.

»Wir sind kurz weg!«, rief er beim Hinausgehen Olivia Greco zu, die seinen letzten Bericht in Form brachte, nur kurz aufblickte und nickte.

Sie traten vor die *Questura.* Die Luft flirrte über dem heißen Asphalt. Zu Fuß würden sie die Kirche schneller erreichen als mit dem Wagen.

Ein paar Passanten blickten neugierig zu ihnen herüber, als sie hinter Signora Gaeta über die beinahe menschenleere Piazza liefen. Sie mussten ein seltsames Bild abgeben. Die kleine untersetzte Frau trug eine schmutzige Schürze über einem wollenen Rock; ihre dunklen Strümpfe, die schon bessere Tage gesehen hatten, hingen erschlafft an ihren Knöcheln. Enzo kannte sie seit seiner Kindheit, als er noch in Rom gewohnt hatte. Erst nach dem Studium war er nach Nettuno gezogen. Direkt ans Meer. Bis heute arbeitete sie einmal die Woche bei seinen Eltern, wusch und bügelte die Wäsche. Das war für ihn auch die Erklärung, warum sie ihm gegenüber eine solche Penetranz entwickelt hatte. Und wohl auch dafür, warum er ihr ständig nachgab.

Eine Viertelstunde später stiegen sie die alten Stufen der unscheinbaren romanischen Basilika empor und betraten den kühlen Vorraum der Kirche. Enzo stippte mit dem Zeigefinger in das Weihwasserbecken und bekreuzigte sich, ehe er sich umblickte. Wunderschöne Mosaiken und herrliche Fresken verzierten die Wände. Gold suchte man hier vergeblich. Es war nicht die Pracht, die hier beeindruckte, es war vielmehr die Schlichtheit, die der Kirche eine nahezu überirdische Atmosphäre verlieh.

»Wo ist der Pfarrer?«, fragte Enzo leise.

»Don Salvino? Der ist gestern zu seiner kranken Tante nach Rieti gefahren«, antwortete Signora Gaeta und führte die beiden Polizeibeamten zu der seitlichen Altarnische, wo bereits der Küster auf sie wartete, ein hagerer Mann mittleren Alters. Er hatte ein kantiges, fast knochiges Gesicht, war unrasiert und wirkte ungepflegt. Seine Augen lagen tief in den Höhlen. Den linken Ärmel seiner zerknitterten Jacke hatte er nach oben geschoben und entblößte eine große Tätowierung auf dem behaarten Unterarm: betende Hände, umwickelt von einem Rosenkranz mit dicken Dornen. Unruhig tippelte der Küster von einem Fuß auf den anderen. Seine Nervosität schien sich noch zu steigern, als Enzo ihn mit einem schlichten *Buongiorno!* begrüßte.

Signora Gaeta schob den Mann grob zur Seite. »Enzo, du weißt ja, dass ich hier immer wieder nach dem Rechten sehe. Heute Morgen wollte ich die heruntergebrannten Kerzen herausnehmen, als ich das Blut sah. Schau selbst.«

Enzo sah sich um. Das Kirchenfenster warf bunte Muster auf den hellen Steinboden. Es roch nach warmem Kerzenwachs und Weihrauch. Links von ihnen stand die mannshohe Statue aus weißem Marmor. Gesicht, Gewand und Haar der Madonna – jedes noch so kleine Detail war fein herausgearbeitet. Über das Gesicht der Madonna liefen zwei feine rote Rinnsale.

»Sie sieht traurig aus«, bemerkte Ispettore Rossi nach einer Weile. Seiner Stimme konnte Enzo keine weitere Deutung entnehmen.

»Es wird eine plausible Erklärung dafür geben.« Aber Rossi hatte recht. Die Madonna sah traurig aus.

Ein angenehm kühler Windzug blies durch die kleine Altarnische und löschte die wenigen noch brennenden Opferkerzen auf der Kerzenbank. Erschrocken fuhr Signora Gaeta zusammen und bekreuzigte sich hastig.

Enzo legte eine Hand auf die Schulter der alten Frau. »Das war nur der Wind, *Signora.*«

»Manchmal geschehen Wunder, *Commissario.*« Sie hielt kurz inne, ehe sie weitersprach. »Und was sollen wir nun tun? Don Salvino ist doch heute nicht da. *Dio mio,* ausgerechnet heute!«

Ispettore Rossi machte mit seinem Handy ein paar Aufnahmen von der Statue. Anschließend nahm er mit einem Abstrichstäbchen eine Probe des Blutes vom marmornen Gesicht der Madonna.

»Hier ist auch Blut«, sagte Rossi und zeigte auf einen kleinen verwischten Fleck am Boden zu Füßen der Statue.

»Ich fürchte, da hat sich jemand einen Scherz erlaubt«, seufzte Enzo. Irgendein Witzbold hatte die Tränen auf das Gesicht gepinselt, und dabei war Farbe auf den Boden getropft.

Vorsorglich nahm Ispettore Rossi auch davon eine Probe.

»Sie können das nun wegwischen. Wir wollen schließlich nicht, dass es hier zu einem Menschenauflauf kommt.« Enzo Leone sah Signora Gaeta eindringlich an. »Wir schicken die Proben zur Analyse ins Labor, und es wird sich herausstellen, dass es nichts weiter ist als rote Farbe.«

Ispettore Rossi roch an der rotgefärbten Spitze des Stäbchens. Zweifelnd blickte er Enzo an und räusperte sich. Ispettore Rossi war seit über vier Jahrzehnten im Polizeidienst, und wenn er eines konnte, dann Blut von Farbe unterscheiden. »Das ist keine Farbe, *Commissario.«*

Enzo ignorierte die Aussage des Inspektors und wandte sich abermals an Signora Gaeta. »Mehr können wir im Moment nicht tun. Machen Sie einfach Ihre Arbeit hier zu Ende und erzählen Sie am besten niemandem davon. Und vor allem – beruhigen Sie sich, *Signora.«* Das würde ihm noch fehlen, dass sich hier mitten in Rom eine Pilgerschaft auf den Weg machte, um die Blut weinende Madonna zu sehen.

»Sie werden mich doch auf dem Laufenden halten, *Commissario?«* Sie schaute ihn fragend an, worauf Enzo zögerlich nickte.

Als er neben Ispettore Rossi das Eingangsportal erreichte, hörte er erleichtert, wie Signora Gaeta den Küster anwies, das Blut wegzuwischen. So wie es aussah, hatte die Alte in der Abwesenheit des Pfarrers das Regiment übernommen.

Sie verließen die Kirche, und sofort hüllte die Hitze sie ein. Es war noch heißer geworden. Dass es gestern geregnet hatte, konnte man sich nicht mehr vorstellen.

»Komisch ist das aber schon.« Ispettore Rossi blickte zurück zur Kirche.

»Es gibt viele Madonnen, die weinen, und immer hat der Mensch seine Finger im Spiel.« Im Laufe der Jahre, die Enzo Leone Kriminalbeamter war, hatte er eines gelernt:

Für alles gab es eine Erklärung, meist sogar eine recht simple. Was sollte es anderes sein als ein dummer Jungenstreich?

»Aber gesehen habe ich noch keine«, ließ Ispettore Rossi nicht locker, während er die beiden Proben in seiner Tasche verstaute.

Auf dem Weg zurück zur *Questura* beschlossen sie, in eine Café-Bar zu gehen. An der Theke bestellte Enzo einen *Tramezzino,* weiche Toastscheiben ohne Rinde, dick belegt mit Rucola und Mozzarella und viel Mayonnaise.

Die Straßen waren beinahe menschenleer. Selbst den Touristen war die Hitze in der Mittagssonne zu viel. Enzo beobachtete seinen Kollegen, der sich lachend mit dem *Barista* am Tresen unterhielt. Ispettore Rossi war eine imposante Erscheinung. Er war groß und durchtrainiert. Sein Gesicht und sein kahler Kopf waren braungebrannt. Er fuhr jedes Wochenende mit seinen Enkeln ans Meer. In *San Felice Circeo* – wo einst Odysseus auf Circe getroffen war – hatte er auf einem Campingplatz ein Wohnmobil stehen. Gerade mal hundert Kilometer von Rom entfernt, fand man dort noch ein sauberes Meer mit klarem Wasser.

Wieder einmal mehr wurde ihm bewusst, dass Ispettore Rossi bereits nächstes Jahr in Pension ging. Ein Umstand, den Enzo sehr bedauerte. Durch ihn hatte er viel gelernt. In ihm hatte er einen loyalen Kollegen. Ihn konnte er in alles einweihen, auf ihn konnte er sich verlassen, und vor allem war er verschwiegen. Jahrelange Arbeit und Erfahrung hatten Rossi wachsam und überlegt werden lassen. Letzteres fehlte Enzo zuweilen, war er doch selbst hitzköpfig.

Enzo Leone war erst vor ein paar Jahren in den Polizeidienst eingetreten und hatte seitdem eine steile Karriere hingelegt, obwohl er zunächst ein anderes Ziel hatte. Er hatte Jura studiert. Ein Wunsch seines Vaters, dem er damals nachgegeben hatte. Als er dann in seinem Büro vor den Akten saß, langweilte er sich; schließlich entschloss er sich, in den Polizeidienst zu wechseln. Mit seinem abgeschlossenen Jurastudium standen ihm alle Türen offen. Er wollte das Übel auf der Straße – an der Wurzel – bekämpfen. Ein Bürojob, das wusste er bereits nach wenigen Monaten in der Anwaltskanzlei, war nichts für ihn.

»Fertig?«, holte Rossi ihn aus seinen Gedanken.

»Ich nehm noch ein *Tramezzino* für Olivia mit.«

»Die Mayonnaise ist nicht vegan, das isst sie nicht«, gab Rossi zu bedenken.

»Stimmt.« Enzo bestellte ein *Panino* mit gegrilltem Gemüse. Als er das Rückgeld in die Tasche steckte, brummte sein Handy. Es war Olivia Greco. »Bringt mir was zu essen mit und beeilt euch, ihr werdet schon erwartet.«

Kapitel 2

»Dottore Bastino hat mehrmals versucht, dich zu erreichen«, rief Olivia Enzo entgegen, als sie die *Questura* betraten. Sie reichte ihm einen kleinen Zettel, auf dem eine Adresse stand. »Du sollst gleich zu ihm kommen.«

»Um was geht's?«, wollte Enzo wissen und gab ihr das Brötchen.

»Hat er nicht gesagt.« Olivia wickelte das braune Papier von dem *Panino.* »Ah, *grazie,* Enzo. Mit Gemüse.«

Ein Mord. Warum auch sonst sollte der Gerichtsmediziner ihn an einen Tatort rufen?

Ispettore Rossi zog wortlos Mütze und Jacke wieder an und folgte Enzo. Die Adresse lag in der Nähe der Piazza Navona, die sie ebenso zu Fuß hätten erreichen können. Doch Enzo wollte nicht noch mal in der brütenden Hitze durch Rom laufen und schlug vor, den Wagen zu nehmen.

Eine Menschentraube drängelte sich vor dem Eingang des Hauses.

»Hier gibt es nichts zu sehen! Und wenn ich jemanden beim Fotografieren erwische, werde ich ihn in die heißeste Zelle der *Questura* stecken.« Ispettore Rossi schien genervt. Aus dem Augenwinkel sah Enzo, dass die Drohung Wirkung zeigte und die Gaffer langsam weitergingen.

Am Türschild standen unzählige Namen. Sergente Marino, ein gut aussehender Bursche mit kantigem Kiefer und einer adretten Uniform, kam ihnen entgegen. *»Commissario!* Es ist ganz oben! Schlimme Sauerei. So viel Blut habe ich noch nie gesehen«, sagte der junge Polizist, dessen Gesicht jegliche Farbe verloren hatte.

»Bleiben Sie besser hier unten. Wir finden den Weg alleine.«

»Dass es immer ganz oben sein muss«, stöhnte Enzo und stieg hinter Ispettore Rossi die Treppen hinauf.

»Marino!«, brüllte Dottore Franco Bastino, der ihnen entgegenkam.

»Buon giorno, Dottore«, begrüßte Enzo den Gerichtsmediziner. »Sergente Marino haben wir nach unten geschickt.«

»Besser für ihn, ist seine erste Leiche. Hoffen wir mal, dass er sich daran gewöhnt. Frauen stellen sich nicht so an.«

Dottore Franco Bastino, der Leiter der Gerichtsmedizin, war ein beleibter Mann Anfang 60. Die grauen Haare trug er kurz geschoren. Seine Launen waren gefürchtet. Nicht selten fluchte er und vor allem duldete er keine Unregelmäßigkeiten. Dennoch mochte Enzo den bärbeißigen Gerichtsmediziner und schätzte seine Empathie, die er den Toten entgegenbrachte.

»Zieht die Überzieher an! Die Spurensicherung ist noch nicht fertig«, wies er die beiden an. Was sie augenblicklich taten. Dann folgten sie ihm in das kleine Zimmer am Ende des Flurs. Dottore Bastino war ein Perfektionist, der am liebsten jeden Tatort für ein paar Stunden ganz für sich allein hatte, bevor jemand anderes ihn verunreinigen konnte. »Am Tatort«, hatte er ganz zu Beginn von Enzo

Leones Karriere zu ihm gesagt, »werden die Fehler gemacht, die nicht korrigierbar sind.«

In dem Raum war es stickig, und der Geruch von geronnenem Blut tat sein Übriges. Enzo musste schlucken.

»Todeszeitpunkt war vor etwa zehn bis zwanzig Stunden. Genauer kann ich dir das bei der Hitze noch nicht sagen. Sieht wie Selbstmord aus. Die Pulsadern sind aufgeschnitten.«

Noch ehe Enzo fragen konnte, warum er ihn dann gerufen hatte, sprach Bastino weiter. »Aber da gibt es ein paar Unregelmäßigkeiten, die nicht zu einem Selbstmord passen. Enzo, hier stimmt was nicht. Der Junge hat sich einen Tee gemacht. Den hat er aber nicht angerührt – und dann schneidet er sich mit einer Rasierklinge die Pulsadern auf?«

»Du weißt, dass oft ...«

Franco Bastino unterbrach ihn barsch. »Hier stimmt was nicht!«

Enzo Leone kannte den Gerichtsmediziner nur zu gut und widersprach ihm nicht. Selten lag Bastino falsch. Enzo schaute sich im Zimmer um. Auf einem kleinen Schreibtisch lag ein aufgeschlagenes Buch. Daneben ein Blatt Papier mit Notizen. Das Zimmer sah nett aus, gemütlich, wenn es auch recht klein war. Der Platz reichte gerade mal für ein Bett, eine Kommode und den kleinen Schreibtisch. An den Wänden hingen unzählige Skizzen.

Damit sie sich nicht in der Enge des Zimmers auf die Füße traten, schickte Enzo Rossi zu den Nachbarn, um diese zu befragen.

Er hat gelernt. Hat sich einen Tee gemacht. Enzo sah zu einem der Männer von der Spurensicherung. »Kann ich?«, fragte er und zeigte auf die Tasse.

Der Mann im weißen Overall nickte. »Wir sind hier durch.«

Enzo zog sich die Einweghandschuhe über, nahm die volle Tasse und roch an dem erkalteten Tee. Pfefferminze. Er stellte sie zurück und betrachtete die begonnene Zeichnung einer jungen Frau; daneben lagen ein Bleistiftstummel und ein Radiergummi.

Eben ist alles noch ganz normal. Er zeichnet, macht sich einen Tee. Und einen Augenblick später ist nichts mehr so, wie es sein sollte.

Dottore Franco Bastino hatte recht, hier stimmte etwas ganz und gar nicht.

»Ganz schön heiß hier oben«, stöhnte Ispettore Rossi, der von den Befragungen zurückkam. Schweißperlen standen ihm auf der Stirn.

»Und?« Enzo schaute ihn fragend an.

»Viele sind nicht zu Hause. Und die anderen haben weder was gesehen noch gehört.«

Enzo trat an den Toten heran, der in der Mitte des Raumes auf dem marmornen Boden lag. Selten hatte er so viel Blut gesehen. Er war jung. Zwanzig, vielleicht jünger. Die Pulsadern waren längs der Adern durchgeschnitten. Was ungewöhnlich war. Durch das verkrustete Blut konnte er erkennen, wie tief die Schnitte waren.

»Was wissen wir über den Toten?« Enzo schaute Rossi an.

»Sein Name ist Ugo Santis. 22 Jahre alt. Er war Student an der *Accademia di Belle Arti* und wohnt seit fast zwei Jahren hier«, las Ispettore Rossi seine Notizen vor. »War ein angenehmer Nachbar. Machte weder Lärm noch Dreck. Er bekam wohl nie Besuch.«

»Wer hat ihn gefunden?«

»Mauro Pisani, ein Mitbewohner. Hier wohnen vier weitere Studenten. Jeder hat sein eigenes Zimmer. Er hat sich gewundert, weil Ugo Santis noch nicht zur Uni gegangen war, und wollte nachsehen.«

»Mit was hat er sich die Pulsadern aufgeschnitten?« Enzo wandte sich an den Gerichtsmediziner.

»Mit einer ganz normalen Rasierklinge«, antwortete Dottore Bastino.

»Wer braucht denn heutzutage noch Rasierklingen?«, wunderte sich Enzo laut. »Gibt es zu der Klinge einen passenden Rasierer im Badezimmer?«

»Fehlanzeige«, erwiderte Bastino.

»Irgendwelche Verwandte, die wir anrufen müssen?«, wollte Enzo von Ispettore Rossi wissen.

»Konnte ich nicht in Erfahrung bringen«, antwortete Rossi.

»Und sein Handy?«

»Ist gesperrt.«

Enzo Leone begann, systematisch das Zimmer zu durchsuchen. Wie so oft offenbarte es ihm viele Details über den Menschen, der darin gelebt hatte. Alles hier war schlicht und ordentlich. Vor dem Fenster blieb er stehen und blickte direkt auf das Nachbarhaus. Es war dunkel. Vielleicht hatte jemand aus den Nachbarwohnungen etwas gesehen?

»Wo hat er sich den Tee gemacht?«, fragte Enzo und drehte sich zu Rossi um.

»Küche und Bad teilte er sich mit den anderen Bewohnern«, antwortete Ispettore Rossi.

Enzo blickte zu den Männern der Spurensicherung. »Seid ihr ...«

»Schon erledigt, *Commissario*«, antwortete einer von ihnen.

Er schaute in die Schubladen einer antiquierten Kommode. Alles darin war ordentlich verstaut. Auf der Kommode lag ein Buch über Michelangelos David. Daneben ein grobporiger rötlicher Stein. Enzo nahm ihn in die Hand.

»Tuffstein«, sagte Rossi, »könnte aus den Katakomben sein.«

Enzo legte den Stein zurück und blätterte durch die Seiten des Skizzenblocks.

»Der Junge hatte was drauf«, bemerkte Ispettore Rossi, während er die Zeichnungen betrachtete.

Die Skizzen erinnerten Enzo daran, wieder einmal nach Florenz zu fahren. Er könnte Clara besuchen, seine langjährige Freundin – Exfreundin. Vor einem Jahr hatten sie sich in aller Freundschaft getrennt. Sie hatte ihn verlassen. Enzo hatte die Trennung nie gewollt. Doch wenn er ehrlich war, hatte sie nicht unrecht gehabt – damals. Clara wollte eine Familie; sie sprach von Kindern und davon, dass ihr die Zeit davonlief. Aber er war noch nicht so weit und er schloss nicht aus, dass er nie so weit sein würde. Er hatte zu viel Schlechtes in der Welt gesehen. Eines Tages hatte sie ihn verlassen und war nach Florenz zu ihrem Bruder gezogen, der dort Pfarrer einer großen Gemeinde war.

»Ich bin fertig«, unterbrach Dottore Bastino Enzos Gedanken. »Kurz zusammengefasst: Auf den ersten Blick habe ich keine äußeren Verletzungen gefunden. Abgesehen von den Schnittwunden natürlich, die wahrscheinlich zum Tod durch Verbluten geführt haben. Mehr kann ich dir sagen, wenn ich ihn auf dem Tisch habe.« Dottore Franco Bastino war bereits beim Hinausgehen. »Vielleicht täusche ich mich auch. Aber eher unwahrscheinlich.«

»Melde dich!«, rief Enzo ihm hinterher.

»Morgen Mittag – spätestens.«

»Ich werde allmählich zu alt für diese Arbeit.« Ispettore Rossi seufzte und wischte sich den Schweiß von der Stirn. »Glauben Sie auch, dass es Mord war?«

Enzo Leone überlegte einen Augenblick. *Was glaubte er?* »Morgen wissen wir mehr.« Er zögerte. »Haben Sie jemals so viel Blut gesehen?«

»Er schien wie ausgeblutet«, antwortete Rossi mit gedämpfter Stimme.

Sergente Marino, der wieder nach oben gekommen war und den Tatort absicherte, salutierte, als sie die Wohnung verließen. Er war immer noch blass um die Nase.

Enzo atmete tief durch. Im Treppenhaus roch es nach Putzmittel. Kernseife und Chlorbleiche. Auf halber Höhe kam ihnen eine Frau entgegen.

Ispettore Rossi hielt sie auf. *»Scusi Signora,* wohnen Sie hier?«

Erschrocken stellte die Frau ihren Einkaufskorb auf die Treppe. *»Sì,* im vierten Stock! Ist was passiert?«

»Kennen Sie Ugo Santis? Er wohnt in der Wohngemeinschaft in der obersten Etage.« Ispettore Rossi holte seinen Notizblock aus der Tasche.

»Wissen Sie, die Studenten kommen und gehen. Haben es immer eilig, aus dem Haus zu kommen. Aber Ugo, der hat mir manches Mal eine Einkaufstüte nach oben getragen. Ein netter junger Mann«, erwiderte sie hastig, als müsse sie Ugo Santis vor der Polizei in Schutz nehmen.

»Ist Ihnen gestern Abend oder heute Nacht etwas Ungewöhnliches aufgefallen?«, fragte Enzo. Er schätzte die Frau auf Ende 50. Sie war groß und schlank.

»Gestern? Warten Sie – aber natürlich. Es war gegen zwei Uhr nachts. Ich kam gerade von der Arbeit. Wissen

Sie ich bin Nachtschwester. Jedenfalls kam mir ein Mann entgegen. Er hatte es sehr eilig. Wissen Sie, in diesem Haus kennt jeder jeden. Es war ein Fremder. Und wissen Sie was – ich habe mich sehr unwohl in seiner Nähe gefühlt. Es war geradezu unheimlich, und ich habe mich beeilt, in meine Wohnung zu kommen.«

Beinahe euphorisch fragte Enzo, ob sie den Mann beschreiben könne.

»Es war bestimmt ein Mann. Ganz bestimmt! Er war dunkel gekleidet. Ich konnte kein Gesicht erkennen. Wissen Sie, das Licht im Treppenhaus ist defekt. Ich hab schon so oft dem Hausmeister gesagt, dass er das reparieren soll ...« Sie unterbrach ihren Redefluss, als hätte sie jetzt erst verstanden, was die Fragerei über den Jungen bedeuten konnte. »Was ist denn mit Ugo?«

»Wir können Ihnen nichts weiter dazu sagen. Halten Sie sich aber bitte für weitere Befragungen bereit«, erklärte Enzo und wartete, bis Rossi ihre Personalien aufgenommen hatte.

»Ganz bestimmt«, wiederholte Enzo, als sie außer Hörweite war. »Zeugen, die *ganz bestimmt* sagen, das sind mir die liebsten.«

Im gleichen Augenblick, als sie das Haus verließen, fuhr der Leichenwagen vor, um den Toten zu Dottore Bastino ins Gerichtsmedizinische Institut zu bringen.

Morgen würden sie mehr wissen.

*

Beinahe hätte er die Suche aufgegeben. Er blätterte durch Bücher und Mappen, überflog Skizzen und Zeichnungen. Nirgendwo hatte er den Brief finden können. Aber es musste einen Beleg geben, irgendein Schriftstück – und er hatte Glück. Warum war er nicht gleich darauf gekommen? Im Portemonnaie. Die wichtigsten Dinge wurden darin aufbewahrt. Bilder von Kindern, Ehefrauen und Geliebten, von Heiligen. Geheime Liebesbriefe.

Du hast alles richtig gemacht.

Ehe er den Bus nahm, ging er für ein kurzes Gebet in die Kirche – um Buße zu tun. Dann fuhr er in den kleinen Ort in den Bergen, wohin er sich zuweilen zurückzog, um sich ein paar Tage Ruhe von der Großstadt zu gönnen. Dort mietete er in den frühen Morgenstunden ein schlichtes Zimmer in einer Herberge und nahm den Brief aus der Tasche, entfaltete ihn und strich das Papier glatt. Laut las er seinen Namen, der merkwürdig fremd klang.

Auch wenn er wusste, dass er dort nichts erfahren würde, wollte er es nicht unversucht lassen und wählte die Nummer, die im Absender stand.

Wie vermutet, erhielt er keine Auskunft. Er würde einen anderen Weg finden. Es musste einen anderen Weg geben! Er trennte die angeheftete Visitenkarte eines gewissen Dottore Vittorio Pandolfi ab. Via Aurelia in Rom. Auch dort rief er an. Nach endlosem Klingeln hörte er schließlich eine freundliche Frauenstimme, die ihm mitteilte, dass Dottore Pandolfi schon seit etlichen Jahren nicht mehr praktizierte.

Er tat die Visitenkarte in sein Portemonnaie. Dann zerriss er den Brief und legte die Papierfetzen in die Porzellanschale, die zur Zierde auf dem einfachen Holztisch stand, entzündete ein Streichholz und hielt es an das Papier, das mit gelber Flamme Feuer fing, glühte und schwarz wurde. Übrig blieb ein Häufchen weiß-grauer Asche, das er lange anstarrte.

Als er seine Hose auszog, bemerkte er einen kleinen roten Fleck. Rot wie das Blut, das aus dem Jungen herausgeflossen war, unaufhaltsam, bis zum letzten Atemzug. Dieser unglückselige Sünder. Beharrlich wusch er den Flecken aus, wieder und wieder, bis an der Stelle die Farbe des Stoffes gänzlich verschwunden war. Dann legte er die Hose über die Lehne des Stuhles und stellte sie zum Trocknen in die Sonne.

Von seiner ersten Sünde war er reingewaschen. Doch wie viele waren es?

Wenige Tage später schickte er Ruffo und hielt kurz darauf die Liste in den Händen:

Es waren elf. Elf!

Es hätten mehr sein können – nur elf.

»Mea culpa!«, stieß er aus.

Du musst beenden, was du begonnen hast.

Alles war klar in seinem Kopf. Er würde nicht ruhen, ehe der letzte Name von der Liste getilgt war.

Wenn Du sie von Gottes Erdboden verbannst, wirst Du rein sein.

Kapitel 3

»*Roma Termini!*«, schallte es aus dem Lautsprecher.

Eilig verließ Enzo Leone das Abteil und stellte sich vor den Ausgang, um dem Gedränge auf dem Bahnsteig zu entkommen. Sein Spiegelbild im Zugfenster zeigte, wie schlecht er geschlafen hatte. Er hatte von einer Frau geträumt. Blut floss über ihre weißen Hände. Als er sie ansprach, sah er, dass sie aus Marmor war. Schweißgebadet war Enzo aufgewacht. Die Stunden bis zum Aufstehen hatte er im Liegestuhl auf seiner Terrasse verbracht, hatte über das Meer geblickt und die kühle Brise genossen. Er mochte seine Arbeit, aber wenn er an den schmächtigen Jungen in dem Dachzimmer dachte, fragte er sich, wie lange er es durchhalten würde. Er musste an Rossis Worte denken. *Ich werde allmählich zu alt für diesen Job.* Würde er in ein paar Jahren genauso denken?

Hinter der schönen Fassade der ewigen Stadt brodelte das Übel, quoll an allen Ecken und Enden nach außen und hinterließ seine Opfer. Drogen, Mord, Prostitution und über allem die Korruption. Die Mafia, der wie der Hydra, wenn sie einen Kopf verlor, zwei neue wuchsen, stand als sprichwörtliches Gleichnis dafür, dass jeder Versuch, das Verbrechen einzudämmen, zu einer weiteren Ausweitung führte. Es war ein ungerechter Kampf. Wieso glaubte er, etwas ändern zu können? Indem er ein paar Fälle löste?

Aber sollten sie deswegen innehalten? Alles und jeden gewähren lassen? Niemals!

Um auf andere Gedanken zu kommen, ging er im Kopf seine Termine durch. Vorrang hatte der Fall des jungen Ugo Santis. Noch hatte er keine Nachricht von Dottore Bastino bekommen. Der Gerichtsmediziner hatte sich schon manche Nacht im Gerichtsmedizinischen Institut um die Ohren geschlagen, und es war durchaus möglich, dass er schon Ergebnisse für ihn hatte.

Dann war da noch der Fall der ermordeten rumänischen Prostituierten. Seit Tagen kamen sie nicht weiter, steckten fest im stinkenden Morast von Korruption und Prostitution. In diesen Kreisen galt das Gesetz der Verschwiegenheit. Hier riskierte man es nicht, etwas zu sagen, womit man sich selbst in Gefahr brachte. Konnte er es ihnen verübeln? Wieder ein junger Mensch. Mädchen und Frauen kamen hierher, um ein besseres Leben zu finden. Stattdessen standen sie am Straßenrand, mussten ihre Körper verkaufen, warteten in der sengenden Hitze des Sommers auf Freier. Junge Frauen, Mädchen. Enzo kannte die schrecklichen Zahlen auswendig. In ganz Italien gab es laut amtlicher Schätzung etwa 120 000 Prostituierte, und davon saßen über 60 Prozent auf billigen Plastikstühlen am Straßenrand. Mehr als 30 Prozent von ihnen waren minderjährig. Die Hälfte davon wiederum waren Ausländerinnen. Sexsklavinnen, nach Italien gebracht mit dem Versprechen, hier Arbeit zu finden. Die meisten kamen aus Osteuropa: Rumänien, Albanien, Bulgarien und der Ukraine. Für 30 Euro und weniger verkauften sie ihre jungen Körper und waren auf dem Straßenstrich Kriminellen und Perversen schutzlos ausgeliefert. Am staubigen Straßenrand, vor Böschungen, übersät mit illegal entsorgtem Müll. Ganze Wohnzimmergarnituren und Kühlschränke wurden dort abgeladen. Wie sollten sie Mörder hinter Gitter bringen, wenn sie nicht einmal in der Lage waren, dem Müll Herr zu werden?

Mit düsteren Gedanken kam Enzo Leone in der *Questura* an.

Olivia telefonierte, als er sein Vorzimmer betrat. Sie deutete ihm an, zu warten.

Olivia Greco, seine Assistentin und die Sekretärin der Mordkommission, war das Herz seiner Abteilung. Was man wortwörtlich nehmen konnte. Durch sie lief alles in geordneten Bahnen, und sie wusste in der *Questura* über alles Bescheid – was Enzo nicht selten schamlos ausnutzte. Sie kannte jeden und hatte zu allen einen guten Draht. Wenn Enzo sich nicht an die Regeln hielt, was hin und wieder nicht zu vermeiden war, vor allem, wenn ihm etwas zu langsam ging und er den offiziellen Weg vermeiden wollte, feilte Olivia Greco so lange an den Berichten, drehte so lange an der Wahrheit, bis Enzo schließlich selbst glaubte, dass es so passiert war. Vor einem Jahr, an ihrem 40. Geburtstag, hatte sie sich ein kleines Tattoo stechen lassen, das man nur sah, wenn sie ihre strohblonden Haare nach oben band. Ein Semikolon. Für sie sei es ein Zeichen der Hoffnung, wie sie ihm knapp erklärte, als er fragte, was es bedeutete.

»*Buon giorno,* Enzo. Fontanello erwartet dich«, sagte sie, als sie aufgelegt hatte.

»Was ist denn jetzt schon wieder?«, stöhnte Enzo.

»Keine Ahnung. Er wollte nicht damit rausrücken.« Sie schaute ihren Boss eindringlich an. »Hast wohl nicht gut geschlafen?«

»Nicht wirklich«, antwortete Enzo.

Die Tür zu Primo Dirigente Diego Fontanellos Büro war angelehnt. Enzo klopfte.

»Avanti!«, vernahm er dessen hohe Stimme.

Enzo straffte die Schultern, als er durch die Tür ging.

»Buon giorno, Primo Dirigente.«

»Buon giorno, Buon giorno. Aber lassen wir heute diese zeitraubenden Floskeln. Setzen Sie sich! Ich habe gerade Ihren letzten Bericht gelesen.«

Enzo hatte es geahnt, irgendwas war wieder nicht in Ordnung. Er setzte sich Fontanello gegenüber auf den ledernen Stuhl und atmete tief durch.

Direkt vor ihm auf dem Schreibtisch stand ein üppiger goldener Bilderrahmen, in dem, wie Enzo wusste, eine Fotografie von Fontanellos junger Ehefrau und der gemeinsamen Tochter eingerahmt war. Obwohl Primo Dirigente Fontanello auf die 60 zuging, erschien er durch seine kleine Gestalt und drahtige Statur weitaus jünger. Seine wenigen, viel zu dunkel gefärbten Haare hatte er so über den kahlen Kopf gekämmt, dass sie diesen nahezu bedeckten und an eine längst vergangene Mode erinnerten.

»Ich muss schon sagen, wie Sie diesen Fall gelöst haben. Hat mir gefallen. Wie lange sind Sie nun schon im Morddezernat, *Commissario?«*

»Fünf Jahre werden es im Winter.« Enzo wusste nicht genau, welchen Fall er meinte, vermied es aber, danach zu fragen. Wohl wissend, dass sein Vorgesetzter noch nicht mit ihm fertig war.

»Und seit einem Jahr sind Sie *Commissario?«* Enzo folgte Fontanellos Blick und sah seine Akte neben der Tageszeitung auf dem Schreibtisch liegen. Es war also keine Frage.

»Sì, seit genau einem Jahr, *Primo Dirigente.«*

»Dann gratuliere ich Ihnen. Heute ist ein Bericht über Sie in der Zeitung.«

Enzo hatte den Artikel vollkommen vergessen und lehnte sich etwas nach vorne, um einen Blick darauf zu erhaschen.

»Jedenfalls werden Sie es hier noch zu was bringen«, erwiderte Fontanello und entließ Enzo mit einem feuchtwarmen Händedruck und einem generösen Schulterklopfen, gefolgt von den Worten: »Weiter so!«

»Und? War's schlimm?«, fragte Olivia lachend.

»Im Gegenteil. Peinlich war nur, dass ich den Artikel total vergessen hatte.« Er nahm die Zeitung, die neben Olivia auf dem Tisch lag. »Du hast das natürlich gewusst.«

Sie nickte lächelnd.

Enzo überflog den Artikel.

»Hübsches Bild von dir übrigens. Siehst aus wie der junge Johnny Depp. Nur mit dunklen Haaren. Wenn die Frauen das sehen, rennen sie uns die *Questura* ein.« Olivia lachte laut.

»Ganz nett«, erwiderte Enzo.

»Du hast keine Ahnung, wie du auf Frauen wirkst.« Sie schaute ihn immer noch lachend an. »Markantes Gesicht, dunkle Augen, vor allem dein Grübchen im Kinn. Wie nennt man das eigentlich?«

Olivias Telefon klingelte.

»Falls du mich verlegen machen willst – das schaffst du nicht«, flüsterte er, während sie den Hörer abnahm und ihn einen Augenblick später an Enzo weiterreichte. »Es ist Dottore Bastino.« Sie bewegte nur tonlos ihre Lippen.

Das Telefonat dauerte keine fünf Sekunden.

»Ich bin bei Dottore Bastino, falls jemand etwas von mir will.«

Eine knappe Stunde später betrat er das Gerichtsmedizinische Institut der Universitätsklinik.

»Bist du gelaufen?«, fragte ihn Bastino schroff. »Ich habe die Nacht durchgearbeitet, und du lässt dir ewig Zeit.«

»Es ...«, setzte Enzo an, um ihm zu sagen, dass er im Stau gestanden hatte.

»Ach was!«, unterbrach er ihn. »Lass mich nicht noch mehr Zeit vergeuden. Ich bin hundemüde.« Dottore Bastino war niemand, der sich mit unnötigem Gerede aufhielt. Er ging Enzo voraus zu dem metallenen Tisch, auf dem der Tote lag, und schob das Diktafon, das darüber hing, zur Seite. Sein Sektionsassistent, Federico Moretti, der vor allem wegen seines üppigen Bartes auffiel, nickte Enzo grüßend zu, ehe er sich wieder seiner Arbeit widmete. Leicht hatte er es bestimmt nicht mit seinem Chef.

Enzo konzentrierte sich auf das, was nun vor ihm lag. Es war eines der wenigen Dinge, die er in seinem Dienst verabscheute.

Ein grünes Tuch lag über Ugo Santis Unterleib. Kopf und Brustkorb waren unbedeckt. Dottore Bastino hatte den Y-förmigen Schnitt mit groben Stichen genäht. Enzo betrachtete bedauernd die kindlichen Gesichtszüge des Toten und wartete, dass der Gerichtsmediziner mit seinen Ergebnissen begann.

»Etwas klebte an seinem Gaumen. Wir haben es zweimal geprüft. Es besteht aus Mehl. Mehl und Wasser.«

»Mehl und Wasser? Brot vielleicht?«, überlegte Enzo laut.

Bastino schüttelte seinen runden Kopf. »Im Magen war kein Brot. Er hatte Obst gegessen, Trauben und Wassermelone. Ich kann nicht sagen, was es ist. Außerdem hat er Öl auf der Stirn und an den Händen.«

»Öl?«, wiederholte Enzo.

»Du brauchst nicht alles zu wiederholen, was ich sage«, maulte Bastino und schaute sein Gegenüber über die randlose Brille hinweg übermüdet an.

»Wenn du auch solche Aussagen machst. Mehl im Mund und Öl auf Stirn und Hand.«

»Olivenöl, um es genau zu sagen. Unter seinen Fingernägeln war Kohle. Überall am Körper kleben feinste Farbpartikel.«

»Er hat Kunst studiert. Wir haben Kohlezeichnungen in seinem Zimmer gefunden.«

»Ja, das habe ich mir auch gedacht. Ich wollte es nur erwähnen.«

Wie immer hob sich sein Gegenüber das Wichtigste bis zum Schluss auf. Enzo wartete geduldig. Bastino war sich von Anfang an sicher, dass Ugo Santis' Tod kein Selbstmord war. Und er würde ihm nun den endgültigen Beweis dafür liefern. Mehl und Öl jedenfalls waren es noch nicht.

Bastino räusperte sich. »Ich hatte ja zunächst die Vermutung, dass man ihm K.-o.-Tropfen verabreicht hatte. Wenn er sich nicht selbst die Venen aufgeschnitten hat, dann hätte er sich gewehrt. Auch wenn er schmächtig ist, gewehrt hätte er sich doch. Es gibt aber keine Abwehrverletzungen. Nichts. Irgendetwas musste ihn also außer Gefecht gesetzt haben. K.-o.-Tropfen waren es jedenfalls nicht.« Er räusperte sich erneut.

»Mach's nicht so spannend, Franco.« Enzo wurde unruhig.

»Er hat eine leichte Schleimhautreizung, dadurch bin ich draufgekommen.« Wieder ein Räuspern. »Er wurde mit Chloroform betäubt. Auch wenn sich Chloroform schnell verflüchtigt. Im Blut konnte ich es nachweisen.«

Einmal mehr hatte der Gerichtsmediziner recht behalten. Von jedem anderen Arzt wäre Ugo Santis' Tod als Selbstmord abgetan worden.

»Den Bericht schicke ich dir zu. Federico tippt ihn noch ab.«

»Das Öl? Kannst du dazu noch etwas Genaueres sagen?«, fragte Enzo.

»Es ist übrigens nicht viel, nicht mehr als ein paar Tropfen – Olivenöl vermischt mit einem Hauch von Rosenöl. Kaltgepresst, reinstes feinstes Olivenöl, Güteklasse *extra vergine* mit einem Säuregehalt von 0,24 Prozent. Das ist wirklich außerordentlich gutes Olivenöl«, antwortete der Gerichtsmediziner, von dem Enzo wusste, dass er Vegetarier war. Bastino hatte ihm einmal erzählt, dass er es nicht ertragen konnte, eine Metzgerei zu betreten, weil es dort genauso roch wie das Fleisch eines Menschen mit offenem Brustkorb. Er meinte, dass allein die Vorstellung, er müsse Fleisch von einem Knochen nagen, ihm jeden Appetit verderben würde. »Je niedriger der Säuregrad, umso besser das Öl. Gutes Olivenöl kann schlechtes Cholesterin verringern. Minderwertiges Öl ist gesundheitsschädlich, weil es nicht verdaulich ist. Es bleibt in der Leber. Jedenfalls stammt das Olivenöl auf unserem Opfer nicht aus dem Supermarkt. Vielleicht von einem Bauern, der noch selber presst und die Oliven von Hand pflückt?« Bastino merkte, dass das nicht die Antwort war, die der Kommissar hören wollte. »Enzo, wenn du mir Öl bringst, dann kann ich sagen, ob es das gleiche ist. Mehr nicht.«

»Wir müssen prüfen, ob es das Olivenöl aus der Küche der WG ist«, überlegte Enzo laut.

Da er für den Rückweg nicht noch mehr Zeit verlieren wollte, schaltete er das Blaulicht ein.

»Ruf das Team zusammen. Rossi soll alles von gestern mitbringen«, rief er Olivia zu, als er keine 20 Minuten später in der *Questura* eintraf und sich in seinen Schreibtischstuhl fallen ließ.

Kurz darauf betraten sie zu dritt sein Zimmer, das ihnen als Besprechungsraum diente. Sein Team bestand aus Ispettore Rossi, Vanni Amidei und seiner Assistentin Olivia Greco.

»Ugo Santis ist gestern Abend ermordet worden«, sagte Enzo und bemerkte, wie Ispettore Rossi das Gesicht verzog. Enzo brachte sie mit Bastinos Ergebnissen auf den neuesten Stand.

Olivia protokollierte die Besprechung und tippte mit klackernden Fingernägeln auf die Tastatur ihres Laptops. Als Rossi eine Fotografie des Opfers vom Tatort an die Pinnwand heftete, stöhnte sie auf. »So jung!«

»Wir müssen noch mal in die Wohnung. In der Küche muss es Olivenöl geben. Bastino soll prüfen, ob es das gleiche ist wie das auf dem Opfer. Rossi, wir gehen gleich zur Kunstakademie. Vielleicht hatte Ugo Santis Probleme mit Kommilitonen oder Dozenten. Außerdem müssen die übrigen Nachbarn noch befragt werden.« Enzo verteilte die Aufgaben. »Olivia, du übernimmst seine Eltern, okay?«

Olivia nickte. »Hast du die Nummer oder eine Adresse?«

»Vanni, du schaffst es doch, sein Handy zu knacken? Dort finden wir bestimmt die Nummer der Eltern. Außerdem will ich wissen, mit wem Ugo Santis in den letzten

Wochen telefoniert hat, wer ihn angerufen hat.« Er schob das Handy über den Tisch.

»*That's easy*«, antwortete Vanni Amidei flapsig und fingerte bereits an dem Handy rum.

Vanni Amidei war Sonderermittler der Mordkommission. Auf diesen Titel hatten sie sich geeinigt, als er vor einigen Monaten in Leones Abteilung kam. Er war mit gerade mal 20 Jahren der Jüngste in seiner Abteilung – und der Kleinste. Vanni Amidei war kleinwüchsig. Er hatte weder eine Polizeiausbildung noch sonst irgendeine Ausbildung. Die Umstände, die den obersten Chef der *Questura* dazu bewogen hatten, ihm Vanni Amidei aufs Auge zu drücken, waren mehr als fragwürdig, und Enzo war alles andere als erfreut darüber gewesen, als Primo Dirigente Fontanello ihm vorschrieb, ihn in seine Abteilung aufzunehmen. Doch Enzo Leone hatte den jungen Mann und seine Arbeit schätzen gelernt. Vanni Amidei knackte jeden Code. Ein Computerfreak, der seit dem Schulabschluss hauptsächlich zu Hause gesessen und illegal auf irgendwelchen fremden Servern gestöbert hatte. Bis zu dem Tag, als sein Vater, Conte Alfonso Amidei, Primo Dirigente Fontanello darum bat, seinem Sohn einen Job zu geben. »Und einem *Conte*«, so sagte Fontanello damals zu Enzo, »darf man eine derartige Bitte nicht abschlagen.«

Neben Rossi, Vanni und Olivia gab es noch Agente Boscolo, aber dieser war für ein Jahr in Indien, um in irgendeinem Kloster nach dem Sinn des Lebens zu suchen. Enzo wartete immer noch auf Ersatz für ihn. Doch so wie es aussah, würde er vergeblich darauf warten.

»Vielleicht war er schwul? Mord unter Schwulen kommt vor. Pulsadern aufschneiden, das ist ja eher so ein Frauending, oder?« Vanni Amidei schaute von einem zu anderen.

»Wahrscheinlich hat er den Täter gekannt, schließlich wurde nicht eingebrochen«, meinte Olivia, die über Vannis Aussage hinwegging.

Enzo nickte. »Ein Freund vielleicht, ein Student. Ein Mitbewohner. Nachbar. Wir können nichts ausschließen.« In diesem Augenblick vibrierte Ugo Santis' Handy, das Vanni Amidei immer noch in der Hand hielt.

Er schob es zu seinem Boss über den Tisch. »Anrufe kann man jetzt entgegennehmen, *Commissario.*«

Rosa Santis stand auf dem Display. Am liebsten hätte Enzo das Summen ignoriert, aber was wäre er für ein Vorgesetzter, wenn er jetzt kneifen würde?

»Commissario Leone«, meldete er sich.

»Ugo?« fragte eine Frauenstimme am anderen Ende der Leitung.

»Rosa Santis? Spreche ich mit Ugo Santis' Mutter?« Enzo spürte die Blicke seiner Mitarbeiter auf sich ruhen und vermied es, sie anzuschauen. Er hatte gehofft, dass Olivia die Aufgabe übernehmen würde, es den Eltern mitzuteilen. Nun würde er es selbst tun müssen.

»Ich bin seine Schwester. Was ist mit ihm? Ich versuche schon seit zwei Tagen, ihn zu erreichen« Die Stimme der Frau klang brüchig, und Enzo hatte das Gefühl, dass sie bereits ahnte, dass etwas mit ihrem Bruder geschehen war.

»Ich habe eine traurige Nachricht für Sie und Ihre Eltern.« Er räusperte sich.

»Unsere Eltern leben nicht mehr.«

»Das tut mir sehr leid, aber Ihr Bruder ist gestern verstorben.« Er hörte ein nicht mehr enden wollendes Schluchzen und wartete hilflos, bis sie sich halbwegs beruhigt hatte. »Signorina Santis, könnten Sie bitte nach Rom auf die *Questura* kommen?«

»Nach Rom? Aber ich wohne in Avellino.«

»Sie müssen Ihren Bruder identifizieren.« Enzo gab ihr seine Telefonnummer.

»Was ist mit Ugo passiert?«, fragte sie.

»Wir wissen es noch nicht. Melden Sie sich bitte, sobald Sie in Rom sind. Wir holen Sie vom Bahnhof ab.« Enzo legte auf und schob das Handy zu Vanni Amidei zurück. »Finde alle Nummern raus, die er angerufen hat oder von denen er angerufen wurde«, wiederholte er.

»Wir holen Sie ab?«, wunderte sich Olivia laut.

»Es war seine Schwester. Sie klang so, so – jung«, rechtfertigte er sein nicht regelkonformes Vorgehen. »Die Eltern sind schon verstorben.« Enzo hielt einen Moment inne. »Olivia, kannst du das übernehmen? Ich bringe sie dann zur Identifizierung ihres Bruders zu Dottore Bastino.«

»Was können Sie uns über Ugo Santis erzählen?« Enzo saß mit Rossi im Büro des Direktors der Kunstakademie, der sichtlich bewegt war über die Nachricht, dass sein Student verstorben war, und zunächst keinen Ton herausbrachte. Enzo schaute sich um. Alles war vollgestellt mit kleinen Plastiken und Skulpturen. Unzählige Bilder in allen Größen und Farben waren an die Wand gepinnt.

Professore Rinaldi folgte seinem Blick. »Alles Arbeiten von unseren Studenten.« Er räusperte sich. Seine Stimme wurde fester, als er weitersprach. »Mal sind es herausragende Arbeiten, mal nicht ganz so gute. Unsere Universität ist eine der ältesten und bedeutendsten Akademien der Bildenden Künste im ganzen Land.« Professore Rinaldi stand von seinem Stuhl hinter dem Schreibtisch auf und ging zu einem Regal, das eine komplette Wand des riesigen Raumes einnahm und dennoch restlos überfüllt war.

Er holte eine Mappe, die ganz oben auf einem Stapel lag. »Er war so unglaublich talentiert. Selten – ach was – nie zuvor durfte ich ein derartiges Talent unterrichten.«

Enzo blickte ihn wachsam an. Professore Rinaldi war ein großer, schlanker Mann. Er hatte dunkelbraunes, schulterlanges Haar, das zu ergrauen begann. Das bunte Hemd war für Enzos Geschmack einen Knopf zu weit geöffnet. An seinem Handgelenk trug er ein Armband mit dunkelbraunen hölzernen Kugeln.

Der Professor wischte sich über die feuchten Augen. »Es ist so unsäglich schade um ihn.«

Schade, dachte Enzo, war hier ganz und gar das falsche Wort. Schade war, wenn etwas zerbrach, aber nicht, wenn jemand starb.

Der Professor riss sich merklich zusammen. Er straffte seinen Körper und strich seine langen Haare nach hinten. »Ugo war höflich und freundlich. Vielleicht etwas zu ernst für sein Alter.«

»Hatte er Probleme?«, fragte Ispettore Rossi. »Mit Kommilitonen? Mit Dozenten?«

Der Professor verneinte. »Nicht, dass ich wüsste.«

»Er war, wie sie sagten, sehr begabt. Vielleicht gab es Neider?« Enzo wusste, was er damit unterstellte.

Der Professor schüttelte den Kopf. »Aber nein. Jeder Student und jede Studentin an unserer Universität weiß, was er oder sie kann; sie kennen ihre Schwächen, und jeder erkennt und anerkennt auch die Begabung des Anderen. Ugo war hilfsbereit. Er half denen, die nicht weiterkamen.«

»Traf er sich mit Kommilitonen? Hatte er eine Freundin?«, wollte Rossi wissen.

»Das entzieht sich meiner Kenntnis. Aber wir können seinen Kurs befragen.« Er zog einen Plan aus dem

Schreibtisch, fuhr mit dem Zeigefinger suchend darüber und wurde schließlich fündig. »Im Moment sind sie im Atelier. Wenn Sie mir bitte folgen würden. Oder haben Sie noch weitere Fragen an mich?«

»Später vielleicht«, antwortete Enzo und folgte dem Professor nach draußen.

Sie gingen durch unzählige weiß getünchte Gänge, die mit Statuen gesäumt waren. Fresken schmückten die Wände. Das Atelier, das sie erreichten, war ein riesiger, sonnendurchfluteter Saal. Es roch nach Terpentin. Studenten und Studentinnen saßen oder standen vor ihren Staffeleien.

Als sie den Professor erblickten, wurde es augenblicklich still.

»Das ist Commissario Leone. Er hat eine traurige Mitteilung und wird euch ein paar Fragen stellen.« Der Professor trat einen Schritt zur Seite und überließ Enzo das Feld, der krampfhaft versuchte, das Aktmodell am Ende des Raumes zu ignorieren.

Ein Raunen ging durch den hellen Raum, nachdem Enzo berichtet hatte, dass Ugo Santis letzte Nacht ermordet worden war. Eine junge Frau schluchzte hörbar auf. Enzo hatte nicht gesehen, wer sie gewesen war, aber er hoffte, dass Rossi wie immer aufmerksam durch die Reihen geschaut hatte. Dieser erste Augenblick war ganz entscheidend. Wenn sie nicht vorbereitet waren, wenn alles spontan und unbewusst geschah. Wenn die Menschen noch nicht überlegen und nachdenken konnten. Es war der ehrlichste Moment.

»War jemand von euch enger mit Ugo Santis befreundet?«, fragte Enzo, als das Flüstern und Getuschel allmählich verebbte. Prüfend ließ er seinen Blick über die jungen Männer und Frauen schweifen; plötzlich glaubte er zu wissen, wer sie gewesen war. Sie trug enge Jeans und ein schreiend buntes, viel zu großes Herrenhemd.

Enzo Leone und Ispettore Rossi erfuhren, dass Ugo selten mit den anderen unterwegs war und keinen engen Kontakt zu seinen Kommilitonen pflegte. Er war stets höflich zu den Dozenten und half außergewöhnlich gerne. Er aß mit ihnen zu Mittag, aber er war nie mit ihnen abends ausgegangen.

Gerade als Enzo auf die junge Frau im bunten Hemd zugehen wollte, kam sie ihm entgegen.

»Ich habe Ugo ein bisschen besser gekannt. Wir waren ein paarmal im Museum. Einmal im Vatikan zu einer Andacht.« Sie fuhr sich mit der Hand durch die raspelkurzen blondierten Haare. »Ich glaube, Ugo stand nicht auf Mädchen«, sagte sie unter Tränen. »Ich mochte ihn gerne. Aber er hat mich niemals eingeladen oder gefragt, ob ich mich mit ihm treffen wollte. Jede Verabredung ist von mir ausgegangen.«

»Wissen Sie das sicher?«, hakte Enzo nach.

»Was? Ob er homosexuell war? Nein, das ist meine Vermutung. Vielleicht hat er mich auch einfach nicht hübsch gefunden«, widersprach sie sich fahrig.

»Sie sind eine schöne junge Frau. Aber manchmal passt es einfach nicht.« Ispettore Rossi hatte wieder einmal die richtigen Worte gefunden. Und Enzo stellte erleichtert fest, dass sie ein wenig lächelte.

»Wir sind keinen Schritt weitergekommen«, stöhnte Enzo, als sie zur *Questura* zurückfuhren.

»Wir haben immer noch das Handy. Vielleicht hat Vanni weitere Kontakte gefunden. Freunde, die nicht mit ihm studierten.« Rossi nahm einen Schluck aus dem Kaffeebecher, den er am Morgen mitgebracht hatte. Er verzog das Gesicht, während er das von der Hitze immer noch lauwarme Gesöff hinunterschluckte.

»Du wirst dir den Magen verderben.«

»Ganz bestimmt nicht.«

Enzo war in Gedanken bereits wieder bei Ugo Santis. *Wer hätte diesen jungen Mann umbringen wollen?* Absolut jeder betont, wie außergewöhnlich freundlich und hilfsbereit er war. Es war ein geplanter Mord. Also muss jemand etwas gegen ihn gehabt haben. Wie immer, wenn er nicht weiter wusste, ging er im Geiste die Gründe durch, die Menschen zu einem Mord trieben: Neid, Eifersucht, Hass, Habgier, Vertuschung, Rache oder die reine Lust am Töten. Sie hatten längst nicht alle abgehakt.

Kapitel 4

Der Tag war genau so, wie sie ihn liebte. Am frühen Morgen war Paola am Tiber entlang joggen gewesen. Was sie am liebsten alleine tat. Sie war schnell und gut trainiert, sodass ihre Freundinnen sie nur aufgehalten hätten. Manchmal lief sie mit ihrem Vater, aber der war bis Montag mit ihrer Mutter verreist.

Später hatte sie sich mit ihren drei besten Freundinnen in ihrem Lieblingscafé getroffen, in der *Bar del Fico*. Dort blieben sie viel zu lange und hätten fast die Kunstausstellung *»Nudo«* im *Maxxi* verpasst – was sie im Nachhinein sicherlich sehr bedauert hätten. Kichernd hatten sie sich die Bilder angesehen. Der Künstler hatte ausschließlich nackte Menschen und vor allem Körperteile gemalt. Sehr realistisch, wie sie fanden, und sie hatten sich köstlich amüsiert. Paola musste schon wieder auflachen, als sie daran dachte.

Seit drei Jahren waren sie unzertrennlich. Ein vierblättriges Kleeblatt. Doch nun würde jede von ihnen einen anderen Weg einschlagen. Nada wollte in Florenz studieren, Elena in Mailand. Nur Yasmina blieb in Rom und heiratete morgen. Später am Abend waren sie gemeinsam zum Essen in einer Osteria. Yasminas Vater hatte alles bezahlt. Sie hatten hervorragend gespeist und viel zu viel getrunken. Paola dachte an den Kellner. Er war ziemlich süß, und sie hatte das Gefühl, dass er sie immer einen Moment länger ansah als die anderen. Vielleicht würde sie nächste Woche noch einmal dort hingehen. Aber sie würde nicht gut daran tun, sich jetzt noch zu verlieben. In einer Woche verließ sie Rom und ging für ein Jahr nach Amerika, um dort als Au-pair zu arbeiten.

Es war nach Mitternacht, als sie schließlich zu Hause ankam. Viel zu aufgekratzt, um schlafen zu können, beschloss sie, noch ein Bad zu nehmen. Sie ließ sich in die Wanne gleiten und seifte sich gemächlich ein. Ihre Beine waren gebräunt, und das Wasser perlte auf der glatten Haut ab. Sie gefiel sich. Einen Augenblick hielt sie inne und lauschte, weil sie glaubte, etwas gehört zu haben. Doch da war nichts. Sie tauchte unter und hielt die Luft dabei an. So wie sie es schon als Kind getan hatte. Sie zählte, wie lange sie es aushielt. Als sie auftauchte, vernahm sie wieder dieses fremde Geräusch: ein Rascheln. Schnaufen. Ihr Herz pochte laut. Waren ihre Eltern schon nach Hause gekommen? Sie wollten doch erst am Montag zurückkehren. Im Augenwinkel nahm sie eine Bewegung wahr.

»Mamma?«, flüsterte sie und wusste, dass sie es nicht war. *»Mamma!«*

Dann wurde ihr etwas über den Mund gepresst. Strampelnd und um sich schlagend, versuchte sie, sich von dem Druck zu befreien. Sie verlor die Besinnung.

Als sie wieder zu sich kam, hörte sie ein Wispern und Flüstern, spürte einen warmen Hauch an ihrem Ohr. »Mache dich auf den Weg. Im Namen Gottes, des allmächtigen Vaters, der dich erschaffen hat.«

Paola schrie, so laut sie konnte. Wieder und wieder rief sie nach ihrer Mutter, die sie nicht hören konnte.

Als sie kurz untertauchte und Wasser in ihre Lunge drang, zogen sie kräftige Hände grob nach oben. Sie japste nach Luft. Panisch versuchte sie, aus der Wanne zu steigen, rutschte jedoch ab. Ihr fehlte jegliche Kraft. Ihre Handgelenke schmerzten und brannten wie Feuer. Ein Blick darauf ließ sie aufschreien. Angsterfüllt presste sie ihre Hand auf den klaffenden Schnitt und sah verzweifelt, wie Blut aus der tiefen Wunde strömte und das Wasser und den Schaum in der Wanne rot färbte. Klauen legten sich auf ihr Gesicht, öffneten ihr grob die Lippen und steckten ihr etwas in den Mund. Sie wollte es ausspucken, verschluckte sich und röchelte abermals nach Luft. Sie hatte keine Kraft mehr, den Fremdkörper auszuhusten. Mit weit aufgerissenen Augen sah sie den rosarot funkelnden Schaum im rotgefärbten Wasser treiben. Er erinnerte sie an Zuckerwatte mit Erdbeergeschmack, die sie so gerne mochte. Sie versuchte, sich an diesen schönen Gedanken zu klammern, aber es gelang ihr nicht. Die Erinnerung flog davon, und die Gewissheit, dass sie nun sterben würde, war das Letzte, was ihr durch den Kopf ging.

Als sie mit weit aufgerissenen Augen in das rote Wasser hinabglitt, hatte sie ihren letzten Atemzug bereits getan.

*

Rosa Santis traf bereits am Samstag in Rom ein. Sie hatte Enzo Leone eine Nachricht mit ihrer Ankunftszeit auf sein Handy geschickt. Seitdem versuchte Enzo vergeblich, Olivia zu erreichen. Schließlich machte er sich selbst auf den Weg. Sein Zug von Nettuno lief nur wenige Minuten zuvor im Bahnhof *Roma Termini* ein, und als er dann endlich wusste, auf welchem Gleis sie ankommen sollte, rannte er die letzten Meter, um sie nicht zu verpassen.

Außer Atem sah er den Zug einfahren. Er blieb am Ende des Bahnsteigs stehen und hoffte, dass er sie nicht verpasste. Es war die Hölle los. Anscheinend wollte die halbe Welt nach Rom. Er überlegte, Rosa Santis ausrufen zu lassen. Wenn sie erst den Bahnhof verlassen hätte, würde er sie nicht mehr finden können. Immer wieder hatte er versucht, die Nummer zurückzurufen, von der er die Nachricht erhalten hatte. Vergebens. Warum nur ging sie nicht an ihr Handy? Und verdammt noch mal, wo war Olivia? Es war laut auf dem Bahnsteig; obwohl der Himmel wolkenverhangen war, herrschte eine drückende Hitze. Es roch nach Essen und trotz des Rauchverbotes im gesamten Bahnhofsgebäude nach kaltem Zigarettenrauch.

Enzo konzentrierte sich auf die Menschen, die aus dem Zug stiegen. Aber es war unmöglich, sich jeden genau anzuschauen. Fahrgäste, die mit dem Zug weiterfahren wollten, drängten nach vorne und versperrten ihm jegliche Sicht. Das konnte er vergessen, niemals würde er sie hier finden. Vor allem, weil er gar nicht wusste, wie sie aussah. Sie hätten einen Treffpunkt ausmachen können. *Hätte, hätte, hätte.*

Seine einzige Hoffnung bestand darin, dass sie zu der Wohnung ihres Bruders gehen würde, wenn sie einander verpassten. Oder er musste warten, bis sie wieder anrief.

Doch dann sah er sie. Obwohl sie keinerlei Ähnlichkeit mit ihrem Bruder hatte, wusste er, dass sie es war. Die junge Frau, die auf ihn zukam, hatte lange dunkle, fast schwarze Haare. Sie war schlank, beinahe mager. Einige Männer starrten sie unverhohlen an, aber sie hatte nur Augen für ihn. Sie kam näher, und er schaute in ihr ebenmäßiges Gesicht. Vielleicht wartete jemand anderes auf sie? Verwechselte sie ihn? Wie immer war er in zivil unterwegs. Sie konnte nicht wissen, wie er aussah. Als sie nur noch wenige Meter von ihm entfernt war und ihn direkt ansah, ging er ihr entgegen.

»Rosa Santis?« Aus der Nähe bemerkte er ihre verweinten Augen. Ihre Nase war gerötet. Ein Häufchen Elend. Sie nahm seine Hand, als würde sie Halt suchen, und ließ sie nicht mehr los. »Ich bin Commissario Leone«, sagte er mit belegter Stimmte. »Mein aufrichtiges Beileid, Signorina Santis.«

»Wo ist mein Bruder?«

»Er ist im Leichenschauhaus.«

»Kann ich ihn sehen?« Sie versuchte, ihrer Stimme Halt zu geben, was ihr misslang.

»Heute nicht«, antwortete Enzo, entzog seine Hand ihrer Umklammerung und nahm stattdessen den kleinen Koffer, den sie auf dem Bahnsteig abgestellt hatte.

»Dann will ich in seine Wohnung.« Ihre brüchige Stimme klang bestimmt, und er widersprach ihr nicht.

Er ging mit ihr zum Taxistand.

»Können wir zu Fuß gehen? Es ist doch nicht weit?«, fragte sie tonlos.

»Es wird bald regnen«, startete Enzo einen schwachen Versuch, sie umzustimmen.

»Das macht mir nichts aus.«

Langsam ging er neben ihr die Straßen entlang. Wegweiser zeigten die kürzesten Wege zu den Sehenswürdigkeiten Roms. Sie liefen durch enge Gassen, passierten Bars und Trattorien, wo es nach Pizza und frittiertem Fisch roch, und kamen irgendwann beim Trevibrunnen heraus. Aufgrund des drohenden Regens war der Platz beinahe menschenleer. Die Stimmung war einzigartig.

Rosa Santis blieb einen Augenblick stehen, dann drehte sie sich zu ihm um.

»Wie ist er gestorben?«, fragte sie unvermittelt.

Er wusste, dass sie die Frage stellen würde, und dennoch traf sie ihn unvorbereitet. Er zögerte einen Augenblick. »Er ist ermordet worden«, sagte er dann schonungslos.

»Ermordet? Wer sollte ihn umbringen wollen?« Sie schaute Enzo entsetzt an. »Ich dachte, er hätte einen Unfall gehabt.«

»Es tut mir leid, aber wir stehen noch am Anfang der Ermittlungen.«

Tränen liefen ihr über das Gesicht, als sie ihren Weg schweigend fortsetzten.

Ohne ein weiteres Wort gewechselt zu haben, erreichten sie das Wohnhaus. Wenigstens hatte er die Schlüssel behalten und nicht Olivia gegeben. Mit gesenktem Kopf lief sie die Treppen nach oben, langsam, als würde sie nie ankommen wollen. Sie betraten die Wohnung und gingen den Flur entlang, an dessen Ende das kleine Zimmer lag, in dem ihr Bruder gestorben war.

Enzo entfernte das gelbe Absperrband und schloss die Tür auf.

»Hier?«, fragte sie leise.

Enzo nickte. Stickige Luft schlug ihnen entgegen. Erleichtert sah er, dass das Blut aufgewischt worden war.

Nach einer Zeit, in der sie reglos im Zimmer gestanden hatte, setzte sie sich an den kleinen Schreibtisch. Gedankenverloren nahm sie einen Bleistift in die Hand, plötzlich begann sie hemmungslos zu weinen.

Warum nur ist Olivia nicht da? Was sollte er sagen? Wie sie trösten?, fragte sich Enzo vollkommen überfordert mit dieser Situation.

Er öffnete das kleine Fenster und ließ frische Luft ins Zimmer, dann ging er auf sie zu und strich ihr leicht über die Haare.

Es dauerte eine Weile, bis sie sich beruhigte. Schließlich begann sie zu erzählen. Ihre Eltern waren vor drei Jahren kurz hintereinander verstorben. Sie und Ugo hätten zunächst den Hof alleine bewirtschaftet. Sie hatten Kühe. Einen großen Acker. Sie hatten sich viel Mühe gegeben, wollten es alleine schaffen. Doch Ugo war ungeeignet für diese Arbeit. »Haben Sie seine zarten Hände gesehen?« Sie beschlossen, den Hof zu verkaufen, und zogen zur Tante ihres Vaters. Eine uralte Frau, der Rosa zur Hand ging. Ugo hatte immer studieren wollen, in Rom auf der Kunstakademie oder in Florenz. Doch die Eltern hatten sich ein Studium nicht leisten können, und schon gar nicht die zusätzliche Miete für ein kleines Zimmer. Doch nun hatten sie Geld. Ugo wollte seine Schwester nicht alleine bei der Tante lassen, aber Rosa hatte darauf bestanden. »Ich war die ältere, und er machte letztendlich immer das, was ich sagte. Und er ist so begabt.« Sie presste die Lippen zusammen und korrigierte sich: »... war begabt. Ich hätte ihn nie alleinlassen dürfen.«

Sie stand auf und ging die zwei Schritte zum Bett. Strich über das Laken. Dann öffnete sie ihren Koffer.

»Ich bleibe heute Nacht hier.«

Damit hatte Enzo nicht gerechnet. Nicht nur, dass das nicht ging. Noch war es ein Tatort und nicht freigegeben. Es lag auch daran, wie sie vor dem Bett stand: Verloren in dem orangefarbenen Licht der untergehenden Sonne, das durch das kleine Dachzimmerfenster fiel. Er konnte sie unmöglich überhaupt irgendwo allein lassen.

»Sie können nicht hierbleiben.«

»Und warum nicht?«

»Weil, weil ...« Er geriet ins Stocken, wollte das Wort Tatort nicht verwenden.

»Weil mein Bruder hier gestorben ist? Ich glaube, hier ist er mir näher als sonst irgendwo.«

»Es geht nicht«, sagte Enzo. Ohne eine weitere Begründung schloss er ihren Koffer und ging damit zur Tür. Widerstandslos folgte sie ihm, und er hatte nicht die geringste Ahnung, wohin er sie bringen sollte.

Als sie auf die Straße traten, regnete es in Strömen. In kürzester Zeit waren sie beide durchnässt. Sie stellten sich rasch unter einen Mauervorsprung, und Enzo versuchte es erneut bei Olivia.

Endlos ließ er es klingeln.

Rosa Santis bemerkte seine Verzweiflung. »Ich gehe in ein Hotel«, meinte sie.

»Nein, das ist heute keine gute Idee. Sie werden kein freies Zimmer bekommen.« In Rom tagte wie jedes Jahr um diese Zeit ein Ärztekongress; außerdem war für die Touristen gerade Hauptsaison. Enzo fühlte sich für sie verantwortlich. Er ging ein paar Schritte weiter und rief seine Mutter an. Mit wenigen Worten erklärte er, dass er ihre Hilfe benötigte. Rosa ließ er dabei nicht aus den Augen.

»Ich mache Ihnen Umstände«, sagte sie, als er zu ihr trat.

»Sie machen mir keine Umstände. Ich bringe Sie zu meinen Eltern. Etwas anderes fällt mir im Moment leider nicht ein. Ich hoffe, das ist für Sie in Ordnung«, antwortete er und eilte mit ihr durch den nachlassenden Regen zur *Questura,* wo er sich von einem verwundert blickenden Polizeibeamten den Schlüssel für ein Einsatzfahrzeug geben ließ.

Kurz darauf fuhren sie aus Rom hinaus in die Berge nach *Albano Laziale*. In der Nähe von *Castel Gandolfo*, oberhalb des Albaner Sees, besaßen Enzos Eltern ein Sommerhaus. Seitdem er acht Jahre alt war, hatten sie dort die Sommermonate verbracht. Wenn es in Rom heiß und stickig war, waren sie in Berge gefahren, an den Rand des Kratersees, wo es deutlich kühler und angenehm zu leben war. Eine Villa mit offenem Kamin, Stilmöbeln und ausladenden Gemälden, eine antike Standuhr, die schon vor Jahren ihren Geist aufgegeben hatte. Enzo bezweifelte, dass sich Rosa dort wohlfühlen würde.

Es war bereits dunkel, als er die schmale Auffahrt entlangfuhr und vor dem weiß getünchten Haus anhielt.

»Signorina«, empfing seine Mutter die junge Frau und nahm sie herzlich in die Arme. Enzo war unendlich erleichtert. Seine Mutter würde es richten. Er hatte die richtige Entscheidung getroffen. Sie würde das Mädchen aufnehmen und sie in ihrer Trauer umsorgen. Sie ging mit Rosa nach oben, während Enzo seinem Vater erzählte, was geschehen war.

»Das hast du richtig gemacht, Junge. Deine Mutter wird sie verwöhnen. Wir haben Wasser im Pool; obwohl wir dieses Jahr nicht darin baden wollten, haben wir es dennoch eingelassen.«

»Vielleicht ist ihr nicht nach schwimmen, *Papà.«*

»In der Hitze ist jedem nach schwimmen. Morgen wird es noch heißer werden.«

Seine Mutter kam zurück und hatte die letzten Worte gehört. »Wir könnten mit ihr ans Meer fahren, nach Ostia, das würde ihr bestimmt gefallen. Sie ist so bleich.«

»*Mamma!*«, fiel Enzo seiner Mutter ins Wort. »Sie hat gerade ihren Bruder verloren, sie wird bestimmt nicht ans Meer wollen.«

Rosa Santis trat auf die Terrasse.

»Bringen Sie mich morgen zu meinem Bruder?«

Enzo nickte zögerlich.

»Wann?«

»Ich bin um acht Uhr hier.«

Er musste unbedingt Bastino erreichen, der ganz bestimmt alles andere als begeistert sein würde, wenn er am Sonntag ins Gerichtsmedizinische Institut fahren musste. Aber Enzo konnte Rosa Santis nicht bis Montag warten lassen.

*

Er war ihr den ganzen Abend über gefolgt, hatte sie und ihre Freundinnen im Verborgenen beobachtet und gewartet, bis sie schließlich alleine nach Hause ging. Er suchte nach einem Weg, in das Haus einzudringen, und fand ein unvergittertes Fenster. Durch den schmalen Spalt der angelehnten Badezimmertür hatte er sie beobachtet. Er sah im Spiegel, wie sie sich auszog. Sie war mager und hübsch anzusehen. Im Nachhinein wusste er, dass ER ihn geführt hatte. Gott war auf seiner Seite. Doch er hatte zu viel Chloroform genommen und geglaubt, dass sie bereits gestorben war. Tot – ehe das verseuchte Blut aus ihrem Körper hatte fließen können. Er hatte ihren leblosen Körper aus dem Wasser gezogen und erleichtert festgestellt, dass an ihrem langen weißen Hals die Schlagader träge pochte. Ihre Brüste waren prall und fest, und er hatte der Versuchung nicht widerstehen können und mit der Spitze seines Daumens über ihre steife Brustwarze gestrichen. Er war gefangen von dem Anblick, sah das Blut, das sich wie

Gift im Wasser ausbreitete. Ihre nassen Haare, die auf ihrer gebräunten Haut klebten.

Als sie wieder zu sich kam, hatte sie nach Luft gejapst; sie hatte ihn an einen glitschigen Fisch erinnert und den schönen Augenblick zerstört.

Im Gegensatz zu dem Jungen hatte sie geschrien, und er war erleichtert, als sie endlich blutleer ihren letzten Atemzug nahm. Die Stelle an ihrem Hals lag ganz ruhig, und er ließ sie langsam in das rote Wasser gleiten.

In Gedanken daran nahm er die Schutzbrille und streifte die Handschuhe über. Die Kammer hatte er vor einigen Jahren entdeckt. Verborgen hinter einer geheimen Tür, diente sie ihm als Rückzugsort. Die dicken Wände waren aus purem Stein ohne jegliches Ornament.

20 Jahre lag sein Studium zurück. Einige seiner Kommilitonen hatten sich damals einen Spaß daraus gemacht, Chloroform herzustellen. Nicht im Entferntesten hatte er geahnt, dass ihm ihr Wissen einmal von Nutzen sein würde.

Er schüttete die Chlorbleichlauge in ein großes Becherglas. Seine Hand zitterte unkontrolliert, und er wartete, bis es vorüber war. Dann gab er wenige Milliliter des Acetons dazu. Beides hatte er in einem 20 Kilometer entfernten, riesigen *Supermercato* gekauft. Natürlich hätte er es auch in Rom bekommen, doch das wäre zu riskant gewesen. Er könnte erkannt werden. Warum sollte er Chlorbleiche kaufen? Etwa um seine Kleidung zu bleichen? Er lachte heißer auf.

Die beiden Flüssigkeiten vermischten sich nur schwer, und er musste lange rühren. Durch den Handschuh spürte er, wie sich das Glas erwärmte. Nun musste er nur noch warten. In ein paar Stunden konnte er die wasserklare

Flüssigkeit, die sich am Boden des Glases abgesetzt hatte, mit einer langen Pipette entnehmen. Währenddessen prüfte er die Zugverbindungen nach Ostia.

Dann saß er unbeweglich für viele Stunden in dem kleinen Raum ohne Fenster und lauschte der Stimme, die immerzu das Gleiche in sein Ohr wisperte:

Du musst sie alle auslöschen. Keiner darf übrig bleiben.

Kapitel 5

Es versprach, ein heißer Sonntag zu werden. Die Straßen waren leer. Der schönen Landschaft in den frühen Morgenstunden konnte Enzo heute nichts abgewinnen. Zu sehr war er damit beschäftigt, was ihm bevorstand. Er war bereits um fünf Uhr aufgestanden, um eine Runde am Strand entlang zu joggen. Um seinen Kopf freizubekommen. Das Meer lag ruhig wie ein Spiegel. Keine Welle kräuselte die dunkle Oberfläche. Die geschlossenen Sonnenschirme der *Stabilimenti* standen dicht an dicht. Nur an ihren Farben war zu erkennen, wo das eine Strandbad endete und das nächste begann. Er schwitzte und gab der Laune nach – zog T-Shirt und Turnschuhe aus – und hechtete mit einem flachen Sprung ins Meer. Die heißen Tage der vergangenen Woche hatten das Wasser erwärmt. Enzo schwamm weit hinaus, bis er die Kühle der Tiefe an seinen Beinen spürte; dann erst kehrte er um.

Nun musste er sich beeilen.

Rosa wartete bereits auf der Terrasse vor dem Haus seiner Eltern. Der altmodische Rock, der ihr bis zu den Knöcheln reichte, flatterte im leichten Wind. Enzo hatte sich ein schwarzes T-Shirt übergezogen, trug eine dunkle Jeans und schwarze Turnschuhe. Seine Mutter brachte ihm einen *Café* nach draußen, den er in einem Zug trank.

Auf dem Weg nach Rom sprachen sie nur wenige Sätze. »Wie haben Sie geschlafen?« Was für eine bescheuerte Frage. »Sind Sie schon einmal in Rom gewesen?« Noch blöder.

Die verwaisten Flure der Gerichtsmedizin rochen nach Desinfektionsmittel. Bastino kam ihnen entgegen. Er sprach Rosa Santis sein Beileid aus und führte sie in den Raum, in dem ihr Bruder auf einem der Sektionstische lag. Enzo stellte sich neben sie. Normalerweise hätte er sie fragen müssen, ob das ihr Bruder sei. Aber ihre Reaktion war ihm Antwort genug. Sie fiel förmlich in sich zusammen und erinnerte ihn dabei an das Seidenpapier, das seine Mutter verwendete, um Kraniche zu falten, die sie im ganzen Haus verteilte, da sie Glück versprachen. Die Hand der jungen Frau zitterte, als sie dem Bruder eine dunkelbraune Locke aus der Stirn strich. Bastino war in der Tür stehen geblieben.

»Er sieht friedlich aus«, sagte Rosa Santis nach einer unendlich langen Zeit. Dann fragte sie, wie er gestorben sei.

Schweigend folgte sie Enzos Ausführungen, ohne den Blick von ihrem Bruder abzuwenden.

»Aber warum?«

»Wir wissen es nicht. Aber wir werden es herausfinden. – Ihr Bruder hatte keine Feinde?« Den letzten Satz hatte er als Frage gestellt.

»Feinde? Ugo? Er war so ein herzensguter Mensch. Er hatte ganz bestimmt keine Feinde.« Eine Träne lief ihr über die Wange. »Hat er gelitten?«

Jeder stellte diese Frage – irgendwann. Der eine früher, der andere später.

»Nein, Signorina Santis«, antwortete Dottore Bastino. »Er hat nichts mitbekommen.«

Erleichtert stellte Enzo fest, dass Bastino die Wahrheit verschwieg. Ihm hatte er etwas anderes erzählt. Chloroform betäubt nur für kurze Zeit, das Ausbluten dauerte deutlich länger. Ugo Santis war bei vollem Bewusstsein, als er starb.

»Kann ich ihn nach Avellino überführen? Ich möchte ihn neben meinen Eltern beerdigen lassen.«

»Noch können wir den Leichnam nicht freigeben«, antwortete Enzo.

»Wann?«

»Das kann noch ein einige Tage dauern«, gab er wage zur Antwort.

Er verließ mit Bastino den sterilen Raum, und sie ließen die junge Frau mit ihrem Bruder alleine.

»Wo hast du sie untergebracht?«, fragte Bastino.

Enzo zögerte einen Augenblick. »Sie wohnt so lange bei meinen Eltern. Hätte ich sie hier in der Stadt in ein Hotel bringen sollen?«, fügte er erklärend hinzu.

»Junge, Junge, lass das mal nicht deinen Chef hören. Hat sie keine Verwandten in der Nähe?«

Enzo schüttelte den Kopf. »Es gibt nur noch eine alte Tante in Avellino.«

Enzos Handy brummte. Es war Olivia.

»Tut mir leid, dass ich gestern nicht da war.« Er konnte ihrer Stimme anhören, wie bedrückt sie darüber war.

»Alles okay. Aber gut, dass du anrufst. Bitte gib Vanni und Rossi Bescheid, dass sie in die Wohnung von Ugo Santis fahren sollen. Ich will alles aus seinem Zimmer morgen früh auf meinem Tisch haben, jeden einzelnen Zettel, den er je beschrieben – oder bemalt hat. Es muss einen Hinweis auf seinen Mörder geben. Er hat ihn gekannt – er hat ihm die Tür geöffnet.« Während er sprach, beobachtete er die junge Frau auf der anderen Seite der Glasscheibe. Als hätte sie seinen Blick gespürt, schaute sie auf und ging zur Tür. »Olivia, ich muss jetzt auflegen«, haspelte Enzo und beendete abrupt das Gespräch.

»Ich werde mir ein Hotel suchen und in Rom bleiben, bis ich Ugo beerdigen kann«, sagte Rosa Santis, nachdem sie sich von Dottore Bastino verabschiedet hatten und zum Ausgang gingen.

»Das kann aber noch ein paar Tage dauern.«

»Ich werde hier nicht ohne ihn weggehen.« Rosa war stehen geblieben, und Enzo war sich im Klaren, dass er sie nicht würde umstimmen können.

»Dann bleiben Sie so lange bei meinen Eltern«, bat er und schaute in ihre geröteten Augen.

»Ich möchte niemanden zur Last fallen«.

»Das tun Sie ganz bestimmt nicht.«

Am nächsten Morgen wartete bereits das Team auf Commissario Leone. Sie saßen in seinem Büro, durch dessen Fenster die Sonne ihre warme Strahlen warf und einen weiteren heißen Tag ankündigte. Es duftete nach starkem Kaffee und süßen Brioches. Auf dem großen Besprechungstisch in der Mitte des Raumes lagen unzählige Blätter mit Skizzen, Bücher, ein Ordner mit Unterlagen der Uni und einige Briefe – vom Vermieter, von der Bank und der Uni. Ein paar Fotografien von Ugo Santis und seinen Eltern – und von Rosa. Enzo nahm die Bilder in die Hand. Rosa alleine, mit den Eltern, mit ihrem Bruder und wieder alleine.

»So könnte ich niemals leben. Die Bude ist so klein und stickig. Und all die Treppen, bis man überhaupt mal oben ist. Die reinste Hölle«, meinte Vanni Amidei. Während er sprach, blätterte er durch eines der Bücher.

»Du bist ja auch mit einem goldenen Löffel im Mund geboren, *Conte«,* erwiderte Ispettore Rossi mürrisch. »Nicht jeder wohnt in einer Villa mit Park, mit Gärtnern und Bediensteten.«

»Stimmt genau! Und auch sonst hat man mir ja ganz offensichtlich einiges in die Wiege gelegt. Aber darauf hätte ich gerne verzichten können.« Vanni Amidei schaute den Inspektor eingeschnappt an.

»Mi dispiace, Vanni, tut mir leid«, stammelte Ispettore Rossi, berührt von den Worten seines Gegenübers.

»Dass ich etwas zu klein geraten bin? Schon gut. Nicht zu ändern.«

»Vielleicht finden wir in seinen Sachen irgendeine Spur«, warf Enzo Leone ein, um die angespannte Situation zu beenden. »Seine Schwester ist gestern angekommen und will seinen Leichnam überführen. Ich kann sie nicht ewig warten lassen.« Enzo schob die Fotografien zurück in die Mitte des Tisches. Er behielt nur ein Bild von Ugo Santis, das ihn lachend auf der Schwelle einer Tür zeigte, und befestigte es an die Pinnwand neben dem Foto der Spurensicherung, auf dem er in seinem Blut lag.

»Das Olivenöl aus der Küche ist nicht identisch mit dem auf dem Opfer, und die Fingerabdrücke aus der Wohnung werden noch mit denen der Mitbewohner verglichen«, bemerkte Ispettore Rossi.

Davon erhoffte sich Enzo nichts. Der Mörder hatte Handschuhe getragen, wie Bastino meinte. »Ist das alles, was ihr finden konntet?« Enzo blätterte durch die Papiere. »Vanni, das Handy?«

»Die meisten Anrufe, die er bekam, waren von Rosa Santis. Er hat kein *WhatsApp* oder Ähnliches. Wer bitte hat heutzutage kein *WhatsApp?* Er hat sowieso nur ein paar Nummern gespeichert, und die sind von Leuten aus der Uni. Nur eine Nummer konnte ich noch nicht zuordnen, die hat 'ne Vorwahl von Deutschland.«

»Ach, *Commissario,* wegen der Madonna«, setzte Rossi an. »Ich habe die Blutergebnisse. Ich befürchte, uns ist da ein Fehler unterlaufen.«

»Warum?« Enzo schaute ihn fragend an, als im gleichen Moment Olivias Handy summte.

Sie nahm den Anruf entgegen. Nach wenigen Sekunden reichte sie ihr Handy an Enzo weiter.

»Warum gehst du nicht an dein Telefon?«, murrte Bastino übelgelaunt.

»Wir ...«

Bastino ließ ihn nicht ausreden. »Wir haben eine Tote. Eine junge Frau in Trastevere.«

»Das ist nicht mein Bezirk. Ruf Terzi im *Commissariato Trastevere* an. Wir haben hier genug zu tun!«

»Du solltest dir das besser ansehen – ihre Pulsadern sind aufgeschnitten.«

Enzo Leone ließ alles stehen und liegen, vergaß die Madonna – und Rosa Santis. »Ispettore Rossi, Vanni – ihr beide kommt mit.«

»Ich?« Vanni sprang vom Stuhl. Es war ihm anzusehen, wie sehr er sich darüber freute. Bisher hatte Enzo es vermieden, ihn zu Außeneinsätzen mitzunehmen, was vor allem an seinem Alter lag. Wie viel konnte er einem jungen Menschen zumuten? Was würde er ertragen können? Doch worin lag der Unterschied? Vanni Amidei sah die Bilder der Toten, die sie an die Wand pinnten, durchstöberte deren Wohnungen und sichtete ihre privaten Dinge.

Für alles gab es ein erstes Mal.

Die Adresse lag in einer noblen Gegend in *Trastevere.* Von Weitem sahen sie den silberglänzenden Leichenwagen auf der Straße parken. Sie stellten das Einsatzfahrzeug ab und stiegen aus. Ein Durchgang führte sie in einen malerischen Innenhof. In großen Kübeln wuchsen Zitronenbäume und Palmen, Rosen rankten um ein Spalier. Einige der riesigen Blätter einer Japanischen Wollmispel lagen braungefärbt auf dem gepflasterten Weg. Auf einem Mauervorsprung standen kleine Tontöpfe mit duftenden Kräutern.

Über zwei Stufen betraten sie das Haus. Zur linken lag die offene, helle Küche, davor stand ein Esszimmertisch. Eine schmale Stahltreppe führte nach oben. Zartes Licht beleuchtete die weiß getünchten Wände. Sämtliche Fenster waren mit Eisenstäben verriegelt, ebenso die Eingangstür, die vom Innenhof ins Haus führte.

Verwesungsgeruch hing wie ein grauer Schleier in der Luft.

»Buon giorno, Commissario.« Agente Gabriella Lupo kam Enzo diensteifrig entgegen. »Das sollten Sie sich unbedingt ansehen.«

Gabriella Lupo war etwa so alt wie Enzo. Man konnte ihr ansehen, dass sie nichts lieber tun würde, als in diesem Augenblick hier zu arbeiten. Sie war recht klein und kompakt. Ihre Uniformmütze saß keck auf kurzen dunkelbraunen Haaren. Sie führte die drei zum *sgabuzzino* – zur Abstellkammer. Waschmaschine, Putzeimer und Sauger standen darin. All die Dinge, die in jeder Wohnung keinen Platz fanden. Der Raum hatte nur ein Fenster – ein Fenster ohne Gitter – und war über den Hof erreichbar. Scherben lagen darunter. Jemand hatte die Glasscheibe eingeschlagen und die Verriegelung gelöst.

»Warum wurde hier kein Gitter angebracht?«, fragte Enzo Leone, mehr zu sich selbst gewandt. *Was für einen Sinn hatten dann all die anderen vergitterten Fenster?* »War die Spurensicherung schon in diesem Raum?«

Agente Lupo verneinte. »Die sind noch oben beschäftigt.«

»Vanni, du wartest hier vor der Tür, bis die Spurensicherung kommt. Und bitte – fass nichts an!« Der stechende Geruch im Haus ließ darauf schließen, dass die Leiche kein netter Anblick sein würde. Besser für Vanni Amidei, wenn er die Leiche nicht zu Gesicht bekam.

»Sie liegt in der Badewanne«, klärte Agente Lupo Ispettore Rossi und Enzo auf, als sie die Stahltreppe nach oben gingen.

Enzo Leone betrat das Badezimmer. Der Verwesungsgeruch war unerträglich. Mit einem schwachen Nicken grüßte er Dottore Bastino, der neben der Wanne stand. Ein Arm der Toten hin über den Wannenrand, auf dem Boden darunter hatte sich eine große Blutlache gebildet. Enzo ging um die Wanne herum, die in der Mitte des Raumes stand. Der Kopf der Toten hing kopfüber im Wasser. Bastino hob ihn an und neigte ihn vorsichtig nach hinten. Die Haut war grünlich verfärbt.

Enzo unterdrückte den aufkommenden Würgereiz. »Wie lange liegt sie schon hier?«, fragte er und vermied es, durch die Nase zu atmen.

»Zwei Tage – vielleicht drei. Genaues kann ich noch nicht sagen. Die Leichenstarre hat sich nahezu gelöst. Das Fenster stand die ganze Zeit über offen, und die Hitze der letzten Tage konnte ungehindert eindringen. Aber die Fäulnis geht im Wasser langsamer vonstatten.«

Details, die Enzo den Hals zuschnürten.

»Wieder so jung«, entfuhr es Ispettore Rossi, als er in das Gesicht des Mädchens blickte.

»Kann mal jemand das Fenster öffnen!«, brüllte Enzo durch das Badezimmer. Er ertrug den Geruch keine weitere Sekunde. Als sich niemand rührte, tat er es selbst und lehnte sich weit aus dem Fenster. Mit tiefen Zügen atmete er die frische Luft ein.

»Mach es wieder zu«, meinte Bastino tonlos. »Es sind schon genug Fliegen hier drin.«

Enzo tat es augenblicklich, aber die wenigen Atemzüge hatten ihm gutgetan. »Was wissen wir bis jetzt?«

Agente Lupo trat an ihn heran. Es schien, als würde ihr der Geruch nicht das Geringste ausmachen, als würde sie ihn nicht einmal wahrnehmen. Sie blätterte durch etliche Seiten eines kleinen Blockes. »Paola Fabri. 22 Jahre alt. Ihre Eltern sind heute Morgen aus dem Urlaub zurückgekommen und haben sie so vorgefunden. Am Freitag haben sie das letzte Mal mit ihrer Tochter telefoniert. Abends war sie noch mit Freundinnen unterwegs.«

»Wo sind die Eltern?«, fragte Enzo.

»Bei einer Nachbarin.«

Wie grauenhaft musste der Anblick und vor allem der Geruch für die Eltern gewesen sein, dachte Enzo. Dann sagte er zu Rossi, der sich ein Taschentuch vor Nase und Mund hielt: »Wir brauchen die Namen der Freundinnen.«

Ispettore Rossi nickte.

»War das Licht an, als ihr gekommen seid? Das im Flur brennt auch noch.« Enzo schaute zu Agente Lupo.

»Alles ist so, wie wir es vorgefunden haben. Die Eltern kamen hier an, als es bereits hell war; sie werden das Licht sicherlich nicht angemacht haben.«

»Also wird sie Freitagabend gestorben sein. Sie ist nach Hause gekommen und hat ein Bad genommen«, überlegte

Enzo laut und schaute sich um. Neben dem Waschbecken lag ein mit unzähligen bunten Strasssteinen beklebtes Handy. »Hattet ihr das schon?«

»Sì, Commissario«, erwiderte der Mann von der Spurensicherung und reichte es Enzo. »Hier oben sind wir fertig und machen jetzt unten weiter.«

»Tiefe Schnitte an den Handgelenken. Genau wie bei Ugo Santis. Ist auch die gleiche Marke.« Bastino zeigte auf die Rasierklinge, die im geronnen Blut neben der Wanne lag.

Vanni Amidei stieg keuchend die Treppen nach oben. »Ach du heilige Scheiße stinkt das hier!«, stieß er aus, als er mit kleinen Schritten ins Bad kam.

Dottore Bastino schien sich eine Bemerkung zu verkneifen. In diesem Augenblick bereute es Enzo, seinen jungen Sonderermittler mitgenommen zu haben.

»Und das Öl?«, wandte er sich an Bastino und bedachte Vanni mit einem strengen Blick.

»Kann ich dir noch nicht sagen. Möglich. Morgen früh wissen wir es. Aber sie hat etwas im Mund.«

Zwei Tote in kürzester Zeit. Enzo befürchtete, dass sie nicht die letzten Opfer bleiben würden. »So wie es aussieht, hat sie den Täter nicht gekannt. In der Kammer im Erdgeschoss wurde die Fensterscheibe eingeschlagen.« Er überlegte kurz, ehe er weitersprach. »Ich gehe jetzt zu den Eltern. Ispettore Rossi, Sie sprechen mit den Nachbarn. Fragen Sie, ob sie Freitagnacht etwas Verdächtiges gehört oder gesehen haben.« Dann wandte er sich an Vanni Amidei. »Du kommst mit mir.«

»Zu den Eltern? Ich? Warum ich?«, stöhnte Vanni und lief hektisch neben Enzo die Treppen wieder nach unten.

»Du bist Sonderermittler der Mordkommission, wir haben dich lange genug geschont.« Enzo wusste, dass er ihn für seine unbedachte Äußerung vorhin bestrafen wollte.

»Der Geruch, als wir das Haus betraten. Wir haben sofort gewusst, dass etwas nicht stimmte.« Angelica Fabri sprach langsam und auffällig tonlos. Sie hatte offensichtlich Beruhigungsmittel bekommen, damit sie die ersten Stunden nach dieser Tragödie verkraften konnte. *Und dann?*, fragte sich Enzo. Danach würde es nicht besser werden. Ihre Augen jedoch blickten ruhelos umher. »Wir dachten zunächst, es sei etwas verdorben, dass der Kühlschrank nicht mehr kühlte. Stattdessen ...« Sie brach ab und schlug die Hände vor ihr Gesicht. »Stattdessen war es Paola. Hören Sie? Meine Tochter verweste im Badezimmer.«

Enzo Leone warf einen kurzen Blick auf seinen Sonderermittler. Vanni Amidei saß tief eingesunken auf dem weißen Ledersofa und wirkte nicht nur wegen seiner Statur wie ein kleines Kind. Hilflos schaute er Signora Fabri an, und Enzo hoffte, dass er sich zusammenriss. Er hätte ihn doch nicht mitnehmen dürfen, aber jetzt war es zu spät.

»Wir können es einfach nicht glauben. Sie war doch so glücklich. In ein paar Tagen wollte sie nach Amerika. Warum hat sie sich das angetan?« Domenico Fabri fuhr sich fahrig durch sein schütteres graues Haar.

»Wann haben Sie das letzte Mal mit Ihrer Tochter gesprochen?«, fragte Enzo Leone und schaute Signor Fabri mitleidig an. Noch glaubte der Mann, dass sich seine Tochter umgebracht hatte. Was aber war schlimmer? Zu wissen, dass sie ermordet wurde?

»Wir wussten, dass Paola nicht zu Hause sein würde. Sie hatte so viel vor. Die Hochzeit ihrer Freundin Yasmina. Paola war Brautjungfer. Wir haben sie nicht angerufen, wir ...«

»Warum hat sich niemand bei uns gemeldet, als sie nicht bei der Hochzeit erschien?«, unterbrach Angelica Fabri ihren Mann.

»Cara, Liebes ...« Unfähig, seiner Frau eine Antwort zu geben, wischte er sich über die Augen.

»Wir brauchen die Adressen der Freundinnen.« Enzo versuchte es erst gar nicht, die beiden zu trösten.

Domenico Fabri nickte schwach.

In der Tür erschien die Nachbarin. »Buon giorno, *Signori.* Darf ich Ihnen etwas anbieten? Einen *Café* oder ein Glas Wasser?«

Enzo schaute zu Vanni Amidei, der den Kopf schüttelte, und antwortete: *»No, grazie, Signora.«*

»Wann dürfen wir nach Hause?«, fragte Angelica Fabri.

»Sobald die Spurensicherung mit allem fertig ist.«

»Spurensicherung?« Domenico Fabri schaute Enzo verständnislos an. »Aber wieso die Spurensicherung? Sie hat sich das Leben genommen.«

»Wir vermuten, dass jemand in das Haus eingebrochen ist. Leider können wir ein Gewaltverbrechen nicht ausschließen.« Enzo atmete tief durch.

»Oh mein Gott«, stieß Signora Fabri aus. »Ist sie ...« Sie ließ den Satz unvollendet.

»Wir müssen den Obduktionsbericht abwarten, *Signora.«*

»Als ich schwanger wurde, hatten wir längst die Hoffnung auf ein Kind aufgegeben. Paola ist unser einziges

Kind. Jahrelang habe ich mich nach einem Kind gesehnt, und nun ist sie mir genommen worden.«

»Es tut mir aufrichtig leid, *Signora,* und auch, dass wir Sie gerade jetzt mit diesen Fragen belästigen müssen. Aber es ist wichtig, dass Sie uns alles erzählen. Das kleinste Detail könnte uns weiterhelfen. Ihre Tochter war erst jetzt mit der Schule fertig? Sie war doch schon 22 Jahre alt?«

»Vor ein paar Jahren ging es Paola nicht so gut«, erwiderte Signora Fabri.

»Sie war krank?«, fragte Enzo.

»Es war nichts Körperliches. Paola war depressiv, wollte nicht mehr leben. Sie war für einige Zeit in einer Klinik, hat in der Schule ausgesetzt und später ein Schuljahr wiederholt«, erklärte Signor Fabri mit dünner Stimme, die jeden Moment abreißen konnte.

»Das ist so lange her, Domenico«, sagte seine Frau mit matter Stimme.

»Wissen Sie, wo Paola letzten Freitag war?«, fragte Enzo Leone und schaute zwischen den Eheleuten hin und her.

»Das letzte Mal haben wir mit ihr gesprochen, als sie mit ihren Freundinnen im *Maxxi* war. Sie hat uns ein Bild geschickt.« Mit zitternden Fingern holte Angelica Fabri ihr Handy hervor und zeigte ihm das Bild: Vier junge Frauen lachten in die Kamera. Enzo Leone erkannte Paola kaum. Das war nicht die junge Frau, die im Haus nebenan kopfüber in der Badewanne lag.

Vanni Amidei rutschte einige Zentimeter weiter und betrachtete schweigend das Foto.

»Elena, Nada und Yasmina. Yasmina hat am Samstag geheiratet.«

Es vibrierte in Enzos Jackentasche. Er entschuldigte sich, nahm das Handy und las die Nachricht auf dem Display: *Fertig!* Dottore Bastino hatte wie vereinbart das Signal gegeben. Die Spurensicherung war fertig, und man hatte die Tote abtransportiert. Nun konnten sie in das Haus zurück.

»Können wir das Zimmer Ihrer Tochter sehen?«, bat Enzo und stand auf.

Ein warmer Wind blies durch die weit geöffneten Fenster, als sie das Haus betraten. Domenico Fabri ging vor Enzo Leone und Vanni Amidei die Treppe nach oben. Neben seiner Frau, die sich an ihm festklammerte, wirkte er groß und hager.

Paolas Zimmer lag direkt neben der Dachterrasse. Die Eltern blieben davor stehen, unfähig, es zu betreten. Vanni schritt an ihnen vorbei, öffnete die Tür und trat ein. Im Gegensatz zu den anderen Räumen des Hauses war hier alles schreiend bunt. Es roch nach Räucherstäbchen und Parfüm. Auf dem Boden lagen unzählige Kleidungsstücke. Es schien, als würde Paola Fabri jeden Augenblick zurückkommen.

»Hier ist alles noch so voller Leben.« Domenico Fabri sprach Enzos Gedanken aus. Erschöpft setzte er sich auf das zerwühlte Bett seiner Tochter.

Enzo betrachtete die Bilder an den Wänden. Fotografien, aber auch Skizzen und Bleistiftzeichnungen.

»Ihre Tochter hat gemalt?«, fragte Enzo.

»Ja, es war ihr Traum, Kunst zu studieren. Aber zuvor wollte sie die Welt sehen«, antwortete Signor Fabri.

Enzo horchte auf. »Wo wollte Ihre Tochter studieren?«

»Hier, in Rom. An der Kunstakademie.«

»Hatte sie sich bereits beworben?« Enzo spürte jene elektrisierende Erregung, die ihn immer überkam, wenn er ein Puzzleteil anfügen konnte, wenn sich eine neue Spur zeigte.

»Nein, noch nicht. Ist das wichtig?«

»Kennen Sie einen gewissen Ugo Santis?«, fragte Enzo, ohne auf Signor Fabris Frage einzugehen.

»Ugo Santis?«, wiederholte Signor Fabri. »Der Name kommt mir nicht bekannt vor.« Auch seine Frau schüttelte den Kopf.

Sie hatten Paolas Handy aus dem Badezimmer mitgenommen; wenn es eine Verbindung zu Ugo Santis gab, würden sie diese darin finden.

Vanni Amidei ging zu dem Schreibtisch. Zwischen Stiften, Nagellacken und unzähligen Flakons stand ein rosafarbener Laptop. »Dürften wir den mitnehmen?« Er hob den Kopf und schaute Signora Fabri fragend an. Anscheinend hatte er sich wieder gefangen.

»Das wäre ihr ganz bestimmt nicht recht.«

»Ich verspreche Ihnen, dass ich alles so belasse, wie es ist«, antwortete Vanni Amidei ernst und legte seine Hand auf den Arm der Frau. Es war ein merkwürdiges Bild. Doch Enzo hatte das Gefühl, dass ihr diese Berührung Kraft gab, denn sie nahm den Laptop und überreichte ihn seinem jungen Ermittler.

Mit zitternden Fingern hielt Vanni Amidei die Flamme eines goldenen Feuerzeugs an die Zigarette, die zwischen seinen Lippen steckte. Auf seinem Schoß lagen der rosafarbene Laptop und in einer Mappe die Zeichnungen von den Wänden. Es war natürlich nicht erlaubt, im Dienstwagen zu rauchen. Doch Enzo schluckte das Verbot, das ihm schon auf der Zunge lag, wieder herunter. Der Junge hatte heute viel gesehen. Zu viel für sein Alter, und doch hatte er sich wacker geschlagen.

»Willst du darüber reden?«, fragte Enzo.

»Nein, eigentlich nicht. Ich will es lieber vergessen«, erwiderte Vanni mit einem schiefen Lächeln.

»Du solltest zu unserer Polizeipsychologin gehen«, ließ Enzo nicht locker.

»Eine Psychologin? Ich war schon bei zu vielen Psychologen.«

»Ach ja?«

Vanni nickte und schaute dem Rauch nach, den er langsam aus dem Fenster ausblies.

»Jeder von uns geht sie ab und zu *besuchen.* Das ist kein Zeichen von Schwäche, Vanni.«

»Mir geht es gut, *Commissario.«*

»Wie du meinst.« Enzo steckte den Schlüssel ins Zündschloss. Sein Blick fiel auf die Mappe mit den Bildern. »Wir müssen noch mal zur Kunstakademie.« Er wendete den Wagen. »Ruf Rossi an, er soll die Freundinnen aufs Revier bitten. Heute noch!«

»Wir haben doch keine Nummern bekommen.«

»Aber du hast das Handy. Such nach Nada, Yasmina und Elena. Und wenn du schon dabei bist, schau auch gleich, ob Ugo Santis in ihren Kontakten auftaucht.«

Nach wenigen Minuten hatte Vanni die Telefonnummern der Freundinnen gefunden und an Olivia weitergeschickt. Enzo wollte gar nicht wissen, wie er den Handycode geknackt hatte.

Der Name Ugo Santis tauchte nirgendwo auf.

Kapitel 6

Diese verfluchten Tränen.

Jeden Morgen war es das Erste, was er tat. Mit klopfendem Herzen ging er zu der Altarnische und hoffte, dass sie versiegt waren. Und jedes Mal sah er auf ihren weißen Wangen erneut zwei feine rote Rinnsale. Niemand durfte ihr Antlitz je wieder so sehen. Schon gar nicht Don Salvino, der ihm die Schuld für ihre Trauer geben würde. Wem auch sonst? Er würde ihn der Kirche verweisen. Dann war er verloren. Nur hier konnte er auf Vergebung hoffen. Er zog sein Taschentuch aus der Hosentasche und suchte eine noch saubere Stelle. *Sie weint wegen mir.* Wer sonst sollte Schuld an ihrem Kummer haben? Er war verflucht. *Maledetto.* Zu viel Böses hatte er getan. Sein Kopf drohte zu bersten, je mehr er darüber nachdachte. Vorsichtig blickte er sich um, ob diese neugierige alte Hexe in der Nähe war. Warum hatte sie auch gleich die Bullen holen müssen? Am liebsten hätte er ihr den verschrumpelten Hals umgedreht. So wie er es bei Hühnern und neugeborenen Katzen tat. Während er der Madonna über das Gesicht wischte, betete er ein stummes Vaterunser. Als er Schritte hörte, ließ er das Tuch eilig in seiner Hosentasche verschwinden.

»Luigi, was tust du denn schon hier?«, fragte Don Salvino erstaunt. Er war am Eingang zu der kleinen Altarnische stehen geblieben.

»Monsignore!« Erschrocken wich der Küster von der Marienstatue zurück. Mit einem unbedachten Schritt stieß er dabei gegen die hohe Bodenvase mit den weißen Lilien, die mit lautem Geschepper umfiel. Das Blumenwasser ergoss sich über den marmornen Boden. *»Scusi.* Ich wische das sofort weg, *Monsignore«*, haspelte er unterwürfig und bückte sich hektisch nach den Blumen.

»Lass, das mach ich selbst. Hol du Wasser für die Vase, Luigi.« Beruhigend legte ihm der Pfarrer die Hand auf die Schulter. »Das kann jedem mal passieren.« Dann hob Don Salvino die langstieligen weißen Madonnenlilien auf und stellte die Vase an ihren angestammten Platz neben der Marienstatue zurück. Gedankenverloren arrangierte er die nach Honig duftenden Blumen.

Erst als er hörte, wie die große Pforte zufiel, hielt er inne. Er mochte dieses Geräusch: es klang gedämpft und einladend. Jemand war in die Kirche gekommen – was am frühen Morgen doch recht ungewöhnlich war. Dann vernahm er die schlurfenden Schritte von Signora Gaeta.

»Buon giorno, Don Salvino. Sie habe ich gesucht!« Signora Gaeta schritt direkt auf den Pfarrer zu, trat in die Lache des Blumenwassers und kam ins Rutschen. Im letzten Moment konnte sie sich an der Madonna festhalten. *»Dio mio«*, stieß sie atemlos aus. »Welcher *cretino* hat hier Wasser verschüttet?«

»Was ist so wichtig, *Signora?«* Lächelnd reichte Don Salvino ihr den Arm, damit sie über die Pfütze hinwegsteigen konnte.

»Die Madonna«, sagte sie immer noch außer Puste und erzählte ihm, was die Woche zuvor geschehen war.

»Sie haben die Polizei gerufen?«

Sie nickte bestimmend. *»Certo!* Es war Blut. Was hätte ich machen sollen?«

»Aber was hat die Polizei damit zu tun?« Don Salvino betrachtete das traurige Gesicht der Madonna. »Warum haben Sie mich nicht gerufen?«

»Sie waren nicht da, *Monsignore*. Der Commissario hat Proben vom Blut mitgenommen. Ich warte noch auf das Ergebnis.«

»Aber seitdem hat sie nicht mehr geweint?« Er schaute dem Küster entgegen, der mit einer Kanne Wasser und Putzlappen zu ihnen trat.

»No, Monsignore. Mir ist nichts mehr aufgefallen. Und ich bin ja jeden Tag hier.« Er schaute dabei Signora Gaeta verächtlich an.

»Du hast es also auch gesehen, Luigi?« Die Stimme des Pfarrers war nunmehr ein Flüstern. »Ihr habt es beide gesehen?«

»Sì, Monsignore«, erwiderte der Küster.

»Und du hast es mir nicht erzählt? Schließlich war die Polizei in meiner Kirche. Du hättest es mir sagen müssen.«

»Ich fand es nicht wichtig. Die Polizei geht von einem Streich aus. Ich hatte es ganz vergessen«, log er.

»Ich werde mich darum kümmern«, seufzte Don Salvino. Aber in seinem Inneren war er aufgewühlt. Die Polizei in seiner Kirche. Blut in seiner Kirche. Wohin würde das alles führen?

*

Professore Rinaldi blickte zwischen Vanni Amidei und Commissario Leone hin und her.

»Sonderermittler Amidei«, stellte Enzo seinen jungen Kollegen vor, über dessen immer noch bleiches Gesicht ein stolzes Grinsen huschte.

»Meine Herren, wie kann ich Ihnen behilflich sein? Haben Sie noch Fragen?« Der Professor wirkte nervös.

»Die haben wir tatsächlich«, erwiderte Enzo und setzte sich auf den Stuhl, auf dem er vor wenigen Tagen gesessen hatte. Es war dem Professor deutlich anzumerken, dass er nicht erfreut war, dass sie in sein Büro geplatzt waren.

»Ich habe einen wichtigen Termin, wenn Sie sich also kurz fassen könnten.« Erneut blickte er auf seine Armbanduhr.

»Es wird nicht lange dauern.«

Es war bald vier Uhr, als sie zurück zur *Questura* fuhren.

»Sie verdächtigen mich?«, hatte der Professor gefragt. »Welchen Grund sollte ich haben? Neid auf sein Talent?« Sein Erstaunen, das fast schon empört klang, überzeugte Enzo: Nein, der Professor konnte nichts mit den Morden zu tun haben.

Außerdem kannte er Paola Fabri nicht, und als er seine Sekretärin bat, nachzusehen, ob sie sich bereits an der Universität beworben hatte, erwiderte sie, dass sie von ihr keine Bewerbungsunterlagen erhalten hatte.

»Also der war's bestimmt nicht. Der hätte ja fast geheult«, unterbrach Vanni Amidei Enzos Gedanken.

»Wahrscheinlich nicht«, antwortete Enzo und blickte kurz zu seinem jungen Kollegen, der kaum über das Armaturenbrett hinausschauen konnte. »Hast du Hunger?«

»Ne, mir ist der Appetit vergangen.« Er schien zu überlegen, dann sagte er: »Ein kühles Bier würde ich allerdings nicht ausschlagen.«

Enzo lachte laut auf. »Nicht im Dienst.«

Vanni trommelte mit den Fingerspitzen auf den Laptop. »Tut mir übrigens leid, dass ich vorhin in dem Badezimmer so dämlich war. Das war nicht sehr professionell, stimmt's?«

Verblüfft blickte Enzo zur Seite. »Schon gut.«

Sein Handy piepste. Ein Ton, der ihm zeigte, dass eine Nachricht über *WhatsApp* eingegangen war. Bestimmt seine Mutter. Sie schickte, seitdem er ihr das neue Handy geschenkt hatte, ständig irgendwelche Filmchen und dämliche Sprüche an ihn weiter. Und Bilder von allem, was sie vor die Handylinse bekam. Dennoch schielte er auf das Display. Es war ein Bild. Er legte den Daumen auf den Button und entriegelte sein Smartphone. An der Ampel schaute er das Bild genauer an. Seine Mutter hatte es am Pool aufgenommen. Am Beckenrand saß eine Frau, über deren schmalen Rücken lange schwarze Haare fielen. Es war Rosa. Sie hatte ihre Füße ins Wasser getaucht.

Zwei junge Frauen saßen weinend neben Olivia.

»Das sind die beiden Freundinnen von Paola. Die dritte, Yasmina, ist seit Sonntag in Thailand in den Flitterwochen.« Olivia sah fix und fertig aus.

»Commissario Leone«, stellte er sich vor und nahm die beiden mit in sein Büro. Ispettore Rossi folgte ihnen. Sie setzten sich an den Besprechungstisch. Noch ehe Enzo eine Frage stellen konnte, sprachen die beiden durcheinander los. Alles sprudelte aus ihnen heraus.

»Piano, piano, Signorine. Immer der Reihe nach. So kann ich nichts notieren. Ihr müsst nacheinander reden.« Ispettore Rossi wandte sich an die junge Frau mit dem blonden Pagenschnitt.

»Wie heißen Sie?«, fragte er sie aufmunternd.

»Nada Valle.« Sie schaute ihn mit großen verheulten Augen an.

»Dann sind Sie Elena?«

Die andere junge Frau nickte. Sie hatte ihr dunkles Haar achtlos nach hinten gebunden. »Elena Savona.« Die letzten Reste einer schwarzen Wimperntusche flossen als kleines verschmiertes Rinnsal über beide Wangen.

Rossi reichte ihr ein Papiertaschentuch.

»Ihr müsst euch zuallererst einmal beruhigen. Wir wissen, wie schrecklich und traurig das für euch ist. Eure Freundin ist gestorben. Aber wir brauchen eure Hilfe.« Rossi, der selbst drei Kinder – nur Mädchen – hatte, traf den richtigen Ton.

Sie nickten, und Enzo erschienen die beiden wie kleine Kinder, die sich laut schniefend allmählich beruhigten.

»Sollen wir eure Eltern benachrichtigen?«, fragte Enzo.

Beide verneinten.

Im gleichen Augenblick betrat Vanni Amidei das Büro. »Sorry, ich wurde aufgehalten.« Beide Mädchen sahen auf. Die Blonde mit dem Pagenschnitt starrte ihn einen Moment zu lange an.

»Signorina Valle«, wandte sich Enzo an sie, um ihre Aufmerksamkeit auf sich zu ziehen, »wann haben Sie Paola das letzte Mal gesehen?«

Abwechselnd berichteten sie von ihrem letzten Tag mit Paola Fabri. Sie erzählten, wo sie waren, was sie getan, was sie gegessen hatten. Dabei hielten sie sich an den Händen.

»Ist euch irgendetwas Ungewöhnliches aufgefallen. Irgendjemand, der euch beobachtet hat? Hat euch jemand angesprochen?«, fragte Ispettore Rossi.

»Da war doch dieser Mann.« Nada schaute ihre Freundin an. »Der im *Maxxi* war und auch später vor der Bar, erinnerst du dich?«

Elena überlegte. »Stimmt, den hatte ich ganz vergessen.«

»Ein Mann?«, wiederholte Rossi. »Wisst ihr noch, wie er ausgesehen hat?«

Elena schüttelte den Kopf. »Er war alt.«

»Wie alt?«, wollte Enzo wissen.

»Vielleicht so alt wie mein Vater.«

»Und wie alt ist Ihr Vater?«, hakte Rossi nach.

»45.« Sie schaute Nada fragend an.

»Er war dunkel gekleidet und trug eine rote Kappe, die überhaupt nicht zu ihm passte. Jetzt erinnere ich mich wieder«, ergänzte Nada.

»Und die Haarfarbe?«, fragte Rossi, während er sich Notizen machte.

»Die Haare waren ja durch die Kappe verdeckt, aber sie waren nicht schwarz, glaube ich wenigstens«, meinte Elena.

Die Beschreibung war kaum zu gebrauchen.

»Na, das ist doch schon einiges«, ermunterte Rossi die beiden dennoch.

»Habt ihr euch nicht gewundert, als eure Freundin nicht zur Hochzeit erschienen ist?«, fragte Enzo und bereute es augenblicklich.

Elena schlug die Hände vors Gesicht. Ihr Körper vibrierte. »Wir sind schuld, dass sie tot ist«, jammerte sie verzweifelt.

»Ihr hättet es nicht verhindern können«, versuchte Rossi, die jungen Frauen zu beruhigen.

Nada riss sich zusammen. »Wir waren spät dran. Als Paola nicht zur verabredeten Zeit erschien, haben wir versucht, sie zu erreichen. Wir hatten aber keine Zeit, zu ihr nach Hause zu fahren. Wir waren doch die Brautjungfern von Yasmina. Wir dachten, dass sie einfach verschlafen hatte und nachkommen würde. Yasmina haben wir gesagt, dass sich Paola nicht wohl fühle. Wir wollten nicht, dass sie an ihrem Hochzeitstag traurig ist.«

»Wir haben doch immer wieder versucht, sie zu erreichen.« Elenas Worte klangen wie eine Entschuldigung. »Wir wollten einfach das Fest nicht verlassen.«

»Als wir am Sonntag immer noch nichts von ihr gehört hatten, sind wir zu ihr gefahren. Aber niemand hat aufgemacht.« Nada liefen die Tränen über die Wangen.

»Wir haben überlegt, ihre Eltern anzurufen, aber wir wollten auch nicht, dass Paola Ärger bekommt.«

»Wie ist sie gestorben?«, fragte Nada leise.

»Das können wir euch nicht sagen«, erwiderte Rossi.

»Noch eine letzte Frage: Kennt ihr Ugo Santis?« Hoffnungsvoll schaute Enzo die beiden an.

Kaum hatten die jungen Frauen das Zimmer verlassen, stöhnte Ispettore Rossi auf. »Was für eine Beschreibung: *Er war alt.* Ich bin alt, aber für die jungen Leute ist man schon mit 45 Jahren alt.« Er schaute zu Vanni Amidei.

»Beh, alt ist für mich jeder ab 30.« Vanni grinste ihn frech an.

Enzo konnte sich ein Lächeln nicht verkneifen. »Lasst uns kurz alles zusammentragen, was wir bisher haben, dann machen wir Schluss für heute. Es war ein langer Tag.«

Vanni klemmte Paola Fabris Laptop unter den Arm. »Ich nehm den mit nach Hause.«

Enzo nickte ihm zu, setzte sich an den Schreibtisch und sortierte die Bilder, die Olivia ausgedruckt hatte. Paola Fabri lachend, Paola Fabri kopfüber in der Wanne, das zerbrochene Fenster. Durch die angelehnte Tür hörte er das monotone Klackern der Tastatur unter Olivias Fingern, das ihn allmählich beruhigte.

Auch Paolas Freundinnen kannten Ugo Santis nicht. Doch irgendwo musste es diese verfluchte Schnittmenge geben.

»Ich geh dann«, rief Olivia und steckte kurz den Kopf durch die Tür. Ihre Tasche hatte sie bereits unter den Arm geklemmt.

»Olivia, ich brauche deine Hilfe.« Enzo schaute sie schuldbewusst an.

Sie ließ sich neben ihm auf den Stuhl sinken. »Wenn du mich schon so anschaust. Was soll ich tun?«

Olivia war hilfsbereit, aber seine Bitte brachte sie doch aus der Fassung. »Aber sie ist in den Flitterwochen!«

»Ich weiß, aber wir können keine zwei Wochen warten. Wir versuchen es einfach auf ihrem Handy. Bitte, Olivia! Du weißt doch, ich bin für so was nicht geeignet. Wahrscheinlich haben ihre Freundinnen ihr sowieso schon berichtet, was passiert ist.«

Hatten sie nicht.

Yasminas Weinen war herzzerreißend.

Olivia lief eine Träne über die Wange. »Es tut mir so leid, dass ich Sie in Ihren Flitterwochen belästige. Ich habe auch nur zwei Fragen.«

Enzo hatte ihr die beiden Fragen aufgeschrieben.

»Wann ist die Beerdigung«, fragte Yasmina schluchzend.

»Die Beerdigung?«, wiederholte Olivia und schaute Enzo fragend an. Der hob die Schultern.

»Das wissen wir noch nicht. Ihre Freundinnen haben berichtet, dass ihnen ein Mann aufgefallen ist, können Sie sich an ihn erinnern?«

»Ein Mann? Ja, da war ein Mann«, berichtete sie stockend. »Er stand vor dem *Maxxi*. Und später haben wir ihn dann nochmals gesehen. Paola glaubte, ihn von irgendwoher zu kennen, wusste aber nicht woher.«

»Könnten Sie ihn näher beschreiben?«

»Nicht wirklich. Er war vielleicht 40 Jahre alt und trug einen Oberlippenbart. Außerdem hatte er eine rote Basecap auf mit einem gelben Werbeaufdruck.«

Enzo horchte auf. »Frag sie nach der Haarfarbe!«

»Welche ...«

»Er hatte braune Haare. Aber nicht dunkelbraun. Eher ein helles Braun«, antwortete Yasmina, die Enzos Frage gehört hatte.

»Und meine letzte Frage. Kennen Sie einen gewissen Ugo Santis? Er ist ein Kunststudent an der Kunstakademie?«

Auch Yasmina kannte ihn nicht. Ehe sie auflegten, tröstete Olivia die junge Frau.

»Ich bin dir was schuldig.« Enzo legte seine Hand auf Olivias zitternde Finger.

»Schon gut«, antwortete sie, und Enzo wurde bewusst, dass er heute genau das Gleiche zu Vanni gesagt hatte, als er sich für etwas entschuldigte, was man nicht entschuldigen konnte. Als Olivia aufstand, lächelte sie ihn traurig an. »Bleibst du noch?«

Enzo nickte müde.

»Sorgen?«, fragte sie.

»Was, wenn das erst der Anfang ist?«

»Das wäre schlimm. Aber für heute habe ich genug davon«, erwiderte sie.

Nachdem Olivia gegangen war, nahm er sein Handy und betrachtete das Foto, das seine Mutter am Mittag geschickt hatte. »Machen wir morgen weiter!«, sagte er laut zu sich selbst und schrieb ihr eine Nachricht, dass er jetzt erst losfahren würde. Er war schon viel zu spät dran. Eigentlich hatte er bei seinen Eltern zu Abend essen wollen und hoffte, dass sie nicht damit auf ihn gewartet hatten.

Er öffnete das Verdeck seines alten Alfa Spiders und startete den Motor. Als das kräftige, sonore Brummen ertönte, legte er seine Hände um das hölzerne Lenkrad und verließ den Parkplatz der *Questura.* Er fuhr am Kolosseum und an der Trajanssäule vorbei – hinaus aus der Stadt. In der Ferne sah er hinter den Pfeilern der Aqua Claudia die Sonne rötlich untergehen. Er war froh, der staubigen Hitze und der Schwüle der Großstadt zu entkommen. Je weiter er sich von Rom entfernte, desto hügeliger wurde die Landschaft. Kleine Dörfer, die Burgen glichen, klebten an den Hängen: die *Castelli Romani.*

Das Haus seiner Eltern lag bereits im Dunkeln und er fragte sich, was er sich dabei gedacht hatte, so spät noch hierherzufahren. Warum hatte er nicht abgesagt? Sie hätten es verstanden und ihm bestimmt keinen Vorwurf gemacht.

Seine Mutter kam ihm im Nachthemd entgegen. »Dein Vater ist schon schlafen gegangen.«

»Tut mir leid, dass ich das Abendessen verpasst habe.«

»Schon gut«, antwortete sie und küsste ihn auf die Wange.

Schon gut, dachte er, da war es wieder. *Schon gut.*

»Du hast bestimmt Hunger. Ich habe dir etwas aufgehoben. *Pasta al Forno,* dein Lieblingsessen.«

»Wenn ich das gewusst hätte, *Mamma.«* Seine *Nonna* hatte dieses neapolitanische Gericht oft für ihn gekocht. Eine Art Nudelauflauf mit hart gekochten Eiern, *Polpettine* – kleine Fleischbällchen, kaum größer als Murmeln – und Mozzarella. Der *Sugo* war eine einfache Tomatensauce. Er hatte einen Bärenhunger. Während seine Mutter die Reste aufwärmte, schaute er sich um.

»Wo ist sie?«, fragte er leise.

»Sie ist schon zu Bett gegangen. Sie geht immer früh schlafen.« Seine Mutter verzog bei den Worten ihren Mund zu einem bedauernden Lächeln.

Sie setzte sich ihm gegenüber an den Küchentisch und betrachtete ihn, während er sich das Essen schmecken ließ. Dazu trank er ein Glas Frascati.

»Was macht sie den ganzen Tag über?«, fragte er, nachdem er seinen ersten Hunger gestillt und sich ein weiteres Glas Wein eingeschenkt hatte.

»Sie liest. Dein Vater hat ihr ein paar Bücher gegeben.«

»Ich kann ihr auch ein Hotel in der Stadt suchen?« Er sagte es, obwohl er wusste, dass seine Mutter das niemals zulassen würde.

»Aber nein! Das ist wirklich nicht nötig. Sie kann so lange bleiben, wie sie will. Auch dein Vater schätzt ihre Anwesenheit. Und du weißt ja, er ist eigentlich kein Freund von Besuch. Er will meist nur seine Ruhe haben. Gestern hat er ihr sogar die Bienen gezeigt. Sie ist so wissbegierig und hat eine so ganz besondere ruhige Art, der man sich kaum entziehen kann.«

Seit Enzos Vater im Ruhestand war, widmete er sich vor allem seinem Hobby – der Imkerei. Schon seit Enzo denken kann, hatte sein Vater im Garten hinter dem Haus in den Albaner Bergen Bienenstöcke aufgestellt und seinen eigenen Honig geschleudert. Orangebraunen, zähflüssigen Honig, der außergewöhnlich gut schmeckte. Nach Karamell und Pinien – würzig und süßlich zugleich.

»Sie will so lange in Rom bleiben, bis sie ihren Bruder mit nach Hause nehmen kann.«

»Und wann wird sie ihn beerdigen können?«

»Wir haben eine weitere Tote. Alles weist darauf hin, dass es der gleiche Täter ist. Es kann also noch eine Weile dauern, bis die Leiche ihres Bruders freigegeben wird.«

Seine Mutter stand auf und ging zu ihm hinüber. Sie strich ihm über die Haare. »Du siehst müde aus. Wolltest du nicht Urlaub nehmen?«

»Nach diesem Fall. Zumindest habe ich es mir fest vorgenommen.« Er blickte auf die Katze, die um seine Beine schlich. »Schon wieder eine neue?«

Sie lachte auf. »Du weißt doch, ich kann sie nicht leiden sehen. Wenn nur nicht dein Vater immerzu dagegen wettern würde. Wann stehst du morgen auf?«

»Ich fahre gleich in der Frühe.«

»Du musst im Gästezimmer schlafen. Ich habe ihr dein Zimmer gegeben. Es hat den schönsten Blick auf den See. Ich hoffe, das macht dir nichts aus?« Sie lächelte entschuldigend.

»Bestimmt nicht.«

»Buona notte, Enzo.« Sie ging die Treppe nach oben.

»Mamma!«, rief er hinter ihr her.

Sie drehte sich um. »Ja?«

»Sie war ja doch im Pool.«

Seine Mutter lachte. »Wenn auch nur mit den Füßen.«

Nachdem seine Mutter gegangen war, öffnete er immer noch hungrig den Kühlschrank. Seit Tagen ernährte er sich von belegten Brötchen und süßen Brioches. Doch nichts von dem, was darin lag – Wurst, Käse und verschiedene *Antipasti* – machte ihn an. Er goss sich ein weiteres Glas von dem Wein ein und ging damit nach oben. Kurz lauschte er vor seinem Zimmer, doch nichts war zu hören, und ging eine Tür weiter ins Gästezimmer. Es war warm und stickig. Er zog Hemd und Hose aus und fand im Schrank eines seiner alten T-Shirts; dann öffnete er das Fenster und ließ die kühle Brise der Berge in das Zimmer strömen. Das Bett roch nach frischer Wäsche. Sein letzter Gedanke, ehe er einschlief, galt Paola Fabri.

Mitten in der Nacht wurde er wach. Im ersten Moment wusste er nicht, wo er war. Ein Geräusch hatte ihn geweckt. Er setzte sich auf und lauschte. In der Ferne bellte ein Hund. Ein anderer antwortete aus entgegengesetzter Richtung. Die Geräusche hier unterschieden sich von denen am Meer, wo er vor allem das Rauschen der Wellen hörte. Doch da war auch etwas anderes. Aus dem Nebenzimmer hörte er Rosa Santis weinen. Er schaute auf sein Handy. Es war gerade mal zwei Uhr. Zu früh, um aufzustehen. Ruhelos wälzte er sich im Bett; schließlich ging er nach unten, um sich eine Flasche Wasser zu holen. Leise trat er auf den Flur hinaus und lauschte erneut an der Tür. Alles lag still. Es roch immer noch nach der *Pasta al Forno.* Im Kühlschrank fand er eine angebrochene Flasche Wasser. Er widerstand der Versuchung, sich eines der kleinen Fleischbällchen zu nehmen, schloss die Kühlschranktür und erschrak zu Tode, als Rosa Santis in einem weißen Nachthemd mit dünnen Trägern vor ihm stand.

»*Commissario,* ich wusste nicht, dass Sie hier sind«, stammelte sie verlegen.

»Habe ich Sie aufgeweckt?«, fragte er, obwohl er es besser wusste.

»Ich schlafe schlecht«, antwortete sie – wie er wusste – ehrlich.

»Das tut mir leid.«

Sie zuckte mit den Schultern. »Ihre Eltern sind wundervoll.« Während sie sprach, ließ sie Wasser aus dem Wasserhahn in ein Glas laufen. Sie trank es schweigend. Eine einzelne Träne lief über ihre Wange. Auf einmal fiel sie ihm weinend um den Hals.

»Alles wird gut, Rosa«, flüsterte Enzo mit belegter Stimme. Sie war nur wenig kleiner als er, was ihm erst jetzt auffiel. Er hielt sie fest in seinen Armen. War er denn komplett verrückt geworden? Was war nur los mit ihm, dass diese junge Frau ihn derart berührte?

Irgendwann beruhigte sie sich und löste sich von ihm. »Ich gehe jetzt schlafen«, sagte sie und ging die Treppen nach oben. Er sah ihr noch nach, als sie längst in ihrem Zimmer verschwunden war.

Den Rest der Nacht lag er wach. Seine Gedanken gingen durcheinander. Was für ein Chaos, dachte er und versuchte, dieses Gefühl, sie in seinen Armen zu haben, zu behalten.

Um vier Uhr rief er Bastino an.

»Ich hätte auch um diese Zeit schlafen können! So wie jeder andere normale Mensch«, schnauzte Franco Bastino ihn an.

»Tust du aber nicht, oder?«, bemerkte Enzo. »Wie weit bist du?«

»Ich bin mittendrin. Komm am besten gleich, damit ich anschließend schlafen gehen kann.«

Enzo zog sich an, dann schlich er die Treppen nach unten.

Überrascht stellte er fest, dass sein Vater bereits in der Küche vor dem Gasherd stand und in der alten *Caffettiera* Kaffee kochte.

»Buon giorno, Papà. Warum bist du schon wach?«, fragte Enzo und umarmte seinen Vater.

»Ich habe dich gehört, da bin aufgestanden, damit ich dich noch sehe«, antwortete er, goss eine kleine Tasse mit der schwarzen Flüssigkeit voll und tat reichlich Zucker dazu.

»Ich komme am Wochenende«, sagte Enzo, als er nach draußen ging. »Und danke, dass ihr Signorina Santis aufgenommen habt.«

Sein Vater schaute ihn eindringlich an. Sofort fühlte Enzo sich um Jahre zurückversetzt, als er noch ein Kind war und sein Vater jede Lüge durchschaute, die er ihm auftischte.

»Mein Sohn, ich habe es dir immer gesagt: Du bist zu weich für diesen Job.«

Über der *Campagna* ging die Sonne auf und tauchte die Felder, die um diese Jahreszeit verdorrt oder gar abgebrannt waren, in ein warmes, weiches Licht. Enzo fuhr an den Straßenrand und genoss für einen Augenblick die Ruhe. Dann rief er Vanni Amidei an.

»Ich bin auf dem Weg zu Dottore Bastino«, sagte er, als sich Vanni bereits nach dem zweiten Klingelton meldete.

»Jetzt? Es ist gerade mal fünf Uhr, *Commissario.«*

»Du wolltest doch mit«, erwiderte Enzo »Ich bin in einer halben Stunde dort.«

»Ich bin gerade erst ins Bett gegangen. Ich habe noch das Handy und den Computer von Paola durchgesehen.«

»Hast du was gefunden? Ist irgendwo der Name Ugo Santis aufgetaucht?«

»No, niente.« Enzo hörte Vanni gähnen.

»Dann sehen wir uns nachher auf der *Questura* zur Besprechung. Schlaf gut.«

Als Enzo Leone vor dem Gerichtsmedizinischen Institut parkte, wartete Vanni rauchend vor dem Eingang der Universitätsklinik. »Anscheinend wollt ihr mich tatsächlich nicht länger schonen«, wiederholte er, was Enzo zu ihm gesagt hatte.

»Sorry, das hatte ich nicht so gemeint«, versuchte er eine Entschuldigung. »Eigentlich bist du in unserer Abteilung unersetzlich.«

Vanni blickte zu ihm auf, verzog den Mund zu einem Grinsen und meinte: »Aber Sie werden mir jetzt nicht um den Hals fallen, *Commissario?«*

Das waren die Momente, in denen Enzo bewusst wurde, dass er keine 20 mehr war. Und er fragte sich, ob er jemals so mit Erwachsenen gesprochen hatte. »Lass uns reingehen. Der Doktor wartet schon.«

»Wird auch Zeit«, empfing Bastino die beiden in seiner gewohnt schnoddrigen Art.

»Buon Giorno, Dottore. Gut gelaunt heute, was?«, grüßte Vanni den Gerichtsmediziner und trat mit kleinen Schritten durch die Tür.

»Ein Witzbold«, antwortete Bastino und ging den beiden voran in den Sektionssaal.

Es roch nach Verwesung, Desinfektionsmittel und Formaldehyd.

»Bekomme ich denn hier keine Salbe unter die knubbelige Nase?«, stöhnte Vanni.

»Leichengeruch, junger Mann, kann man nicht übertünchen, da hilft auch keine wohlriechende Salbe unter dem Näschen. Aber ich kann Ihnen versichern, in fünf Minuten haben Sie sich daran gewöhnt.« Er schaute Vanni über seine randlose Brille hinweg an. Dabei zog er eine Braue nach oben. »Den Kaugummi sollten Sie allerdings rausnehmen. Der nimmt den Verwesungsgeruch an.«

Angewidert spuckte Vanni den Kaugummi augenblicklich in seine Hand.

Der Leichnam von Paola Fabri lag unbedeckt auf dem metallenen Tisch. Ihr langes kastanienbraunes Haar umgab wie ein Kranz ihr Gesicht. Vanni wurde fast genauso bleich wie die Tote.

»Sie ist nicht ertrunken – was ungewöhnlich ist«, begann Dottore Bastino ohne Umschweife. »Sie müsste das Bewusstsein verloren haben und dann in der Wanne ertrunken sein. Das ist nicht der Fall. Es ist kein Wasser in den Lungen.« Er ging um die Leiche herum. Vanni näherte sich langsam, und Enzo hoffte, dass er nicht umkippte. Zu allem Übel war er fast auf Augenhöhe mit dem Seziertisch. »Sie wurde über Wasser gehalten. Erst als sie tot war, ist sie abgetaucht.«

»Also kein Selbstmord«, stellte Enzo fest.

»Ganz bestimmt nicht. Ich habe wieder Reste von Chloroform gefunden. Und auch sie hat etwas im Mund gehabt. Ein winziges Stück davon ist in die Luftröhre gelangt. Eine Art von Brot, wie bei Ugo Santis. Und ja, weil du mich gleich fragen wirst. An einer Hand hatte sie Öl. Es ist das gleiche Öl wie bei Ugo Santis. Die andere Hand und die Stirn waren unter Wasser. Also kann gut sein, dass dort auch etwas war.«

»Ist ... ist sie ...«, stammelte Vanni.

Bastino ließ ihn nicht aussprechen. »Sie ist nicht sexuell missbraucht worden. An den Oberarmen weist sie Hämatome auf. Der Abdruck einer Hand, vielleicht als sie über Wasser gehalten wurde. Manche Menschen neigen dazu, schnell blaue Flecke zu bekommen. An den Handgelenken die gleichen tiefen Schnitte wie bei Ugo Santis. Auch hier wieder in Längsrichtung. Was für einen Selbstmord ungewöhnlich wäre. Schnitte quer zum Aderverlauf sind typisch, haben aber oft nicht die erwünschte Wirkung. Hier wollte jemand sichergehen, dass das Opfer verblutet. Sie wurde so lange am Leben gehalten, bis ihr Herz aufgehört hat zu schlagen. Der Täter hinterlässt keine Suren. Keine Fingerabdrücke.«

Enzo betrachtete die großen fleischigen Wunden »Was hast du noch gefunden?«, fragte er schluckend und warf Bastino einen kurzen Blick zu. »Ich brauche irgendetwas, das uns weiterbringt.«

»Sie hat abgekaute Fingernägel. Aber das ist nur eine schlechte Angewohnheit.«

Kapitel 7

Wie immer war er der Letzte auf der Jacht. Nachdem seine Gäste von Bord gegangen waren, musste er erst einmal das Deck schrubben, wo sich einer von ihnen erbrochen hatte. Gegen den Wind kotzen. Wie blöd konnte man sein? Wieso charterte man überhaupt ein Boot, wenn man seekrank wurde? Es war nicht das erste Mal. Damiano – von allen Damson genannt – ging unter Deck und prüfte, ob er an alles gedacht hatte. Sergio, sein einziges Crewmitglied, hatte er nach Hause geschickt und selbst alles auf Vordermann gebracht. Er liebte diese Jacht und tat gerne alles alleine – und gründlich. Außerdem war er sich sicher, dass Sergio, angeheuert von seinem Vater, den Auftrag hatte, jeden seiner Schritte genau zu beobachten und dann an ihn zu berichten.

Damson mochte diesen Job, auch wenn er lieber allein über die Meere gesegelt wäre. Doch das hätte sein Vater niemals zugelassen. Seitdem er mit sechszehn aus der letzten Privatschule geflogen war, hatte er etliche Jobs angenommen – und wieder hingeschmissen. Er lebte von einem Tag zum anderen und sah seine Eltern nur zu besonderen Anlässen wie Geburtstage und Weihnachten. Bis sein Vater Erbarmen mit ihm hatte und ihm die Segeljacht anvertraute, die unbenutzt in Ostia im Hafen lag. Seitdem verdiente er sich seinen Lebensunterhalt, indem er Touristen auf Tagestouren zu den Inseln fuhr oder mit ihnen entlang der Küste segelte. Damson konnte sich gut vorstellen, wie schwer es seinem Alten gefallen sein musste. Sein einziger Sprössling und Alleinerbe all seiner Autohäuser, Werkstätten und Güter kutschierte Touristen übers Meer und wischte deren Kotze auf. Wahrscheinlich hatte seine Mutter ein gutes Wort für ihn eingelegt. Die Idee seines Vaters war es bestimmt nicht gewesen. Dennoch hatte Damson zunächst das verlockende Angebot nur zögerlich angenommen. Tagelang hatte er nach dem Haken gesucht, den sein Vater unweigerlich irgendwo versteckt haben musste; wahrscheinlich wartete er nur darauf, dass sich sein missratener Sohn darin verbiss.

Nun war er schon den dritten Sommer auf der Jacht und noch immer hatte er den Haken nicht gefunden. Mittlerweile vermutete er, dass sein Vater es wohl einfach aufgegeben hatte, ihn mit seinem Erbe zu verpflichten. All das Geld, das ihn so wenig interessierte wie alles andere, was von seinem Vater kam. Wahrscheinlich hatte er bereits einen würdigen Nachfolger gefunden. Damson sollte es recht sein. Hauptsache, sein Vater ließ ihn damit in Ruhe. Er hasste die verschwenderischen Veranstaltungen, die seine Eltern auf ihrem Anwesen veranstalteten, um allen zu zeigen, was sie besaßen und was sie erreicht hatten. Aus Protest hatte Damson sich die Haare wachsen lassen und Löcher in seine Jeans geschnitten. Um keinen Preis wollte er wie sie werden, vor allem nicht wie sein Vater. Damson konnte sich nicht erinnern, dass sein Vater ihn jemals in die Arme genommen, ihn geküsst oder mit ihm irgendetwas unternommen hätte. Es war stets seine Mutter, die zwischen ihnen vermittelte, wenn sie wieder lautstark aneinandergerieten. Aber das lag nun ein paar Jahre zurück.

Damson streckte sich behaglich auf der Liege aus, auf der vorher noch die hübsche, wenn auch träge Tochter seiner Gäste gelegen hatte. Selbst das glasklare Wasser vor Ponza hatte sie nicht zum Schwimmen verlocken können. Stattdessen räkelte sie sich an Deck und tippte unentwegt in ihr Handy. Was für eine Verschwendung! Damson liebte das Meer. Er zündete sich einen Joint an. Es war immer noch warm, und er beschloss heute im Freien auf Deck zu schlafen.

Sein Handy summte. Der tägliche Kontrollanruf seines Vaters.

»Alles erledigt, *Pa.*« Mit dem letzten Wort blies er eine weiße Wolke Rauch in den Nachthimmel und schloss die Augen. *»Buona notte.«* Kurz und schmerzlos. Wie immer.

Der Mond, der ihn an das Gerippe einer anderen Erde erinnerte, die vor langer Zeit untergegangen war, schimmerte durch die träge vorüberziehenden Wolken. Am Meer wehte immer eine leichte Brise. Sein Vater musste nicht wissen, dass er heute auf dem Boot schlief. Der Joint tat seine Wirkung, er fühlte sich leicht und schwerelos. Schließlich war es vollkommen egal, wo er schlief. Er hätte sogar am Strand im warmen Sand unter den Sternen schlafen können. Mit dem Zeigefinger in der Luft verband er die Sterne zum Sternbild des Kleinen Wagens. *Kochab, Pherkad, Eta, Zeta, Epsilon, Delta und weiter zum Polarstern.* Wäre er ein einfacher Fischer geworden, er hätte immer nach Hause gefunden, aber in seiner Familie wäre diese Berufswahl keine Option gewesen. Doch an Land wiesen ihm die Sterne keinen Weg. Vielleicht würde er eines Tages dem Willen seines Vaters nachgeben und in das Familienunternehmen einsteigen. Er konnte sich ihm nicht auf Dauer widersetzen. Aber nicht heute und auch nicht morgen. Damson wurde angenehm müde und genoss die Freiheit, die nicht ewig währen würde. Und doch hatte Gott es gut mit ihm gemeint.

Er war unbezwingbar. Unbesiegbar. Wie Samson. Seine Freunde hatten ihm den Spitznamen verpasst. Und aus Samson wurde Damson. Der Name passte zu ihm – zu seinen langen Dreadlocks, den Schlappen und einer immer kurzen Hose. Er träumte von fernen Ländern. Das hier – so wusste er – war das Beste, was er im Augenblick haben konnte.

Sanfte Wellen schlugen gegen das Heck der Jacht und ließen sie ein wenig schaukeln. Damson malte sich aus, dass irgendwo weit draußen auf dem offenen Meer vor vielen Stunden ein großes Schiff vorübergefahren war und er nun die Auswirkungen zu spüren bekam. Ein Kutter, der in China unzählige Säcke Reis transportierte. Er lachte heißer auf. Vielleicht hatte er die Jacht nicht fest genug vertäut, aber er hatte keine Lust nachzusehen.

Plötzlich erschien wie aus dem Nichts ein schwarzer Engel. Während Damson noch überlegte, wo er hergekommen war, breitete er seine schwarzglänzenden Flügel bedrohlich über ihm aus. Plötzlich griff etwas Hartes nach seinem Gesicht und nahm ihm den Atem. Damson spürte, wie ihm schwindelig wurde, wie etwas mit ihm geschah, das nichts mit dem Marihuanarausch zu tun hatte. Mit letzter Kraft versuchte er, das Gewicht von seinem Gesicht wegzuschlagen; er kratzte, biss und schlug wie wild um sich, aber es war zu spät. Mit weit aufgerissenen Augen sah er im Mondlicht etwas Metallenes in den Händen des Monsters schimmern, dann wurde es dunkel um ihn herum.

Als Damson zu sich kam, drangen Worte in seinen Kopf, in dem es dröhnte und hämmerte. Wispernde, flüsternde Worte, die er hörte und doch nicht verstand.

Schlimmer als der Druck in seinem Schädel war der unglaubliche Schmerz an seinen Händen, als hätte sie ihm jemand abgerissen. Grob wurde ihm etwas weit in den Rachen geschoben; er versuchte, es auszuspucken, aber vergeblich. Es klebte unverrückbar am Gaumen fest. Es erinnerte ihn an etwas, aber es wollte ihm nicht einfallen. Immer noch hatte Damson genug Leben in sich. Er bäumte sich auf und schaffte es aufzustehen. Er schlug um sich, spürte einen Widerstand, hörte einen Aufschrei. Die dunklen Worte verstummten. Er hatte den Angreifer getroffen. Doch mit jeder Bewegung wurde Damson schwächer. Wenn er entkommen wollte, musste er vom Boot runter. Er schrie auf – in die Nacht. Der Schrei, der seine Kehle verließ, klang nach dem kreischenden Ruf einer Möwe. Torkelnd schleppte sich Damiano zur Reling, rutschte in etwas Feuchtem aus, kroch weiter und weiter und stürzte sich ins vermeintlich rettende Meer.

Das Salz brannte an seinen Handgelenken, als er lautlos durch die sanften Wellen glitt. Mit jedem Schlag seines Herzen spürte er, wie das Leben aus seinem Körper schwand. Die letzten Schläge zählte er leise mit.

Eins – zwei – drei …

*

Enzo riss die Fenster auf, als er sein Büro betrat. Warme Luft strömte herein und zerstörte in wenigen Augenblicken die stundenlange Arbeit der Klimaanlage, die Raumtemperatur auf ein angenehmes Maß abzukühlen. Hinter ihm kam Vanni in den Raum.

»*Mamma mia,* stinken wir etwa so?«, jammerte er und roch an seinem schwarzen T-Shirt, das aus einer löchrigen Jeans hing. »Die Sachen kann ich alle in die Tonne klopfen.«

»Verwesungsgeruch dringt in jede Pore«, klärte Enzo ihn auf; dabei sah er auf Vanni Amidei hinunter. Er musste unbedingt mit ihm reden. Es waren nicht nur die klobigen silbernen Ringe – einer davon in Form eines Totenkopfes mit kleinen weißfunkelnden Augen –, die an seinen Fingern prangten. Die schwarze Jeans hatte an beiden Knien große Löcher. Sicherlich eine kostspielige Maßanfertigung. Dazu trug er – egal, wie heiß es auch war – eine abgetragene schwarze Lederjacke mit unzähligen Nieten. Keine besonders vertrauenserweckende Erscheinung, wenn er derart gekleidet an Tatorten erschien. Er musste ihm erklären, dass er so nicht herumlaufen konnte, dass er sich anders zu kleiden hatte. Vor allem dann, wenn er ihn mit auf Außeneinsätze nahm.

»Is was?«, fragte Vanni, dem die musternden Blicke seines Chefs nicht entgangen waren. »Sitzt meine Frisur nicht richtig?«, hakte er lachend nach und strich sich mit seinen beringten Fingern durch die lockigen Haare.

»Lasst uns weitermachen«, seufzte Enzo. Es hatte noch Zeit. Der Junge machte seine Arbeit gut, war in den letzten Tagen über sich hinausgewachsen. Was würde wohl Vannis Vater, der *Conte,* sagen, wenn er seinen Sohn hier sehen würde. Enzo musste dafür sorgen, dass er es erfuhr. Doch zuerst mussten sie diesen verfluchten Fall lösen. Das war er Paolas Eltern schuldig – und auch Rosa Santis. Und vor allem hatte er die Befürchtung, dass Paola Fabri nicht das letzte Opfer sein würde.

Olivia Greco schob eine zweite Pinnwand in den Raum.

Ispettore Rossi kam dazu. »Hat sich Dottore Bastino gemeldet«, fragte er, und Enzo brachte ihn mit wenigen Sätzen auf den neuesten Stand.

Vanni Amidei griff nach den Bildern, die auf dem Besprechungstisch lagen. Dann schob er einen Stuhl vor die noch leere Pinnwand, kletterte auf die Sitzfläche und begann, die Fotografien sorgfältig daran zu befestigen. Daneben schrieb er: Paola Fabri, Alter: 22 Jahre. Die Namen der Freundinnen schrieb er darunter.

»Noch was?«, fragte er und schaute in die Runde.

»Schreib noch die Eltern drauf«, erwiderte Rossi.

»Domenico und Angelica. Er ist Rechtsanwalt, und sie ist Architektin. Sie ist 65, und er ist 70 Jahre alt«, ergänzte Olivia. »Aber für was soll das wichtig sein?«

»Ganz schön alte Knacker«, bemerkte Vanni, während er die Zahlen aufschrieb. »Mein Vater ist gerade mal 43 Jahre alt, meine Mutter 40. Falls das jemanden interessieren sollte.«

Enzo schaute Vanni aufmerksam an. »Stimmt, sie sind sogar älter als meine Eltern. Solange wir keine andere Informationen haben, ist das besser als nichts.« Enzo setzte sich an den Besprechungstisch und sah, wie sich der Stuhl unter Vanni gefährlich drehte.

»Brich dir bloß nicht das Genick«, frotzelte Ispettore Rossi und ging zu seinem jungen Kollegen, um den Stuhl unter ihm festzuhalten.

»Ist das etwa alles, was wir haben?« Enzo stöhnte auf.

»Die Telefonnummer mit der deutschen Vorwahl auf Ugo Santis Handy ist eine Samenbank in Tübingen«, entgegnete Olivia.

»Eine Samenbank? Hast du dort schon angerufen?« Enzo richtete seinen Blick auf Olivia.

»Da geht nur der Anrufbeantworter ran.«

»Versuch es immer wieder. Wir müssen jetzt jeder noch so kleinen Spur nachgehen.«

»Die Eltern des ersten Opfers sind Landwirte aus Avellino«, ergänzte Ispettore Rossi.

»Alter?«, fragte Vanni.

Enzo zuckte die Schultern. »Keine Ahnung. Sie sind schon beide tot.« Er gab Vanni die Fotografie.

»Auch nicht mehr die Jüngsten«, bemerkte Vanni Amidei, während er die Fotografie an die Wand heftete. Dann sprang er vom Stuhl.

»Es ist derselbe Mörder«, stellte Ispettore Rossi fest, was alle wussten.

»Die Frage ist nur, was haben die beiden Opfer gemeinsam?«, fragte Enzo.

»Beide sind 22 Jahre«, sagte Vanni. »Und beide konnten gut malen.«

»Liegt das *Maxxi* nicht in der Nähe der Kunstakademie?«, fragte Olivia.

»Vielleicht doch der Professor?«, überlegte Ispettore Rossi laut.

»Ich glaube nicht. Ich kann mir einfach nicht vorstellen, dass er etwas damit zu tun hat. Was für ein Motiv sollte er haben?«, erwiderte Enzo. Dann fasste er das wenige, das sie hatten zusammen: »Der Mörder ist durch das einzige unvergitterte Fenster ins Haus gekommen. Paola Fabri kam vom Feiern nach Hause und hat gebadet. Sie sitzt in der Wanne mit dem Rücken zur Tür. Er hat sie mit Chloroform betäubt und ihr mit der Rasierklinge die Pulsadern aufgeschnitten. Wieder Olivenöl an der Hand. Laut Obduktionsbericht ist es das gleiche Olivenöl.«

»Also bringt der Täter es mit, genauso wie die Rasierklinge.« Ispettore Rossi stand auf und schloss das Fenster, damit die Klimaanlage wieder ihre Arbeit machen konnte.

»Und er scheint den Opfern etwas in den Mund zu legen. Keine Abwehrverletzungen. Wieder die gleichen brutalen tiefen Schnitte. Der Mörder lässt die Toten regelrecht ausbluten. Das muss eine Bedeutung haben. Paola Fabri wurde sogar über Wasser gehalten, sie ist nicht ertrunken. Der Mörder hat gewartet, bis sie tot war und das Herz kein Blut mehr pumpte.« Während Enzo sprach, konnte er nur an eines denken: *Was, wenn es ein Serienmörder ist?* Enzo sprach seinen Gedanken nicht aus.

»Vanni, hattest du nicht den Laptop des Mädchens mit nach Hause genommen?«, wollte Ispettore Rossi wissen.

Vanni schaute ihn mit kleinen müden Augen an. »Da war nichts Besonderes drauf. Habe auch die ganze Nacht den Browserverlauf gecheckt. Den hat sie wohl nie geleert. Nur Frauenkram. Auf dem Handy sind etwa eine Million *Selfies*«, erwiderte er.

»Jetzt fehlt nur noch ein Opfer.« Ispettore Rossi sprach aus, was Enzo vermeiden wollte.

»Was ist dann?«, wollte Vanni prompt wissen.

»Ab drei Opfern sprechen wir von einem Serienmörder«, klärte Olivia ihn auf.

*

Lautlos ging er im Schutz der Dunkelheit auf den hölzernen Planken entlang. Das Einzige, das er hörte, war das hohle Plätschern der Wellen gegen die Bootswände der Schiffe, die im Hafen friedlich vor Anker lagen. Er spürte den lauen Wind und hatte den Geruch des Salzes in der Nase.

Schnell hatte er ihn ausfindig gemacht. Er war ihm gefolgt und hatte geduldig gewartet. Als die Segeljacht vor einigen Stunden im Hafen von Ostia einlief, war die Sonne noch nicht untergegangen. Er beobachtete, wie drei Personen kurz nach dem Anlegen von Bord gingen. Später verließ eine weitere Gestalt die Jacht. Als er sich sicher war, dass Damiano Andreasi alleine auf dem Schiff zurückgeblieben war, hatte er eines der schicken Cafés entlang der Hafenpromenade aufgesucht und sich an einen kleinen Tisch in den Schatten gesetzt. Um ihn herum flanierten Familien. Kinder sprangen den Kai entlang. Manche hatten es eilig. Keiner sprach ihn an, weil sie ihn nicht sehen konnten. Er war unsichtbar für sie. Zumindest glaubte er dies. Allmählich war es um ihn herum leer geworden. Immer wieder schaute er zur Jacht. Er durfte ihn nicht verpassen, wenn er ging. Aber er ging nicht. Als das Café schloss, bezahlte er die Limonade und wartete weiter im Verborgenen. Schließlich wurde ihm bewusst, dass er die Jacht nicht verlassen würde. Er würde es an Bord tun müssen.

Halb geduckt schlich er zu dem Liegeplatz, der letzte am Steg. Schwarz gekleidet, die Kapuze tief ins Gesicht gezogen, war er in der Dunkelheit für den Hafenmeister nicht auszumachen – und doch war er sich der Gefahr bewusst, entdeckt zu werden. *Weiter, weiter,* schrillte es in seinem Kopf. Als er vor der imposanten Segeljacht stand, blitzte der Mond durch die wenigen Wolken. Reglos wartete er, bis der helle Schein hinter den Wolken verschwand, dann ging er über den schmalen Steg an Bord, um die Sünde ungeschehen zu machen.

Er sah Damiano Andreasi, der sich auf einer Liege ausgestreckt hatte, und schüttete die klare Flüssigkeit auf das Tuch. Dann ging alles ganz schnell. Damiano wehrte sich, aber der Moment der Überraschung lag auf seiner Seite, und das Chloroform betäubte ihn rasch. Tief schnitt er durch die Haut in das weiche Fleisch, durch die Sehnen hindurch, bis das dünne Metall gegen die Knochen stieß. Als er spürte, wie er sich mit der Rückseite der Klinge durch die dicken Handschuhe hindurch selbst schnitt, ließ er von ihm ab. Er roch das Blut, das aus der Wunde schoss, und murmelte das Gebet, um ihn und sich von der Sünde reinzuwaschen.

»Was zum Teufel wollen Sie von mir?«, schrie Damiano, der plötzlich zu sich kam und wild um sich schlug. Dann traf ihn ein Faustschlag hart gegen die Schläfe, dass er taumelte und benommen zu Boden fiel.

»Teufel? Ich bin nicht der Teufel«, wisperte er und hielt sich den Kopf, wo ihn der Schlag getroffen hatte. *Er war die Erlösung.*

Der junge Mann stand auf, rutschte in seinem eigenen Blut aus und richtete sich abermals auf. Immer noch benommen von dem Schlag, kroch er hinter ihm her, doch ehe er sich versah, stürzte Damiano Andreasi ins Meer. Reglos, mit pochendem Schädel stand er an der Reling und ließ seinen Blick über das nahezu schwarze Wasser schweifen. Für einen kurzen Augenblick konnte er den Kopf an der Oberfläche erkennen, doch wenige Sekunden später war er verschwunden.

Dann nahm er den Wasserschlauch und spritzte das Blut, in dem er ein weiteres Mal seine Spuren hinterlassen hatte, von Deck.

Kapitel 8

Als Enzo am nächsten Morgen sein Büro betrat, betrachtete er entnervt die Unordnung auf seinem Schreibtisch; beinahe hätte er den Obduktionsbericht von Paola Fabri übersehen. Eine Notiz von Bastino hing daran: *Alles wie besprochen!*

Enzo tat die Bilder, die noch von der Besprechung am Tag zuvor auf dem Tisch lagen, in die Aktenmappen. Auf einer Fotografie stand Rosa vor irgendeiner Tür. Sie lächelte und hatte ein süßes Grübchen in der rechten Wange. »Ich bin verrückt«, dachte Enzo und legte auch dieses Bild in die Mappe.

Seit zwei Tagen gab es keine neuen Erkenntnisse, keine weitere Spur. Nichts! Er blätterte durch Bastinos Bericht, in dem nichts weiter stand als das, was er sowieso schon wusste. Dann zog er die dünne Akte der ermordeten Prostituierten aus dem Stapel. Seit über drei Wochen war das Mädchen tot. Hatte sie niemanden, der nach ihr suchte? Keine Eltern, die ihr Kind vermissten? Resigniert klappte er auch diese Akte wieder zu, stand auf und ging in sein Vorzimmer.

»Ich brauch deinen Rat.«

Olivia schaute von ihrer Arbeit auf.

»Was spricht dagegen, dass Rosa Santis bei meinen Eltern wohnt?« Während er sprach, schaute er zur Tür und hoffte, dass niemand hereinplatzte.

»Nichts«, antwortete Olivia nach einer kurzen Weile. »Nichts – und alles.«

»Wie meinst du das?«

»Es ist sicherlich für das arme Mädchen besser. Was soll sie auch alleine in Rom? Und dann ist es halt komplett gegen alle Vorschriften.«

»Das weiß ich selbst.« *Was hatte er erwartet?*

»Aber wenn wir es nicht erwähnen, wird es Fontanello nicht erfahren.« Sie lächelte ihn verschwörerisch an.

»Danke, jetzt geht es mir wesentlich besser«, erwiderte Enzo ironisch und wechselte das Thema: »Hast du diese Samenbank erreicht?«

Sie schüttelte den Kopf.

»Das ist die einzige Spur, die wir noch nicht verfolgt haben.« Enzo wusste, wie unwahrscheinlich es war, dass diese eine Nummer sie weiterbringen würde.

Ispettore Rossi trat durch die Tür. »Neuigkeiten?«

»Nur Bastinos Bericht.«

In der Mittagspause verließ Enzo die *Questura.* Er ging Richtung *Via Nationale,* wo er den Bus zum *Campo dei Fiori* nahm. Seine Mutter würde sich über einen Blumenstrauß freuen, wenn er morgen zum Mittagessen kam. Außerdem musste er für den heutigen Abend einkaufen. Elisabetta wollte ihn besuchen.

Von Weitem sah er die bunten Verkaufsstände der Bauern, die auf dem Markt alles anboten, was das Herz begehrte. Von Obst und Gemüse, Fisch und Muscheln bis hin zu Hühnern – und natürlich gab es Blumen in Hülle und Fülle.

Enzo lief durch die engen Gänge zwischen den dicht an dicht stehenden Verkaufsständen, um zur Mitte des Platzes zu gelangen. Es roch nach Gewürzen und reifen Honigmelonen. Nach frischen Kräutern und Käse. Enzo bekam einen Bärenhunger. Unter dem Denkmal von Giordano Bruno, der hier vor vierhundert Jahren als Ketzer verbrannt wurde, hatte Nunzia ihren Stand.

»Commissario!« Die alte Frau, deren sonnengegerbte Haut von Runzeln übersät war, kam lachend hinter ihrem Stand hervor. Um ihren Hals trug sie an einer schweren goldenen Kette etliche aus roten Korallen geschnitzte *Peperoncini* und ein goldenes *Corno.* Zur Abwehr des bösen Blickes hätte eines gereicht. Anscheinend wollte Nunzia ganz sichergehen. Sie wischte die Hände an ihrer grünen Schürze ab und tätschelte sein Gesicht. »Du warst lange nicht hier«, schalt sie ihn liebevoll. Da sie noch keinen Tag auf dem Markt gefehlt hatte, nie krank gewesen war, wusste sie es ganz genau.

»Die Arbeit«, erwiderte Enzo. Er kaufte Tomaten, Mozzarella, Basilikum und rote *Tropea*-Zwiebeln. Er wollte einen *Insalata Caprese* machen. Und da er diese roten, süß schmeckenden Zwiebeln liebte, ergänzte er das Rezept stets mit dieser Zutat.

Zum Abschied küsste Nunzia ihn links und rechts auf die Wangen und gluckste ihm ins Ohr: *»Mamma mia, quanto sei bello, Commissario.«* Enzo spürte, wie er rot wurde. Dann packte sie ihm noch einen Strauß scharfer Peperoni und etliche Granatäpfel für seine Eltern ein.

Obwohl er Hunger hatte, entschied er sich, nur ein *Panino* zu kaufen und nicht in einer der kleinen Trattorien zu Mittag zu essen. Erst im Bus bemerkte er, dass er den Blumenstrauß für seine Mutter vergessen hatte.

»Irgendwas Wichtiges«, fragte er Olivia, als er kurz darauf wieder in der *Questura* ankam.

»Das Protokoll einer Vermisstenmeldung liegt auf deinem Schreibtisch. Das wird sich wohl verirrt haben.«

Enzo kam näher. Er hatte den Hauch einer Hoffnung, dass vielleicht doch jemand das junge Mädchen vom Straßenstrich vermissen würde.

»Ein Mann«, sagte Olivia, die wieder einmal mehr seine Gedanken erraten hatte.

Um 17.00 Uhr verließ Enzo die *Questura.* Mit den Einkäufen unterm Arm ging er zum Bahnhof. Der Zug nach Nettuno war wie jeden Freitag zum Bersten voll. Gerade als er im Oberstock einen freien Platz ergattert hatte, summte sein Handy. Seine Mutter hatte ihm ein Bild geschickt. Rosa mit seinem Vater bei den Bienenstöcken. Sie trug ein knielanges dunkelblaues Hemdkleid. »Bis Morgen«, schrieb seine Mutter darunter. Und er spürte, wie sehr er sich darauf freute.

Enzo Leones Wohnung lag in der obersten Etage eines alten Steinhauses in der Nähe des mittelalterlichen Zentrums von Nettuno. Er erkannte am Geruch, dass Fadila dagewesen war. Fadila Thabet, eine Tunesierin, die er vor zwei Jahren in Rom aufgegriffen hatte. Fadila war eine hübsche junge Frau. Ihre Haut war fleckig, was der erste Eindruck war, wenn man sie sah.

Sie war nur wenige Jahre älter als Enzo, sprach fließend Französisch und Arabisch und bis heute so gut wie kein Wort Italienisch. Er hatte sie beim Stehlen erwischt. Dass sie nicht zu den Professionellen gehörte, war ihm augenblicklich klar gewesen. Enzo hatte sie mit auf die *Questura* genommen, und sie erzählte ihm ihre traurige Geschichte. Fadila Thabet stand am Rande der Gesellschaft und mit einem Fuß bereits im Gefängnis. Enzo hoffte, ihren vorgeschriebenen Weg ändern zu können, und besorgte ihr eine Stelle als Haushälterin bei einer alten Freundin seiner Mutter.

Für Enzo putzte Fadila hin und wieder und machte seine Wäsche.

Er legte die Einkäufe auf die Anrichte in der Küche. Wie immer hatte Fadila das Geld, das er für sie hingelegt hatte, nicht genommen. Enzo nahm den Syrah aus dem Kühlschrank. Erst vor Kurzem hatte er dieses kleine Weingut, das exzellenten biologischen Wein produzierte, in *Borgo Montello* entdeckt, gerade mal zehn Kilometer von Nettuno. Er stieß die moosgrünen Fensterläden des Penthouses weit auf und trat auf die große Terrasse hinaus. Seine Kräutertöpfe waren allesamt vertrocknet, obwohl er sehen konnte, dass Fadila sie gegossen hatte, aber da war wohl nichts mehr zu machen gewesen. Sein Blick schweifte über das ruhige Meer, auf dem nur noch vereinzelt Boote unterwegs waren. Die Fischerboote lagen längst im Hafen, geschrubbt und vertäut, der Fang verkauft. Er hatte noch eine Stunde Zeit, ehe Elisabetta kam. Zweimal in Folge hatte er die Verabredung mit ihr platzen lassen. Keine guten Manieren. »Wie immer«, hätte Clara gesagt. Wie oft hatte er sie damals vertröstet und alleine mit dem Abendessen sitzen lassen. Bis es ihr zu dumm wurde und sie ihn verließ.

Elisabetta hatte er vor ein paar Wochen auf der Hochzeit eines Freundes kennengelernt. Sie feierten in der Nähe von *Tivoli* in einem vornehmen Hotel mit Pool, in dessen Wasser kleine Papierschiffchen mit Kerzen trieben. Wie immer auf Hochzeiten gab es viel zu viel zu essen. Nach dem sechsten Gang hatte Enzo aufgehört zu zählen und alles gegessen, was man ihm servierte. Sie tranken von dem Wein, und eins ergab das andere. Nicht ganz sein Ding. One-Night-Stands. Aber es hatte sich einfach so ergeben. Seitdem telefonierten sie miteinander. Schickten sich Nachrichten. Elisabetta hörte die gleiche

Musik wie er. Jazz von Miles Davis. Und sie liebte, genau wie er, John Coltrane. Erst kürzlich hatte Enzo eine Schallplatte von Louis Smith, »Smithville«, aus dem Jahr 1958 für 1000 Euro ergattert. Ein Schnäppchen, wenn man bedenkt, dass der Trompeter aus Memphis sich nach nur zwei aufgenommenen Alben aus der Jazzszene verabschiedet hatte. Die Scheibe war eine absolute Rarität.

Während er über das Meer blickte, wurde Enzo unglaublich müde und beschloss, mit Elisabetta essen zu gehen. Es war besser so. Er wollte ihr keine falschen Hoffnungen machen.

*

Sie fröstelte, obgleich es nicht kalt war. Doch da war etwas, was sie erschaudern ließ. Dieses Gefühl, jemand würde sie im nächsten Augenblick am Nacken packen, um sie herumzureißen. Sie wollte gar nicht wissen, wer – oder gar was – es war. Sie wollte nur noch raus aus der menschenleeren Kirche. Signora Gaeta eilte, so schnell ihre kurzen Beine und ihr untersetzter Leib es zuließen, durch den Mittelgang Richtung Altar. Sie hatte wie jeden Abend den Opferstock geleert und wollte das Geld Don Salvino geben. Sie wusste, dass er da war, konnte ihn aber nicht finden. In der Sakristei hatte sie bereits nachgesehen, doch da war er nicht; deshalb vermutete sie ihn im Beichtstuhl. Eine letzte Beichte vor der Nacht? Welche Sünde konnte nicht bis zum nächsten Morgen warten? Sie blieb vor dem schweren violetten Samtvorhang stehen und lauschte. Aber das vertraute Murmeln war nicht zu hören. Um sicherzugehen, zog sie den Stoff einen Spaltbreit zur Seite. Der Beichtstuhl war leer.

Ein Luftzug ging durch die Kirche, als hätte jemand eine Türe geöffnet. Doch keine Menschenseele war eingetreten. Sie bekreuzigte sich und hätte am liebsten sogleich das Weite gesucht.

»Don Salvino?« Ihre Stimme hallte von den Wänden zu ihr zurück, sodass sie sich erschrocken umsah. Die Gestalten auf den düsteren Gemälden des Kreuzwegs starrten sie mit weit aufgerissenen Augen an. Jesus, der schmerzerfüllt das Kreuz trug. Ihr Herz klopfte derart laut, sie konnte es selbst hören. Signora Gaeta ging zurück zur Sakristei. Vorbei an der Altarnische, in der die Madonna stand. Auch dort war nichts Ungewöhnliches. Ihre Sinne spielten wohl verrückt? Dann glaubte sie erneut, Schritte zu hören, und beschloss, die Münzen auf den Tisch in der Sakristei zu legen. Diesem *cretino* Luigi traute sie keinen Meter über den Weg. Sie musste das Geld zuvor abzählen, um sicherzugehen, dass er sich nichts davon nahm. Ganz bestimmt würde er seine dreckigen Finger nicht davon lassen können. Gerade als sie begann, die Münzen auf kleine Häufchen zu stapeln, packte sie jemand von hinten an der Schulter. Wie aus dem Nichts stand er vor ihr, gerade so, als hätte ihn die Hölle ausgespuckt.

»Don Salvino! Sie sind's nur«, stieß sie erleichtert aus, als sie den Pfarrer erblickte. Die Anspannung fiel jedoch nicht von ihr ab. Sie hätte schwören können, dass er vorhin noch nicht in der Sakristei gewesen war.

»*Signora* Gaeta, Sie sind ja immer noch hier?«, fragte er, und sein Blick fiel auf die Münzen.

»Das Geld vom Opferstock«, antwortete sie atemlos. »Ich hatte es vergessen und bin extra deswegen noch mal zurückgekommen.«

»Haben Sie etwas von der Polizei gehört?«, wollte er wissen, während er das Geld in die kleine Schatulle legte.

»Noch nicht.« Sie sah über seine Schulter hinweg, immer noch auf der Suche, woher er gekommen war.

»So wie es aussieht, hatten wir es hier doch mit einem Streich zu tun. Es wäre ja auch zu schön gewesen. Ein Wunder in meiner Kirche«, meinte er lächelnd und buxierte sie mit sanfter Gewalt Richtung Ausgang. »Gehen Sie nach Hause, *Signora*. Genießen Sie den lauen Abendwind.«

»Don Salvino …«, begann sie. Ihr Herz schlug immer noch unregelmäßig. Ihr Instinkt sagte ihr, dass etwas nicht stimmte, und ihr Instinkt täuschte sie nie. Sie wollte mit ihm über den Kirchendiener reden, von dem sie glaubte, dass er alles war – nur nicht der, für den er sich ausgab. Doch sie entschied sich anders und sagte stattdessen: »Sie haben recht *Monsignore*, es ist spät geworden.« Dann verließ sie die Kirche, als wäre der Teufel hinter ihr her.

Als die Tür zufiel und der dumpfe Knall ihm offenbarte, dass sie gegangen war, lief Don Salvino zögerlich zu der kleinen Altarnische. Das flackernde Licht der abbrennenden Kerzen tauchte das kindliche Gesicht der Madonna in elfenbeinfarbenes Weiß. Er griff in seine Tasche und zog den Brief hervor, den er seit Tagen bei sich trug. Das päpstliche Wappen prangte leuchtend rot in der linken Ecke. Es zeigte die Tiara, deren Bänder die Schlüssel Petri umwickelten. Er war zum Bischof berufen worden. Endlich würde er das schwarze Birett des Priesters gegen ein violettes eintauschen. Er erfüllte alle Anforderungen: sein fester Glaube, seine Frömmigkeit, sein Seeleneifer, seine Lebensweisheit und seine Klugheit.

*

Zwischen windschiefen Pinien und uralten Olivenbäumen schlängelte sich die Auffahrt hindurch zu der kleinen

Villa. Die letzten Meter fuhr Enzo über einen schmalen Kiesweg und parkte seinen Spider neben dem grasgrünen Cinquecento seiner Mutter.

Die Fenster und Türen des Hauses waren weit geöffnet. Die seidenen Vorhänge flatterten gespenstisch im Wind. Er überlegte, ob er klingeln sollte, ging dann jedoch über die Terrasse ins Haus.

»Enzo! So früh habe ich dich nicht erwartet.« Seine Mutter kam ihm in einem dunkelroten Jumpsuit entgegen und küsste ihn auf beide Wangen.

»Ich hatte schon nach dem Aufwachen Hunger«, lachte Enzo seine Mutter an. Dann sah er seinen Vater schwerfällig die Treppe nach unten kommen.

»Junge, schön, dass du da bist.«

»Wie geht es dir, *Papà?«*, fragte er ihn und konnte seine Sorge kaum unterdrücken.

»Besser. Jeden Tag besser.« Dabei machte er eine wegwerfende Handbewegung.

Francesco Leone hatte vor einigen Monaten einen Herzinfarkt erlitten, von dem er sich nur langsam erholte. Zur Erleichterung aller hatte er – wenn auch widerwillig – den Rat seines Arztes befolgt und war in den vorzeitigen Ruhestand gegangen. Doch Enzos Vater konnte sich nur schwer an das Leben ohne seine Arbeit gewöhnen. Er war mit Leib und Seele Richter gewesen. Richter Francesco Leone. Es versetzte Enzo eine Stich, wie er ihn so vor sich sah: Dieser große hagere Mann wirkte gebrechlich und schwach.

»Er beschäftigt sich den ganzen Tag mit seinen Bienen«, schmollte seine Mutter nicht ganz ernst. Sie hatte sich neben ihren Mann gestellt. Die blonden Haare hatte sie nach oben gesteckt – was ihr ein jugendliches Aussehen verlieh und seinen Vater noch älter wirken ließ.

»Und Rosa muss ihm dabei zur Hand gehen. *Grazie a dio,* dass sie keine Angst hat, gestochen zu werden.«

Enzo schaute sich um.

»Sie ist zum Bäcker ins Dorf gegangen«, sagte seine Mutter, als sie seinen suchenden Blick bemerkte.

»Ins Dorf? Zu Fuß? Das sind doch bestimmt drei Kilometer.«

»Na und? Sie wollte es. Und wir brauchen frisches Brot.«

»*Mamma,* du kannst sie doch nicht alleine ...« Er sprach nicht zu Ende. Natürlich konnte sie. Er verhielt sich lächerlich. Absurd. Und dennoch, Enzo beschlich dieses merkwürdige Gefühl, dass ihr etwas passieren könnte. Er wischte die düsteren Gedanken beiseite. Heute wollte er seinen freien Tag genießen und trat an den Pool.

»Früher hast du es nie erwarten können, bis wir endlich Wasser im Pool hatten.« Sein Vater trug eine kurze blaue Hose und ein beiges Hemd, das er bis zu den Ellenbogen hochgekrempelt hatte. Seine Arme waren braun gebrannt.

»Mir ist das Meer mittlerweile lieber«, erwiderte Enzo.

»Setz dich zu mir und erzähle mir von deinem aktuellen Fall.«

Enzo schaute sich um, ob nicht seine Mutter in der Nähe war, ehe er seinem Vater vom neuesten Stand der Ermittlungen erzählte.

Francesco Leone überlegte eine Weile, nachdem Enzo mit seinem Bericht zu Ende war. Wie viele Fälle hatte er am Gericht verhandelt? Wie viele Verbrecher und Mörder ins Gefängnis gebracht? »Der wird nicht aufhören«, sagte er schließlich mit leiser Stimme.

»Das ist auch meine Sorge. Unsere Ermittlungen laufen auf Hochtouren, aber wir kommen nicht weiter. Es gibt nichts, was wir nicht geprüft hätten. Die beiden Opfer kannten sich nicht.«

»Du wirst sehen, bald findet ihr den nächsten 22-Jährigen.«

Ehe Enzo seinem Vater etwas erwidern konnte, kam seine Mutter auf die Terrasse. In der einen Hand hielt sie einen Teller mit gegrilltem Gemüse – Paprika, Auberginen und Zucchini. In der anderen eine Schale mit *Fiori di zucca fritti,* gebackene Kürbisblüten. »Ihr redet doch nicht etwa über die Arbeit?«

Enzo war aufgesprungen, um ihr entgegenzugehen, doch sein Vater hielt ihn zurück. »Kein Wort darüber zu deiner Mutter und schon gar nicht zu Rosa«, sagte er leise.

»Schon klar«, antwortete Enzo und ergriff die Platten mit den gebratenen Köstlichkeiten.

Im gleichen Augenblick kam Rosa mit einer braunen Papiertüte unterm Arm vom örtlichen *Panificio* auf die Terrasse.

»Buon giorno, Commissario.« Sie lächelte ihm entgegen.

»Buon giorno, Signorina Santis. Es freut mich, Sie zu sehen.« Und schnell fügte er hinzu: »Wie geht es Ihnen?«

»Ihre Eltern verwöhnen mich.«

»Setzt euch und lasst es euch schmecken.« Gianna Leone reichte ihrem Sohn die noch warme *Pizza bianca.* »Junge, isst du auch genug? Du siehst aus, als hättest du abgenommen.«

»Zweimal am Tag Gemüse«, entgegnete er mit schelmischen Blick. Aber seine Mutter hatte recht. Die ganze Woche über hatte er kaum etwas gegessen. Nur gestern Abend hatte er eine warme Mahlzeit gehabt. Mit Elisabetta. Sie hatten den letzten freien Platz in einer kleinen Trattoria in der Altstadt von Nettuno ergattert. Elisabetta war wie immer geistreich und witzig, aber es war kein Funke zwischen ihnen, der übersprang. Das, was an jenem Abend nach der Hochzeit passiert war, war für Enzo vorüber. Wie es ihr dabei ging, konnte er nur erahnen.

»Ich wollte Sie schon anrufen«, sagte Rosa leise.

»Ich kann mir vorstellen, wie schwer es für Sie ist. Leider wissen wir immer noch nicht mehr über die Todesumstände Ihres Bruders. Es wird wohl noch etwas dauern, bis Sie ihn ...« Er sprach nicht zu Ende, stattdessen fragte er: »Hat Ihr Bruder jemals von einer Paola Fabri gesprochen? Eine junge Frau in seinem Alter?«

»Paola Fabri?«, wiederholte Rosa Santis langsam und zog eine ihrer sanft geschwungenen Augenbrauen einen Hauch nach oben. »Nein. Wieso fragen Sie?«

»Enzo, bitte, heute wollen wir keine Fragen stellen!«, mahnte seine Mutter. Und er schluckte die nächste Frage nach der Samenbank hinunter.

»Hast du die Blumen gegossen?«, wollte sein Vater wissen und tunkte das Pizzabrot in das Olivenöl, das um das Gemüse herum ausgetreten war.

Enzo lief es heiß über den Rücken. Er war seit Tagen nicht dort gewesen. Zögernd schüttelte er den Kopf.

»Ach Enzo, all meine Pflanzen auf der Terrasse werden vertrocknet sein.« Gianna Leone schaute ihn verärgert an. »Ich hätte es mir denken können!«

Enzo hatte sich sowieso gewundert, warum sie ihn darum gebeten hatte. »Ich war Anfang der Woche dort«, gestand er. »Als ich dort war, kam die alte *Baronessa* vom ersten Stock und erzählte was von Geistern, die in eurer Wohnung spuken.« Er versuchte, seine Mutter von den Pflanzen abzulenken, die ganz bestimmt alle vertrocknet waren. »Sie schien mir ziemlich verwirrt.«

Sein Vater lachte laut auf. »Ja, das tut sie gern. In unserem Haus soll es spuken«, wandte er sich an Rosa. »Eine schwarz gekleidete Frau treibt dort ihr Unwesen.«

Gianna Leone brachte den Hauptgang auf die Terrasse. Eine Auflaufform mit *Gnocchi alla Romana.* Die in Parmesan gratinierten Grießklöße gehörten neben der *Pasta al Forno* zu Enzos Lieblingsspeisen. Was sein schlechtes Gewissen noch vergrößerte. Dazu gab es *Saltimbocca alla Romana,* in Weißwein gedünstete Kalbfleischscheiben mit *Prosciutto* und Salbei.

»In unserem Dorf glauben viele Menschen an Geister«, erwiderte Rosa ernst.

»Aber du doch nicht?«, fragte Francesco Leone erstaunt.

»Eigentlich nicht. Aber wer weiß das schon? Ich höre diese Geschichten gerne.« Ihre Stimme klang hell und leise. Enzo konnte sich nicht vorstellen, dass sie älter war als ihr Bruder. Fasziniert schaute er sie an, während sie sprach.

»Dann habe ich auch eine Geschichte für Sie.« Enzo erzählte von der weinenden Madonna. Immer wieder wanderte sein Blick zu der jungen Frau, die ihm aufmerksam zuhörte, bis er feststellte, dass er nur noch sie ansah und seine Eltern vollkommen vergessen hatte.

Seine Mutter lachte auf. »Kannst du dich an die Quelle erinnern, die man hier in der Nähe entdeckt hatte? Es hieß, das Wasser habe eine magische, heilende Wirkung.«

Enzo erinnerte sich. Ganze Scharen waren zu der Quelle gepilgert. Ein nicht abreißen wollender Strom von Menschen, die das Wasser in Flaschen füllten und mit nach Hause nahmen. Allerdings bescherte das angebliche Wunderwasser alles andere als Gesundheit. Diejenigen, die das Wasser tranken, bekamen Magenbeschwerden und Durchfall und litten unter Übelkeit. Als endlich jemand vom Gesundheitsamt das Wasser testete, war der Schaden bereits angerichtet: Kolibakterien. Die Krankenhäuser in Rom waren überfüllt und hatten kaum noch freie Betten. Wie ein Lauffeuer hatte es sich damals herumgesprochen, dass das Wasser Kranke heile. So ein Schwachsinn. Es hatte Gesunde krank gemacht. Und Kranke noch kränker.

»Haben Sie die Tränen auch gesehen?«, unterbrach Rosa seine Gedanken.

»Oh ja. *Certo.* Aber ich bin mir sicher, dass es ein Streich war. Und dennoch haben wir eine Probe des Blutes zur Analyse eingeschickt.«

»Und?«, fragte nun seine Mutter ebenso interessiert.

»Ich werde euch auf dem Laufenden halten«, antwortete Enzo, der die Sache komplett vergessen hatte und Ispettore Rossi danach fragen musste.

»Unser Sohn ist für solche Dinge nicht empfänglich.« Erstaunt musste Enzo feststellen, dass seine Vater Rosa liebevoll anschaute.

Enzo erwiderte nichts darauf. Wie konnte er an Wunder glauben, wenn so viel Übles in der Welt geschah? Es gab keine Wunder. Dessen war er sich sicher. Er spürte Rosas fragenden Blick. »Wenn Sie das nächste Mal nach Rom kommen, zeige ich Ihnen die Kirche, in der die Madonnenstatue steht.«

»Wenn ihr mich entschuldigt, ich werde mir jetzt einen Mittagschlaf genehmigen. Du bist doch nachher noch da?«, fragte Francesco Leone und legte seinem Sohn die Hand auf die Schulter.

»Ganz bestimmt«, erwiderte Enzo und trug mit Rosa die leeren Teller in die Küche, während seine Mutter den Espresso kochte.

»Lass doch Enzo. Ich mache das nachher.« Seine Mutter nahm ihm die Teller aus der Hand.

»Dann werde ich kurz in den Pool springen. Signorina Santis, ich müsste kurz in mein Zimmer.«

Verlegen stand sie neben ihm, als er seine Badehose suchte. »Es ist mir unangenehm, dass ich Ihr Zimmer habe.«

»Es ist das schönste Zimmer hier. Soll es etwa leer stehen?« Sein Blick fiel auf das Buch, das auf dem Nachtisch neben dem Bett lag.

Sie folgte seinem Blick. »Haben Sie Neruda gelesen?«

»Leider nein«, gab er bedauernd zu.

»Ihr Vater hat es mir ausgeliehen, ich lese es bereits zum zweiten Mal.«

Er fand seine Badehose schließlich in der untersten Schublade der Kommode, in der seine Mutter alles gesteckt hatte, was er hier deponiert hatte.

»Kommen Sie mit in den Pool?«

Sie schüttelte den Kopf. »Vielleicht später.« Und Enzo wusste, dass sie noch nicht so weit war.

Kapitel 9

»Herrgott noch mal, habt ihr nicht die Vermisstenmeldung gesehen?«, brüllte Primo Dirigente Fontanello ins Telefon. Ohne weitere Erklärungen knallte er den Hörer auf.

»Also, ich kann nicht verstehen, warum die hier überhaupt gelandet ist«, sagte Enzo, dessen Ohr vom Geschrei seines Chefs klingelte, zu Olivia.

Hektisch blätterte er durch das Protokoll, das Olivia am Freitag auf seinen Tisch gelegt hatte. Flavio Andreasi gab an, dass sein Sohn spurlos verschwunden sei. Das war am Freitag. Ein gewisser Damiano Andreasi. Seine Eltern hatten die Anzeige aufgegeben. Im gleichen Moment erschien Primo Dirigente Fontanello leibhaftig und schnaubend in seinem Büro. Aufgebracht donnerte er weiter und rief Vanni Amidei und Ispettore Rossi auf den Plan. »Wer hat hier geschlampt?« Mit hochrotem Kopf wartete er auf Commissario Leones Antwort.

»Mit Verlaub, *Primo Dirigente,* wir sind die Mordkommission«, versuchte Enzo, sich zu rechtfertigen. »Und nicht die Abteilung für vermisste Personen.«

»Sie gehen dem sofort nach. Ich werde schon meine Gründe haben, dass ich Ihnen den Auftrag erteilt habe, oder wissen Sie etwa nicht, wer das ist? In spätestens einer Stunde will ich wissen, wo dieser Junge steckt.« Mit diesen Worten machte er eine Kehrtwendung, schlug die

Hacken seiner Schuhe zusammen und verließ im Stechschritt das Büro.

Enzo achtete nicht weiter auf ihn. Ein eisiger Schauer durchlief ihn. »Olivia, wie alt ist der Vermisste?«

»22 Jahre alt«, erwiderte Olivia, und er hörte sie laut ausatmen.

Sie hatten das nächste Opfer. Sein Vater hatte es ihm prophezeit.

Sergio Monte hatte am Freitagmorgen die Jacht verwaist vorgefunden. Ungeduldig habe er auf Damiano Andreasi gewartet. Als sich die Gäste, ein paar reiche Typen aus Neapel, die ihrem Freund den Segeltörn zum Junggesellenabschied geschenkt hatten, um neun Uhr am Pier einfanden, war Damiano immer noch nicht erschienen. Bis zehn Uhr hatten sie mit Sergio gewartet und waren dann ziemlich verärgert gegangen, um eine andere Jacht zu chartern. »Ich wusste nicht, ob ich Signor Andreasi anrufen soll, und hab dann noch bis Mittag auf Damson gewartet. Ans Handy ging er auch nicht ran. Um zwei hab ich dann Signor Andreasi angefunkt, und der hat mich dann auch gleich zur Schnecke gemacht.« Sergio Monte fuhr sich nervös durch die Haare. »Wenn's um seinen Sohn geht, ist der immer gleich auf hundertachtzig.«

Während der Mann, den Enzo auf Ende 20 schätzte, wild gestikulierend sprach, holte Ispettore Rossi seinen Block samt Stift aus der Innentasche der Jacke und notierte sich alles, was er sagte.

»Und glauben Sie mir, der kann ganz schön laut werden.« Sergio zog hektisch an seiner Zigarette. »Ich hab dann gewartet, bis der Alte kam. Der hat dann auch gleich die Polizei angerufen und Damson als vermisst gemeldet, was ich ziemlich übertrieben fand. Ich musste dann auf der Jacht bleiben, während er in Damsons Wohnung gefahren ist. Da war er aber auch nicht, was ich ihm gleich gesagt hab, weil ja Damsons Vespa hier noch auf'm Parkplatz stand.«

»Damson?«, fragte Enzo.

»Ich meine Damiano. Er mag's, wenn man ihn Damson nennt.«

»Hat er vielleicht gesagt, dass er gar nicht kommen wollte?« Während Enzo seine Fragen stellte, betrat er über einen wackeligen Steg die Segeljacht.

»Nee, hat er nicht.« Sergio Monte folgte ihm über das schmale Brett, das unter dessen Gewicht zu wanken begann.

Sie gingen unter Deck, wo es angenehm kühl war. Auf den ersten Blick war nichts Auffälliges zu erkennen.

»Wer ist in die Wohnung gefahren?«, wandte Enzo sich an Ispettore Rossi.

»Agente Lupo, *Commissario.*«

»Sie soll sich gleich melden, wenn sie dort fertig ist.«

Rossi nickte und ging wieder an Deck, während Enzo sich in dem hellen, großzügig ausgestatteten Salon umschaute, dessen Prunkstück eine lederne cremefarbene Sitzecke bildete. Vor einer Theke, die zur Küche gehörte, standen drei Barhocker akkurat in einer Linie nebeneinander. Im gleichen Moment hörte er Rossi: »*Commissario,* das sollten Sie sich anschauen!« Bereits an der Stimme des Inspektors erkannte Enzo, dass er etwas gefunden hatte. Auf alles gefasst, ging er an Deck.

Ispettore Rossi wartete mit finsterer Miene auf der Terrasse der Jacht. Neben ihm lagen die Sitzkissen und Liegepolster auf den glänzenden Planken.

Enzo genügte ein Blick. »Ruf Olivia an. Sie soll sofort die Spurensicherung schicken!«

»Wer auch immer das Deck geschrubbt hat, hat vergessen, unter die Polster zu schauen.«

Rossi nickte. »Es ist ziemlich viel Blut. Sollen wir Signor Andreasi benachrichtigen?«

Enzo schüttelte den Kopf. »Noch nicht.«

»Madonna mia«, zischte Sergio Monte durch die Zähne, als er zu ihnen trat.

»Signor Monte, wann haben Sie Damiano Andreasi das letzte Mal gesehen?«, fragte Enzo Leone, und Rossi drückte ihm, während er telefonierte, seinen Notizblock in die Hand.

»Ist das von Damson?«, stieß Sergio Monte erschrocken hervor. Jegliche Farbe war aus seinem Gesicht gewichen.

»Beantworten Sie bitte nur die Fragen«, sagte Rossi nachdrücklich. Er hatte aufgelegt und wandte sich an Enzo: »Die Spurensicherung ist auf dem Weg.«

»Wie gesagt, am Freitagabend. Kurz nach sieben hab ich den Kahn verlassen.« Er druckste rum.

»Und weiter?« Enzo spürte, dass der Mann mehr wusste, als er sagte.

»Manchmal pennt Damson auf der Jacht. Sein Vater weiß davon nichts, und ich find das auch nicht weiter schlimm. Vielleicht ist er auch am Freitag hier geblieben.«

»Aber Sie wissen es nicht?«, fragte Enzo.

»Nicht hundert pro, aber ich denke schon.«

»Wo können wir Sie erreichen, wenn wir noch Fragen haben?« Rossi notierte die Daten des Mannes und schickte ihn von Bord.

Im gleichen Moment fiel Enzos Blick auf die blutverschmierte oberste Sprosse der Reling. »Wir brauchen Taucher«, sagte Enzo resigniert. Er schaute über das glitzernde Wasser im Hafenbecken. »Wie groß ist die Wahrscheinlichkeit, dass er aufs offene Meer abgetrieben ist?«

»Nicht sehr groß. Die Einfahrt in den Hafen ist relativ eng. Kommt auf die Strömung an. Möglich ist es.«

Sie verließen das Deck, um nicht noch mehr Spuren zu verwischen, als sie ohnehin schon getan hatten.

Nervös schaute sich Carmello Tognazi um. Der Hafenmeister von Ostia, dessen pechschwarzer Schnauzbart gar nicht zu seinem grauen Haar passen wollte, trug eine strahlend weiße Uniform. »Wir haben am Freitag nichts Ungewöhnliches bemerkt.« Zur Bekräftigung blätterte er in einem Buch, das vor ihm auf seinem Schreibtisch lag. »Niemand hat etwas gemeldet. Darf ich erfahren, was geschehen ist?«

»Damiano Andreasi wird vermisst«, erwiderte Enzo Leone knapp.

»Vermisst? Signor Andreasi ist zwar ein sehr junger Skipper, aber äußerst umsichtig und pflichtbewusst. Er hat sich stets an alle Regeln gehalten.«

»Wir haben Taucher anfordert«, klärte Enzo den Mann auf, der ihn darauf entsetzt anschaute.

»Taucher? Sie denken doch nicht, dass ...«, er sprach den Satz nicht zu Ende.

»Wir müssen die Leute in den Läden und auf den anderen Jachten befragen, ob sie etwas bemerkt haben«, wandte sich Enzo an Ispettore Rossi. Dann beantwortete er die Frage des Hafenmeisters. »Noch wissen wir nichts Genaues!« Von dem Blut erzählte er vorerst nichts.

»Wissen Sie, wie viele Jachten, Motorboote und Segelschiffe hier ankern? Wir haben Hochsaison!« Schweißperlen bildeten sich auf der Stirn des Hafenmeisters.

Der Hafen von Ostia, der 20 Kilometer südlich von Rom an der Mündung des Tibers am Tyrrhenischen Meer lag, war eine hochmoderne touristische Einrichtung.

»Wir haben knapp 800 Liegeplätze, dazu an Land unzählige Restaurants, Werkstätten, Supermärkte, Bank und Post. Sogar einen Arzt. Bekleidungsgeschäfte und Cafés«, zählte Carmello Tognazi auf.

»Das ist uns bewusst«, antwortete Enzo und wandte sich an Rossi: »Schaut auch in den Duschräumen und öffentlichen WCs nach.«

Enzo ging im Schatten der Arkaden die Hafenpromenade entlang. Ein angenehm lauer Wind wehte und verbreitete den Geruch von Motoröl. Die Spurensicherung war eingetroffen. Männer und Frauen in weißen Ganzkörperanzügen bevölkerten die im Sonnenlicht funkelnde Jacht. Die Taucher suchten im Hafenbecken. Es war Mittag, und die Besitzer der Restaurants stellten ihre Schirme auf. Doch die Strandpromenade war nahezu leer. Schaulustige standen vor dem abgesperrten Steg, der zu Andreasis Jacht führte. Enzo würde nie begreifen, warum sich manche Leute so sehr für das Unglück anderer interessierten.

Carmello Tognazi kam ihm entgegen. »Wie lange wird das hier noch dauern?«, rief er ihm bereits von Weitem zu.

»Es ist uns bewusst, dass dieses Aufsehen für Sie nicht angenehm ist. Wir machen unsere Arbeit so schnell es geht«, erwiderte Enzo.

»Wenn wir Ihnen irgendwie helfen können, dann geben Sie bitte Bescheid. Wir tun alles in unserer Macht Stehende, damit hier so schnell wie möglich wieder Normalität einkehrt.«

Im Augenwinkel erkannte Enzo, dass die Taucher etwas gefunden hatten, und eilte zum Steg, wo er sich einen Weg durch die Menschenmenge bahnen musste. Dicht hinter ihm ging Carmello Tognazi durch die Absperrung.

»Sie haben eine Leiche gefunden«, keuchte Rossi, der ihnen außer Atem entgegenlief.

»Ruf Bastino!«, erwiderte Enzo und ging zum Ende des hölzernen Weges.

Im gleichen Moment, in dem Bastino am Tatort eintraf, erschien auch die Presse. Enzo kannte die Journalistin.

»Wer zum Teufel hat die informiert?«, zischte er erbost durch die Zähne.

»*Commissario!* Eine Frage nur!« rief sie ihm entgegen. »Können Sie mir sagen, was hier passiert ist?«

»Nein! Und bleiben Sie bitte hinter der Absperrung«, fuhr Enzo sie an, als sie bereits ein Bein über das rotweiße Band gesetzt hatte. Er winkte einen Uniformierten, der nahe der Jacht auf dem Steg stand, zu sich und gab ihm Anweisung: »Schauen Sie, dass niemand hinter die Absperrung kommt.«

Dann wandte er sich an Bastino und berichtete in knappen Sätzen, was geschehen war.

Dottore Bastino zog sich, während sie gemeinsam zum Ende des Steges liefen, die blauen Handschuhe über. »Ich hasse den Strand. Das Meer und der Sand. Alles ist dreckig.« Mit diesen Worten, die wie ein Seufzer klangen, beugte er sich über den Toten, den die Taucher auf den Steg gelegt hatten.

Enzo wartete ungeduldig, bis Bastino ihn über seine randlose Brille hinweg ansah.

»Kein Zweifel. Schnittwunden an beiden Handgelenken.« Enzo betrachtete die Leiche des jungen Mannes, dessen lange Haare nass im aufgedunsenen Gesicht klebten. Tang hatte sich um die Finger gewickelt. »Er hat unzählige Verletzungen. Ich kann dir erst nach der Obduktion sagen, woher sie stammen. Wo habt ihr ihn gefunden?« Den letzten Satz richtete er an einen der Taucher.

»Bei den Steinen, kurz vor der Einfahrt zum Hafen. Wir hatten Glück, dass die Strömung ihn nicht aufs offene Meer getrieben hat.«

»Wahrscheinlich hat ihn die Strömung gegen die Steine geschlagen, wieder und wieder. Ich muss dir ja nicht erklären, wie das nach ein paar Tagen aussieht. Komm morgen früh zu mir.« Bastino wandte sich von Enzo ab.

Enzo betrachtete den zerschundenen Körper von Damiano Andreasi. Es stand für ihn außer Frage, dass er es war, was ihm der Hafenmeister sogleich bestätigte: »Ja, das ist Damiano Andreasi, der arme Junge.«

Nun hatten sie ihr drittes Opfer. »Morgen früh ist zu spät, ich komme heute Abend noch.«

»Mal sehen, wie viel ich bis dahin habe.« Bastino nickte. Schweißperlen standen ihm auf der Stirn.

»Brauchst du mich hier noch?«, fragte Enzo.

Bastino schüttelte den Kopf. »Passt doch auf, wo ihr hintappt«, schnauzte Dottore Bastino in Richtung eines Polizisten und beugte sich wieder über die Leiche.

Die Menschenmenge vor dem Absperrband hatte sich kaum gelichtet. Ganz vorne stand immer noch die Frau in Jeans und den weißen Turnschuhen. Eine prall gefüllte Handtasche hing über ihren Brüsten. Er ging zu ihr und führte sie in Richtung Parkplatz, wohin sie ihm nur widerwillig folgte.

»Commissario«, keuchte sie, »können Sie mir sagen, wer der Tote ist?«, fragte sie ohne Umschweife.

»Nein, das kann ich Ihnen nicht sagen«, erwiderte Enzo unfreundlich.

»Die Segeljacht, auf der Ihre Männer zu Gange sind, ist doch die von Flavio Andreasi?«, ließ sie nicht locker und zeigte in Richtung der Jacht, auf der die Spurensicherung immer noch ihren Aufgaben nachging. Flavio Andreasi war in Rom und weit darüber hinaus bekannt. Ein reicher Geschäftsmann mit einem Anwesen an der *Via Appia Antica* und unzähligen Wohnungen in Rom. Sein Geld machte er mit Autowerkstätten und Autohäusern, wo er vor allem luxuriöse Schlitten für die High Society anbot.

»Und woher wollen Sie das wissen?«, fragte Enzo.

»Wird sein Sohn nicht seit mehreren Tagen vermisst?« Sie genoss ihr Wissen und konnte ein überhebliches Grinsen nicht verbergen.

»Vielleicht wissen Sie da mehr als wir. Wer hat Ihnen das erzählt?« Es gab nur wenige Menschen, die ihm derart unsympathisch waren, dass er sich zusammenreißen musste.

»Sie wissen doch, dass ich meine Quellen nicht verraten kann«, erwiderte sie immer noch süffisant lächelnd. Was sie für Enzo noch unausstehlicher machte.

»Ich möchte Sie bitten, Ihre Informationen noch für sich zu behalten. Sie könnten die laufenden Untersuchungen gefährden.« Enzo wusste, dass er bei ihr auf Granit biss. »Wir werden Ihnen exklusiv alles berichten, wenn wir den Fall gelöst haben.«

Sie verzog bedauernd ihre Mundwinkel. »Die Geschichte ist heiß. Wenn ich sie nicht bringe, dann bringt sie jemand anderes. Das müssen Sie schon verstehen. Einen schönen Tag noch, Commissario Leone.«

»Ein Serienkiller also?« Vanni Amidei tänzelte aufgeregt vor Enzo herum.

»Wir brauchen unbedingt Verstärkung«, erwiderte Enzo und ging zu Fontanello, um ihn auf den neuesten Stand der Ermittlungen zu bringen – und um ihm mitzuteilen, dass sie die Leiche des jungen Andreasi gefunden hatten.

»Keine angenehme Aufgabe«, seufzte Primo Dirigente Fontanello und schüttelte den Kopf, als könne er damit etwas an den Tatsachen ändern. »Dann werde ich wohl oder übel Signor Andreasi die traurige Mitteilung überbringen müssen.« Mit diesen Worten stand er auf, zog langsam seine Uniformjacke an und ging zur Tür. »Und ich veranlasse, dass Sie ab morgen Hilfe bekommen, Commissario Leone.« Ehe er das Zimmer verließ, wandte er sich noch einmal um. »*Commissario,* da draußen läuft ein Psychopath herum – schnappen Sie ihn endlich!«

Zurück in seinem Büro fiel Enzos Blick auf die dritte – noch leere – Pinnwand, die Olivia bereitgestellt hatte. Er begann, die Unterlagen auf seinem Schreibtisch zu sortieren, und hoffte, dass ihm dabei ein Einfall kam. Jemand in Rom brachte junge Menschen um. Dabei war dem Mörder das Geschlecht egal, das Alter aber nicht. Es musste ihm genauso viel bedeuten wie das Aufschneiden der Pulsadern.

»Da kann ich ja froh sein, dass ich erst 20 bin«, holte ihn Vanni Amidei aus seinen Überlegungen in die Realität zurück. »Und malen kann ich auch nicht.«

»Willst du nachher mitkommen? Ispettore Rossi ist noch in Ostia und wird es nicht rechtzeitig schaffen.« Enzo schaute ihn fragend an.

»Wohin?«

»Ins Gerichtsmedizinische Institut.« Eine obduzierte Leiche zu sehen oder bei einer Autopsie dabei zu sein, das waren zwei ganz verschiedene Dinge. Er sagte es ihm.

»Ich riskier's«, erwiderte Vanni und drehte nervös an einem seiner klobigen Ringe.

»Dann halte dich bereit. Wenn ich hier fertig bin, fahren wir.«

»Ihr seid nicht die Ersten.« Bastino trug einen Plastikkittel, Handschuhe und einen Mundschutz mit Maske. »Signor Andreasi war vor einer halben Stunde hier. Ein ziemlich kalter Typ. Er hat sich seinen Sohn sehr genau angeschaut – auch die Handgelenke. Der wusste Bescheid. Irgendjemand muss ihm erzählt haben, dass ein Mörder umgeht, der seinen Opfern die Pulsadern aufschneidet.« Während er sprach, ging er Vanni und Enzo voran durch den sterilen menschenleeren Flur. Hier sah es aus wie in jedem x-beliebigen Krankenhaus. Doch an den Anblick, der ihn gleich erwartete, würde Enzo sich nie gewöhnen können.

»Da fällt mir nur einer ein.« Enzo dachte an Fontanello, behielt sein Wissen aber für sich. »Wie weit bist du?«

»Wie weit soll ich schon sein? Ich werde ja dauernd gestört.« Mit diesen Worten schob er das Diktafon, das über Damiano Andreasi hing, zur Seite.

Enzo versuchte, nicht auf den Seziertisch zu blicken, auf dem der bereits geöffnete Körper des Toten lag. Er ließ Vanni den Vortritt.

Auf einem kleinen Metalltisch lag das grobe Werkzeug – Säge, Scheren und Zangen. Die Metallschalen für das Gehirn und die anderen Organe standen am Kopfende parat.

»Wahrscheinlich wollt ihr die Kurzfassung. Die Wunden an den Handgelenken sind dieses Mal tiefer als bei den beiden anderen Opfern. Der Täter wird brutaler. Er hat sogar in die Knochen eingeschnitten.« Bastino zeigte Vanni Amidei die runzeligen Fingerkuppen des Toten. »Das nennt man Waschhaut«, erläuterte der Gerichtsmediziner. »Diese Veränderung beginnt schon nach den ersten drei Stunden, wenn eine Leiche im Wasser liegt.«

Vanni Amidei betrachtete die aufgequollenen Finger des Toten. Aus seiner Miene konnte Enzo nicht erkennen, wie er sich dabei fühlte. Die interessierten Blicke des Sonderermittlers veranlassten Bastino, weiter auszuholen. »Nach ein paar Wochen im Wasser kann man den Leichen handschuhartig die Haut mitsamt den Fingernägeln abziehen.«

»Kurzversion, *Dottore, per favore!*«, unterbrach Enzo seinen ausführlichen Bericht.

»Schon gut, schon gut. Ob er jetzt im letzten Moment verblutet oder ertrunken ist, das spielt wohl keine Rolle? Ich kann es dir auch erst sagen, wenn ich hier fertig bin. Es gibt auch – und das möchte ich noch erwähnen«, er wandte sich erneut an Vanni, »den reflektorischen Tod, der durch die Reflexe, wie das Wort schon sagt, oder durch Schock ausgelöst wird. Der normale Ertrinkungsprozess findet überhaupt nicht statt, und die typischen Zeichen für Ertrinken sind nicht vorhanden.«

Bastino nahm die Schere und schnitt dicht am Kopf eine lange Haarsträhne des Toten ab, die Enzo an ein verfilztes Seil erinnerte. »Hiermit kann ich euch genau sagen, welche Drogen unser Junge hier genommen, sogar wie viel Alkohol er in den letzten drei Monaten konsumiert hat.«

»Und das Öl?«, wollte Enzo wissen.

»Nach zwei Tagen im dreckigen Hafenwasser? Wie stellst du dir das vor? Bestimmt werde ich Dieselöl in Unmengen finden.«

Als der Sektionsgehilfe Bastino die oszillierende Knochensäge reichte, wandte Enzo sich zur Seite. Auch Vanni tat einen hektischen Schritt zurück.

Das Wasser hier ist sauberer als an den Stränden. Wir haben hier Maschinen, fiel Enzo ein, was der Hafenmeister ihm erzählt hatte, während er die Metallregale betrachtete. Vielleicht hatten sie Glück und würden doch weitere Spuren finden können. Bastino holte ihn aus seinen Gedanken zurück.

»Er hat zahlreiche äußerliche Verletzungen. Vor allem auf dem Rücken und Bauch. Aber auch der Schädel hat einiges abbekommen. Verletzungen, die sich auf das ständige Schlagen und Reiben des Körpers gegen die Steine zurückführen lassen. Allesamt *post mortem.«* Bastino sprach laut, um das schrille Gekreische der Säge zu übertönen. »Und das, obwohl die Strömung im Hafenbecken nicht sehr stark ist. Und weil du mich gleich fragen wirst: Ja, auch dieses Mal habe ich etwas im Mund gefunden. Ich muss es noch analysieren lassen.«

In den folgenden Minuten war außer dem Sirren, das die Säge verursachte, während sie durch die Schädeldecke drang, nichts zu hören. Vanni hatte sich hinter Bastino gestellt und beobachtete jeden seiner Handgriffe.

Der Assistent nahm die Schale mit dem Gehirn entgegen und ging an Enzo vorbei zur Waage. Bis heute verstand Enzo nicht, warum man das Gehirn wog. Was für eine Information würde das Gewicht geben können? Bastino würde es ihm sicher ausführlich erklären können, aber dazu hatte er im Moment keine Lust.

»Es ist ja so, dass man Blutspuren niemals vollkommen wegwischen kann. Man wird immer rekonstruieren können, was und wie es passiert ist. Da schrubben sich die Mörder immer zu Tode, dabei könnten sie es auch sein lassen. Und dennoch – euer Täter hinterlässt keine Spuren. Keinen Fingerabdruck. Nichts. Nicht einmal die Rasierklinge konnten wir dieses Mal finden. Und Rückstände von Chloroform werde ich wahrscheinlich dieses Mal auch nicht mehr nachweisen können. Aber ist das so wichtig?« Er schaute zu Enzo hinüber.

»Wahrscheinlich nicht. Wir wissen auch so, dass es der gleiche Täter ist. So wie es aussieht, wollte der Junge fliehen und ist in den sicheren Tod gesprungen«, resümierte Enzo niedergeschlagen. Er hatte genug gehört.

Als sie die Gerichtsmedizin verließen, empfing sie die flirrende Hitze Roms. Stimmen drangen auf sie ein, all die alltäglichen Geräusche der Straße lagen in der Luft. In der Nähe schrillte das Martinshorn eines Rettungswagens. Alles ging seinen normalen Weg. Als wäre nichts geschehen. Nur für Damiano Andreasi war das Leben zu Ende. Aber was erwartete Enzo? Dass die Erde für einen Augenblick stillstand? Sie wäre für immer eingefroren. Die Menschen, die an ihnen vorbeigingen, schienen einen Bogen um sie zu machen, als spürten sie, dass sie den normalen Lauf der Dinge störten.

Eine Frau blickte auf das ungleiche Paar. Der kleinwüchsige Sonderermittler, schwarz gekleidet mit zerrissener Hose, und der schöne Mann, den ein leiser Hauch von Melancholie umwehte. Gedankenverloren blickte Enzo hinter ihr her. Der Duft eines schweren süßen Parfüms lag in der Luft. In ihrer Kleidung jedoch hing der Geruch der Toten.

»Alles okay, *Commissario?*«, fragte Vanni und stellte sich vor ihm auf den Gehweg.

Enzo lachte heißer. »Du schlägst dich wacker«, wich er der Frage aus.

Vanni grinste, während er sich eine Zigarette anzündete. Auf die Frage, ob er ihn irgendwo absetzen könne, schüttelte Vanni den Kopf. »Ich werde etwas die frische Luft – *beh* – und mein Leben genießen.« Enzo schaute ihm so lange nach, bis er hinter der nächsten Ecke verschwunden war.

Er überlegte, noch zur Wohnung seiner Eltern zu fahren, beschloss aber, es sein zu lassen; die Pflanzen waren ohnehin hinüber. Er wollte einfach nur noch nach Hause. Im Zug nach Nettuno schaute auf sein Handy, das er vor Stunden auf stumm gestellt hatte. Flüchtig scrollte er über die eingegangenen Nachrichten und blieb an einem Bild hängen: seine Mutter mit Rosa – ein *Selfie.*

Dann rief er seiner Mutter an.

»Wie geht es euch?«, fragte er, und sie berichtete, dass sie am *Lago di Albano* waren und dass Rosa unbedingt nach Rom wollte.

Mitten in der Nacht klingelte sein Handy. Enzo warf einen Blick auf das Display, dann nahm er das Gespräch entgegen.

»Tut mir leid, dass ich so spät störe – oder besser gesagt so früh«, sagte eine leise Stimme am anderen Ende der Leitung. »Aber machen Sie den Fernseher an.« Ein Baby weinte im Hintergrund. Rossi und seine Frau betreuten hin und wieder ihre Enkelin, wenn die Tochter im Krankenhaus Nachtschicht hatte. »Die Kleine ist aufgewacht und konnte nicht mehr einschlafen, da habe ich mich mit ihr vor den Fernseher gesetzt und habe die

Nachrichten eingeschaltet«, fügte er beinahe entschuldigend hinzu.

Drei Stunden später stand Enzo am Bahnhofskiosk und kaufte die Tageszeitung. Er hatte den ersten Zug um zehn vor fünf von Nettuno nach Rom genommen.

Bereits das dritte Opfer vom Blutmörder – Wer ermordet unsere Kinder? stand in großen Lettern auf der Titelseite. Darunter folgte ein detaillierter Bericht – mit dem abschließenden Satz: *Wer ist der oder die Nächste?*

Es stand mehr in der Zeitung, als Enzo gedacht hatte. Irgendjemand auf der *Questura* hatte gequatscht.

Es würde ein anstrengender Tag werden.

Primo Dirigente Fontanellos Sekretärin, eine unscheinbare Frau mittleren Alters, schaute Enzo mitleidig an. »Er erwartet Sie bereits, Commissario Leone.«

Fontanellos Stimme klang bemüht leise und ruhig. »Wer hat das zu verantworten?« Die Zeitung lag ausgebreitet auf seinem Schreibtisch.

Ehe Enzo antworten konnte, klingelte Fontanellos Telefon. Er beobachtete seinen Chef und erkannte an seinem Blick und seiner Stimme, dass er ziemlich wütend war.

»Signor Andreasi hat die Presse informiert«, zischte er mehr zu sich selbst, als er aufgelegt hatte.

Enzo atmete erleichtert auf. Es war offensichtlich, von wem Andreasi die weitergegebenen Informationen bekommen hatte. Enzo konnte es förmlich vom schuldbewussten Gesicht seines Gegenübers ablesen.

»Sie werden nur noch an diesem Fall arbeiten. Hören Sie, ich will nicht, dass in meiner Stadt alle junge Menschen ermordet werden.« Seine Stimme klang noch höher als sonst. Enzo wusste, dass er innerlich tobte.

Als Enzo in seine Abteilung zurückkehrte, läuteten die Telefone Sturm.

»Olivia, sieh zu, dass die Anrufe umgeleitet werden«, maulte er genervt, was ihm augenblicklich leid tat. *»Scusa,* sie sollen in der Zentrale jemanden für die Anrufe einteilen. Alles, was unserem Fall hilft, ist von Fontanello abgesegnet.«

In seinem Büro warteten bereits Vanni und Rossi. Vanni las den Artikel in der Zeitung, die Enzo am Bahnhof gekauft hatte. »Da hat aber wer sein Schnäbelchen nicht halten können«, bemerkte er und tippte mit einem Finger auf den Artikel.

Enzo warf Rossi einen Blick zu, der augenblicklich verstand, wer es gewesen war.

»Was? Könnt ihr eine Art Geheimsprache? Wer war's? Ich habe es nicht kapiert. Ich jedenfalls war es nicht, falls ihr das meinen solltet«, fragte Vanni und blickte zwischen den beiden hin und her.

Ehe Enzo darauf etwas erwidern konnte, flog die Tür auf, und Agente Gabriella Lupo betrat den Raum. Sie nahm ihre Uniformmütze ab, darunter trug sie ihre Haare kurz.

»Buon giorno. Primo Dirigente Fontanello hat mich diesem Fall zugewiesen.«

»Sehr gut, wir brauchen dringend Verstärkung. Olivia soll Ihnen alle Berichte geben, damit Sie sich auf den neuesten Stand bringen können.« Enzo gab ihr die Hand.

»Schon geschehen«, erwiderte Agente Gabriella Lupo eifrig. Mit leuchtend roten Wangen setzte sie sich an den großen Besprechungstisch.

»Wie bereits gesagt: Dieser Fall hat oberste Priorität.« Enzo wandte sich an sein Team, das ihn erwartungsvoll ansah. »Alles andere muss warten.«

Rossi stand auf und ergänzte die dritte Pinnwand mit den Bildern von Damiano Andreasi. »Wenn wir den Täter nicht stoppen, wird er weitermorden, soviel ist klar«, bemerkte er dabei.

»Was hat die Spurensicherung gefunden?« Enzo wandte sich an Rossi.

»Nicht viel bis gar nichts. Der Täter hat das Blut mit einem Schlauch vom Deck der Jacht gespritzt. Vermutlich hatte er Spuren im Blut hinterlassen. Wieder keine Fingerabdrücke. Nur dieser eine Abdruck an der Reling – und der stammt vom Opfer. Die Rasierklinge haben sie auch nicht gefunden. Wahrscheinlich ist sie mit dem Blut und dem Wasser über Bord gespritzt worden«, berichtete Ispettore Rossi.

»Was haben die Befragungen ergeben?«, wollte Enzo weiter wissen.

»*Niente!* Aber die Aussage von Sergio Monte wurde bestätigt: Manchmal blieb Damiano Andreasi die Nacht über auf der Jacht. Er war aber immer ruhig und hatte zu niemandem engeren Kontakt.«

»Hat denn niemand etwas gesehen oder gehört? Er muss doch um Hilfe gerufen haben?«

»Fehlanzeige.« Ispettore Rossi ließ sich auf einen freien Stuhl fallen. »Die Jacht von Andreasi ist die letzte am Steg, und es hat niemand sonst dort übernachtet.«

»Wir brauchen für die Fahndung ein psychologisches Täterprofil. Durch sein Verhalten am Tatort können wir mehr über ihn herausbekommen und auf den Charakter des Mörders schließen. Was wissen wir über ihn?«, fragte Enzo und beobachtete Rossi, wie er nach und nach die Tafel füllte.

»Nichts«, erwiderte Vanni. »Wir wissen gar nichts über ihn.«

»Das stimmt so nicht«, wandte Agente Lupo ein. Vanni wurde hochrot. »Täter wie unser Mörder sind hochintelligent. Sie handeln kontrolliert und sind oft auch charismatisch. Sie führen ein ganz normales Leben. Sie leben unauffällig unter uns. Fallen nicht auf. Das ist auch der Grund, warum Serientäter über längere Zeit nicht gefasst werden. Kein Mensch, der sie kennt, würde auf die Idee kommen, dass es sich um einen Mörder handelt.« Agente Lupo hatte sich in Rage geredet.

»Ey, das ist ja wie im Kino: eine echte Profilerin«, sagte Vanni nicht ohne Anerkennung.

»Der richtige Begriff ist polizeiliche Fallanalytikerin«, berichtigte sie Vanni erneut.

Agente Gabriella Lupo hatte gemeinsam mit Enzo eine Sonderausbildung zum Profiling absolviert. Vage konnte er sich an sie erinnern, und das auch nur deshalb, weil sie eifriger war als alle anderen.

»Wenn ihr das jetzt geklärt habt, können wir uns ja wieder unserem Fall widmen.« Enzo klang leicht genervt. »Danke für Ihre Einschätzung, Agente Lupo. Außerdem wissen wir, dass unser Täter bisher nur in Rom unterwegs ist. Die Frage ist: Warum tötet er diese jungen Menschen? Es besteht keine Verbindung zwischen ihnen.«

»Kann es keine Frau sein?«, fragte Olivia.

»Dieses Mal hat er die Pulsadern des Opfers bis auf die Knochen aufgeschnitten. Er wird brutaler. Dieser sadistische Zug weist eher auf einen Mann hin. Er schaut zu, wie sie verbluten«, erwiderte Enzo und wusste, dass es nicht das beste Argument war. Trotzdem war er sich sicher, dass ihr Täter ein Mann war.

Olivia schaute Enzo bestürzt an und kaute hektisch auf ihrem Nikotinkaugummi herum.

»Und warum wählt der Mörder diese Tötungsart? Will er uns glauben machen, dass die Opfer Selbstmord begehen? Warum hinterlässt er dann derart viele Spuren, die den Selbstmord ausschließen?«, resümierte Ispettore Rossi.

»Der Täter ist viel zu intelligent. Er kann nicht annehmen, dass wir es nicht für Mord halten. Alles, was er tut – und auch wie er es tut – ist überaus wichtig für ihn.« Agente Lupo überlegte, dann sprach sie weiter. »Vielleicht will er sich selbst glauben machen, dass sich seine Opfer selbst umgebracht haben – und dass nicht er es war.« Sie hielt kurz inne. »Oder es ist ein Ritual, die Opfer ausbluten zu lassen.«

»Aber da gibt es doch weitaus effektivere Möglichkeiten. Beim Schächten wird ein einziger großer Schnitt an der Halsunterseite gemacht, das durchtrennt die Speise- und die Luftröhre, und das Tier blutet vollkommen aus. Mit den Pulsadern verliert man zwar viel Blut, aber niemals alles«, gab Ispettore Rossi zu bedenken.

»Und dennoch hat der Pulsaderschnitt eine Bedeutung für ihn. Er könnte die betäubten Opfer erschlagen, erwürgen oder ersticken. Aber er wählt diese Tötungsart. Die Opfer wachen auf, ehe sie sterben. Will er, dass sie ihn sehen? Paola Fabri wurde über Wasser gehalten, bis sie schließlich verblutet war«, fasste Enzo zusammen. »Er sucht sich die Opfer gezielt aus. Bei Paola hat er das einzige unvergitterte Fenster eingeschlagen. Bei Damiano hat er gewartet, bis er alleine auf der Jacht war. Der Täter plant den Mord sorgfältig, er bespitzelt seine Opfer im Vorfeld. Er weiß, wo sie wohnen und wann sie alleine sind. Alles ist durchdacht, er nimmt das Öl und das Mehl mit – oder was immer das ist. Ebenso das Chloroform. Wer bekommt Chloroform? Ein Arzt?« Er machte eine kurze Pause und wartete, bis Olivia zu Ende getippt hatte. »Er unterscheidet nicht zwischen Mann und Frau. Es sind keine Sexualdelikte. Außer dem Alter haben die Opfer keine Gemeinsamkeit.«

»Und das Zeichnen?«, unterbrach Vanni.

»Stimmt – das Zeichnen. Rossi, checken Sie sicherheitshalber, ob Damiano Andreasi an der Kunstakademie eingeschrieben war. Das ist immer noch eine Möglichkeit. Wir übersehen irgendetwas. Verflucht noch mal, ich wollte noch einen Mord, hier ist er, und wieder gibt es keine neuen Anhaltspunkte. Es gibt nicht den perfekten Mord. Agente Lupo, was wissen wir über Serienmörder?«

Gabriella Lupo hob überrascht die Augenbrauen. Es dauerte einen Moment, ehe sie begann. »Man unterteilt Serienmörder in unterschiedliche Tätertypen. Zwei davon fallen meiner Meinung nach gleich unter den Tisch.«

»Und die wären?«, fragte Vanni.

»Der am häufigsten Vorkommende ist der Sexualmörder. Dicht gefolgt vom Raubmörder. Aber es gibt keine sexuellen Handlungen, und es wurde auch nichts gestohlen.«

»Es könnte ein Auftragskiller sein«, überlegte Olivia laut.

»Das ist unwahrscheinlich. Ein Auftragskiller würde eine andere Tötungsart wählen und auch nichts am Tatort hinterlassen«, wandte Ispettore Rossi ein.

»Vielleicht ist es die Lust am Zuschauen. Es erregt ihn, wie sie sterben oder verbluten. Und dann wären wir wieder beim Sexualmörder.« Vanni schaute Gabriella Lupo fragend an. Doch sie schwieg.

»Olivia, setz dich mit der Presse in Verbindung. Sie sollen das Phantombild veröffentlichen, das wir nach der Beschreibung von Paola Fabris Freundinnen haben anfertigen lassen. Wenn sie schon berichten, dann richtig!«

»Sì, Commissario.«

»Irgendwo gibt es eine Schnittstelle. Wenn wir diese finden, dann kriegen wir den Mörder.« Enzo betrachtete die Pinnwände, die mittlerweile eine ganze Seite seines Büros einnahmen. Wo war diese verfluchte Gemeinsamkeit? Irgendwo dort stand die Antwort, an die weißen Wände gepinnt. Sie sahen sie vor sich, und dennoch erkannten sie sie nicht. Und ihre Unfähigkeit würde weitere Menschenleben kosten.

Auf dem Weg zum Bahnhof genoss Enzo die letzten Sonnenstrahlen. Sein Blick fiel auf die Auslagen einer Buchhandlung. Kurz entschlossen ging er in den kleinen antiquierten Laden, den er mit einer braunen Papiertüte unterm Arm wieder verließ. Es war das gleiche Buch, das Rosa auf ihrem Nachtisch hatte. *Wie ein Stalker,* schoss es ihm durch den Kopf, und er schritt etwas schneller zum Bahnhof, um den nächsten Zug nicht zu verpassen.

Mit einem Glas Syrah und dem neu erworbenen Buch setzte er sich auf die Terrasse seines Apartments. Ein Sturm war für die Nacht vorhergesagt, und Enzo spürte bereits den frischen Wind. Er dachte an Rosa, die auf den einen Anruf von ihm wartete, dass sie endlich ihren Bruder nach Hause überführen konnte. Er betrachtete erneut das Bild, das seine Mutter ihm am Mittag geschickt hatte. Die Köpfe der beiden Frauen berührten sich leicht. Seine Mutter lachte in die Kamera. Es war, als spürte sie das Gleiche für diese junge Frau wie er – vielleicht nicht genau das Gleiche, aber es schien ihm, als würde auch seine

Mutter sich ihrer Anziehungskraft nicht entziehen können.

Enzo lauschte den Wellen. Vor allem im Herbst, wenn der stürmische Wind über das Wasser peitschte, hörte man des Nachts nur das Meer. Ein monotones Rauschen der Wogen, die gegen die Steine der Wellenbrecher schlugen. Normalerweise mochte er das Tosen in der sonst vollkommenen Stille. Es beruhigte ihn. Doch heute konnte Enzo ihm nichts Beruhigendes abgewinnen. Bedrückt musste er an den Jungen im Hafen denken. Wie er wieder und wieder gegen die Steine geschlagen wurde, bis sein Körper vollkommen zerschunden war. Wo war diese grausame Bestie? Suchte der Mörder bereits sein nächstes Opfer? Oder hatte er es bereits ausgesucht und lauerte ihm auf? Enzo versuchte, den Kopf freizubekommen, und ging zu Bett. Unruhig wälzte er sich hin und her, ehe er irgendwann in einen traumlosen Schlaf fiel, aus dem er erschöpft erwachte.

Kapitel 10

Das Licht der Straßenlaterne flackerte und tauchte die düstere Gasse am Tiber in einen mattgelben Schein. Im Norden ragte der Engel des hell beleuchteten *Castel Sant'Angelo* weit in das nächtliche Firmament, als würde er jeden Augenblick in den Himmel hinauffliegen.

Etwas huschte der Mauer entlang. Bestimmt eine Ratte, von denen es hier nur so wimmelte. Das Gras spross meterhoch und war ungepflegt; mit Müll übersäte Treppen führten hinunter zum Fluss, wo unter den Brücken Obdachlose kleine Camps errichtet hatten.

Plötzlich spürte Francesca einen eisigen Hauch im Nacken, der sie erstarren ließ. Sie drehte sich um und lauschte. Ihr Atem ging schnell. Dann sah sie die beiden Silhouetten, die sich ihr näherten. Schnell ging sie weiter und befürchtete, dass die beiden sie bald erreichen würden. Dennoch wollte sie nicht rennen, nicht zeigen, dass sie Angst hatte. Es konnten ganz normale Passanten sein, die einfach, genau wie sie, spät noch unterwegs waren. Noch konnte alles Zufall und ihre Angst grundlos sein.

»*Ehi, bella,* so spät alleine unterwegs?«

Einer der beiden erschien plötzlich neben ihr. Seine weißen Zähne blitzten in seinem dunklen Gesicht auf, als sie ihren Kopf zu ihm wandte.

»Was dagegen?«, fauchte sie ihn an.

»Warum so unfreundlich«, sagte nun der zweite, der auf der anderen Seite neben ihr aufgetaucht war. Francesca beschleunigte ihren Schritt, was die beiden nicht davon abhielt, sie weiter zu bedrängen.

»Lasst mich gefälligst in Ruhe«, erwiderte sie atemlos.

»Wir könnten noch zu dritt was trinken gehen«, sagte nun wieder der andere.

Ohne zu antworten, lief sie weiter, rannte fast. Wie weit war es noch bis zur Piazza, wo Menschen in den Bars saßen, lachten und Wein tranken? Zu weit! Würde sie jetzt schreien, niemand würde sie hier hören.

»Wir tun dir doch nichts«, säuselte der andere und tänzelte vor ihr herum.

Es begann zu nieseln. Der Regen benetzte ihr Gesicht. Die schwarzen Pflastersteine unter ihren Füßen wurden rutschig, und sie musste langsamer gehen. Sie hatte sich schon einige ihrer hochhackigen Schuhe ruiniert, wenn sie in den Ritzen und Löchern zwischen den Steinen stecken geblieben war. Aber wenn es regnete, wurden die *Sanpietrini,* die die meisten Gassen Roms bedeckten, zu einer reinen Rutschpartie.

Der Typ mit den weißen Zähnen zog seine Kapuze tief ins Gesicht. »Deine schönen Haare werden ja ganz nass.« Das letzte Wort zog er obszön in die Länge.

Fieberhaft überlegte Francesca, wie sie den beiden entkommen konnte. *Nur nicht stehen bleiben,* dachte sie verzweifelt. Immer weiter den Menschen entgegen. Sie beschleunigte erneut ihren Schritt und achtete darauf, nicht auszurutschen.

Im gleichen Moment, in dem ihr der eine seinen Arm um die Schultern legte und sie daran hinderte, weiterzulaufen, erschien wie aus dem Nichts eine dunkle Gestalt.

»Alles in Ordnung, *Signorina?«,* fragte der Mann, dessen Gesicht sie in der Dunkelheit nicht erkennen konnte.

Mit angstgeweiteten Augen sah sie ihn an und schüttelte den Kopf.

»Macht, dass ihr weiterkommt! Sonst rufe ich die Polizei«, brüllte der Mann die beiden an.

»Alter, wir haben gar nichts gemacht! Oder?« Es war der Typ zu ihrer Linken. Die Frage hatte er an Francesca gerichtet, die unbeweglich neben ihm stand.

Sie antwortete nicht.

»Komm, lass uns gehen«, gab der andere nach. »Ich hab auch keine Lust, nass zu werden.« Sie liefen weiter, und kurz darauf hatte die Nacht die beiden Unbekannten verschluckt.

Francesca fiel ein Stein vom Herzen. *»Grazie«,* sagte sie immer noch atemlos vor Angst zu dem Fremden und stand wie gelähmt auf dem in vollkommener Dunkelheit liegenden Gehweg.

»Sie sollten um diese Uhrzeit lieber belebte Wege gehen«, sagte er in einem freundlichen Ton – ohne Vorwurf für ihren Leichtsinn.

Sie ging weiter. »Ich werde es bestimmt nicht wieder tun. Aber nun bin ich ja fast zu Hause.« Sie sah bereits den Weg, der über die Brücke auf die andere Seite führte.

Sie glaubte, ausgerutscht zu sein, als ihr Kopf hart auf dem Boden aufschlug und sie benommen liegen blieb.

Dann dachte sie an ihren weißen Jeansminirock von *Fiorucci,* den sie erst letzten Sonntag auf dem Flohmarkt an der *Porta Portese* gekauft hatte und der nun sicherlich hinüber war. Jeden Sonntag traf sie sich dort mit Freundinnen und Freunden, um über den großen Flohmarkt zu schlendern, wo es nichts gab, was es nicht gab. Gebrauchte Bücher und Secondhand-Klamotten hatten es ihr besonders angetan. Sie liebte die alten Sachen, ganz zum Leidwesen ihrer Eltern, die auch nicht gerne sahen, dass sie sich als Bedienung in der Bar am Abend noch etwas Geld dazuverdiente.

Sie befühlte die Stelle an ihrem Kopf und blickte in die hellen Augen des Mannes, der sich über sie beugte.

»Bin ich ausgerutscht?«, fragte sie verwirrt. Aber der Fremde antwortete ihr nicht. Sie bemerkte, dass sie nicht auf dem Gehweg lag. Um sie herum war dichtes Gebüsch. Für die Dauer eines kurzen Augenblicks dachte sie, dass sie bei den beiden Jungen besser drangewesen wäre. Und als er seine Hände um ihren Hals legte, wurde ihr bewusst, dass ihr Retter ihr Mörder geworden war.

»Ich erlöse dich von deinen Sünden«, flüsterte der Mann in ihr Ohr.

*

Seit drei Tagen verfolgte er sie. So auch an diesem Abend. Sie arbeitete in einem kleinen Café in der Nähe der Engelsburg, und er wartete so lange im Verborgenen, bis es schloss und sie nach Hause ging. Er wusste, dass sie den deutlich kürzeren und gefährlicheren Weg am Ufer des Tibers entlang nehmen würde, so wie sie es gestern und vorgestern auch getan hatte. Dort lagen die menschenleeren Straßen in vollkommener Dunkelheit. Wie immer hatte er Glück. Nachdem er die beiden jungen Männer verscheucht hatte, vertraute sie ihm. Dann schlug er mit dem Stein zu. Sie fiel auf das nasse Kopfsteinpflaster. Während sie bewusstlos war, zog er sie in Richtung der Böschung und tat den ersten Schnitt, tief durch ihre Haut hindurch. Doch etwas knarrte laut, schnarrend, polternd. Hastig zog er den leblosen Körper zu der Treppe, die ersten Stufen nach unten Richtung Fluss, dorthin, wo niemand es wagte, nachts zu gehen. Die Obdachlosen, die hier hausten, hatten sich bereits bis zur Besinnungslosigkeit besoffen. Niemand würde ihn stören, dennoch änderte er seinen Plan und erwürgte sie, ehe das Blut aus ihr geflossen war. Als er ihren Mund öffnete, blitzte es ihm silbern entgegen. In die blutige Höhle steckte er das Mahl, das sie erlösen würde.

Dann zog er sie über den Abgrund und stieß sie die Böschung nach unten, wo sie verborgen zwischen hohen, wild wuchernden Büschen liegen blieb. Als er zurück auf den Weg trat, kam ihm ein Mann entgegen. Schwerfällig zog er einen übervollen, unter der Last quietschenden Einkaufstrolley hinter sich her. Es war das Geräusch, das er gehört hatte. Als er dessen neugierigen Blick auf sich spürte, zog er schnell die Kappe tief in sein Gesicht. Was konnte der schon gesehen haben? Dieser versoffene, unglückselige Penner!

*

Langsam holpernd fuhr der Einsatzwagen über die mit großen Steinen gepflasterte Straße.

»Das muss es sein.« Ispettore Rossi zeigte auf das Grundstück, das rechts vor ihnen lag.

Das Anwesen der Familie Andreasi lag direkt an der *Via Appia Antica.* Eine lange Steinmauer umzäunte das Grundstück, das umgeben war von Pinien und Zypressen. Efeu rankte sich an den Steinen entlang und hatte die uralte Mauer beinahe vollkommen überdeckt. Es war kaum zu glauben, dass man nur wenige Kilometer vom brodelnden Stadtkern Roms entfernt war.

Enzo Leone lenkte den Wagen vor das schmiedeeiserne Tor, das sich kurz darauf wie von Geisterhand öffnete.

»Hier riecht es ein bisschen nach Friedhof«, bemerkte Vanni, als er das Wagenfenster öffnete und verzog die Nase.

Ispettore Rossi drehte sich um. »Das sind die Zypressen. Und wie schon Horaz sagte: Von allen Bäumen wächst dieser düstere Todesbaum am schnellsten, als Mahnung, die Lebenszeit zu nutzen: *Carpe diem.«*

»Werd' ich mir merken, *Ispettore.* Mein Großvater steht auf solche Sprüche, der wird ihm gut gefallen.«

Die letzten Meter fuhr Enzo über einen Kiesweg. Schließlich parkte er den Wagen zwischen einer schwarzen Limousine und einem knallig roten Ferrari.

Ein gut aussehender Mann mittleren Alters in einem vornehmen Anzug kam ihnen mit langen Schritten entgegen. *»Signori«,* rief er ihnen zu, als sie aus dem Streifenwagen stiegen. »Ich werde den Herrschaften Bescheid geben, dass Sie da sind. Warten Sie doch bitte so lange hier«, forderte der Mann sie auf, der sich als Hausverwalter der Familie Andreasi vorstellte.

Die Fassade des Hauses erstrahlte in hellem Ocker, die Türen waren rötlich gestrichen. In dem Garten, der eher einem Park glich, wuchsen Olivenbäume, Obstbäume und Zypressen, umsäumt von rosenumrankten Spalieren.

Ein Gärtner, der sich an einem enormen Oleander mit zartrosa Blüten zu schaffen machte, starrte Vanni Amidei neugierig an.

Rossi runzelte die Stirn und schaute zu Vanni.

»Was ist, *Ispettore?«*

»Ich frag mich, wie Sie das ertragen.«

»Das Gegaffe?«

Rossi nickte.

»Das ist nicht das Schlimmste. Was denken Sie, wie einfallsreich Kinder sind? Wenn man zufällig anders aussieht als alle anderen. Was meinen Sie, wie es in der Schule abging? Und da gibt es wohl keinen Unterschied zwischen teuren Privatschulen und normalen Schulen. Am Ende bist du immer *Conte Coboldo.*«

»Aber ich werde Sie nicht bemitleiden. Sie wirken auf mich sehr selbstbewusst«, erwiderte Rossi.

»Man gewöhnt man sich an vieles, aber nicht an alles. Viel schlimmer sind diejenigen, die wegschauen, offensichtlich zur Seite blicken. Mütter, die ihren Kindern viel zu laut zuflüstern, dass sie wegschauen sollen. Mann, ich bin nicht taub, ich bin nur klein.«

»Sollen sie auf Sie zugehen?«, fragte Enzo, der die Unterhaltung bisher schweigend verfolgt hatte.

Vanni überlegte. »Wer weiß – aber ja, das sollten sie.«

Vanni, so wurde Enzo in diesem Augenblick klar, war ein selbstbewusster junger Mann, der sich ein dickes Fell anlegen musste.

»Ist das genetisch bedingt?«, fragte Rossi.

»Ja. Hat aber nur mich erwischt. *Achondroplasie* in der Fachsprache, auch gern Kleinwuchs genannt. Das bedeutet, wie man an mir sehr gut sehen kann, dass der Rumpf zwar vollständig ausgebildet ist, die Arm- und Beinknochen jedoch etwas verkürzt sind.« Er grinste, als er weitersprach. »Auch andere Teile sind durchaus von normaler oder – wie ich meine – sogar von überdurchschnittlicher Größe.«

Rossi lachte laut auf. »Und das ist bestimmt nicht das Unwichtigste, *Conte.*«

»Signori«, unterbrach Enzo die Unterhaltung. »Bitte nicht ganz so laut.«

Der Hausverwalter kam zurück. »Die Herrschaften erwarten Sie. Wenn Sie mir bitte folgen wollen.« Er führte sie zum Eingang.

Als sie das Haus betraten, schlug ihnen eine natürliche angenehme Kühle entgegen. Alles in der großen Halle war in Marmor gearbeitet: Weiße Säulen standen an der Wand entlang, die, außer ihre Schönheit zu zeigen, keine weitere Funktion hatten. Eingelassene Intarsien an Wänden und auf dem Fußboden. Alles war aufwendig gestaltet. Die prachtvolle Ausstattung verschlug Enzo den Atem.

»Fast wie zu Hause«, bemerkte Vanni und grinste Rossi an.

»Schlicht ist was anderes, Conte Amidei«, erwiderte dieser.

»Kennst du die Familie Andreasi?«, fragte Enzo leise.

»Wer kennt die nicht? Aber nicht persönlich, wenn Sie das meinen. Mein Vater hat nicht viel für Neureiche übrig«, erwiderte Vanni.

Sie folgten dem Mann über eine steinerne Treppe nach oben und betraten das Wohnzimmer, in dem exquisite antike Möbel standen. Römische Fresken verzierten die Wände. Ein marmorner Kamin und ein kristallener Lüster zogen die Blicke auf sich. Venezianischer Stuck. Marmorne Säulen, marmorne Fliesen. Ein großes Fenster zeigte in den weiten Garten. Davor die Terrasse mit einem Blick über die *Via Appia Antica* bis hinüber nach Rom, über dem eine flirrende Dunstglocke hing.

Der Hausverwalter führte sie in einen großen Salon.

Auf einem ausladenden weißen Sofa saß eine elegant gekleidete Frau. Der Mann neben ihr stand augenblicklich auf, als sie den Raum betraten.

»Commissario?« Er kam auf Enzo zu und gab ihm die Hand. Dann wies er auf die Stühle gegenüber dem Sofa, die so aussahen, als hätte man sie extra für sie bereitgestellt.

»Ich möchte Ihnen sagen, wie sehr ich es bedauere, Sie in dieser schweren Zeit belästigen zu müssen. Aber wir müssen Ihnen ein paar Fragen stellen.«

»Wie weit sind Sie mit Ihren Ermittlungen?«, fragte der Mann ohne Umschweife.

»Leider kann ich Ihnen noch keine weiteren Informationen geben. Aber wir arbeiten auf Hochtouren«, erwiderte Enzo. »Wir suchen immer noch Gemeinsamkeiten zu den beiden anderen Opfern. Erzählen Sie mir bitte von Ihrem Sohn.«

Signor Andreasi nahm neben seine Frau Platz und begann, mit fester Stimme zu erzählen. »Damiano war unser Wunschkind – unser einziges Kind. Doch er war schon immer anders. Bereits in der ersten Klasse fiel er auf. Zappelte herum, konnte sich nicht konzentrieren und störte den Unterricht. Aber er war nicht etwa dumm, ganz im Gegenteil. Er war hochintelligent. Er hätte gute Noten haben können, aber er hat alles dafür getan, dass er von jeder Schule flog. Schon mit 14 Jahren kiffte er ohne Scheu in seinem Zimmer. Alle Drohungen halfen nichts. Später nahm er Kokain, wurde abhängig, saß den ganzen Tag in seinem Zimmer und spielte Computerspiele – aß nichts. Er entglitt uns. Und wir mussten hilflos dabei zusehen.« Signor Andreasi war aufgestanden und lief zu der großen Fensterfront. Geistesabwesend blickte er hinaus. »Wissen Sie, da ziehen Sie ein Kind groß und hoffen, dass es einmal Ihr Nachfolger wird. Sie legen ihm die Welt zu Füßen, aber Damiano hatte kein Interesse; nie hatte er ein Interesse daran gehabt.«

Aufmerksam betrachtete Enzo den Mann. Er war groß und schlank und hatte kurz geschnittenes Haar, das an manchen Stellen bereits ergraute. Außerdem machte er auf Enzo den Eindruck, dass er gut trainiert und körperlich topfit war. Mit Sicherheit war er in jeder Hinsicht diszipliniert. Selbst jetzt ließ er keinen Moment der Trauer zu. Wie sehr musste es an ihm genagt haben, dass sein Sohn nicht seinen Wünschen entsprach? Dass er nicht an seiner Firma interessiert war und Drogen nahm?

Signor Andreasi wandte sich an seine Frau, die immer noch unbeweglich auf dem Sofa saß und ihren Mann, während er sprach, in einer Art und Weise betrachtete, als würde sie überlegen, woher sie ihn kannte. Enzo war dieser Blick des Kummers mittlerweile vertraut. »Möchtest du noch etwas sagen?«, fragte Flavio Andreasi seine Frau und setzte sich wieder neben sie.

Sie schüttelte langsam den Kopf. Eine weiße Haarsträhne hatte sich aus ihrem Dutt gelöst, die Signor Andreasi liebevoll hinter ihr Ohr strich.

Ispettore Rossi reichte ihm Fotografien von Ugo Santis und Paola Fabri. »Kennen Sie zufällig diese beiden jungen Leute?«

Der Mann schüttelte langsam den Kopf. »Nicht, dass ich wüsste.« Er reichte die Bilder seiner Frau. Sie nahm die Fotografien und betrachtete sie lange. Ihre feingliedrigen Finger mit dem leuchtend roten Nagellack waren die einzige Farbe an ihr. Sie hatte ein faltiges Gesicht. »Es tut mir leid«, hauchte sie und reichte die Bilder an Rossi zurück. »Ich kenne diese beiden jungen Menschen nicht. Sind sie denn auch ermordet worden?« Ihre Stimme klang brüchig.

»Wir kennen überhaupt keine Freunde unseres Sohnes«, erwiderte Signor Andreasi.

»Dürften wir vielleicht Damianos Zimmer sehen?«

»Er wohnt nicht mehr bei uns. Ich habe ihm eine Wohnung in Ostia gekauft. Er war auf einem guten Weg.« Signor Andreasi war bemüht, die Fassung zu bewahren.

»Die Wohnung in Ostia haben wir bereits durchsucht. Wir dachten, dass er vielleicht hier noch ein Zimmer hätte?«, erwiderte Enzo und schaute Signora Andreasi fragend an.

Leben kam in die schmale Gestalt. »Wenn Sie mir bitte folgen würden.«

Das große Zimmer war steril eingerichtet. Ein Bett, eine Kommode und ein großer Schrank. Der Schreibtisch war leer, davor stand ein schwarzer lederner Drehstuhl. Die Wände waren gelb getüncht, der Boden aus teuerstem Marmor, darüber eine erlesene persische Brücke. Auf dem Nachttisch stand eine kleine Lampe. Über dem Bett war ein Bord mit wenigen Büchern und einer mundgeblasenen Vase aus buntem Glas angebracht. Kein Zimmer für einen Jugendlichen.

Enzo ging an den Schreibtisch. »Darf ich?«, fragte er und hatte den Griff der Schublade bereits in seiner Hand.

Signora Andreasi nickte. »Bitte.«

Ein Taschenrechner lag obenauf, einige Stifte. Zettel. Alles sortiert. Die nächste Schublade war leer. Die unterste enthielt Schulhefte, die Enzo durchblätterte. Mathematik. Fein säuberlich geschriebene Zahlen.

»Wie gesagt. Er wohnt hier schon seit ein paar Jahren nicht mehr.« Wieder klang es wie eine Entschuldigung. »Er hat hier hin und wieder übernachtet, wenn er uns besucht hat, aber das war höchstens ein- oder zweimal im Jahr.«

Unter den Blicken der Eltern durchstöberte Enzo die wenigen Sachen, die in der Kommode lagen. Der große dunkle Kleiderschrank war leer. Gerade als er den Schrank wieder schließen wollte, fuhr er mit der Hand über das oberste Regal und stieß gegen eine Mappe. Sie war mit einem Band verschlossen. Enzos Herz schlug schneller, als er sie öffnete.

»Ihr Sohn hat fotografiert?«, wandte er sich an die Mutter.

Sie trat zu Enzo und strich über die Bilder, die er auf den Schreibtisch gelegt hatte. »Das sind keine Fotografien. Er hat sie gemalt.«

»Das ist unglaublich«, stieß Rossi aus.

Das oberste Bild zeigte das Meer, auf dem nur ein Segelboot zu sehen war. Schlicht und dennoch so perfekt, dass es eine Fotografie hätte sein können.

Signor Andreasi nahm das Bild und schaute es entgeistert an. »Das hat Damiano gemalt?« Er wandte sich an seine Frau.

Signora Andreasi ging ans Fenster und zog langsam die seidenen Vorhänge zur Seite. »Er hat früher gern gemalt«, sagte sie. »Er war talentiert. Aber es war ihm – uns beiden – klar, dass er in dieser Familie mit Malerei keinen guten Stand haben würde.« In ihrem Ton lag keine Anklage, es war eher eine Feststellung. »Das sind alte Bilder.« Sie nahm sie an sich und presste sie gegen ihren knorrigen Körper. Erst jetzt bemerkte Enzo, dass sie barfüßig war. »Wissen Sie, Geld macht nicht immer glücklich.«

Signor Andreasi blätterte durch die Mappe »Wir waren so glücklich, als meine Frau endlich schwanger wurde«, sagte er mit klangloser Stimme.

»Und du endlich deinen Erben hattest.«

Kaum, dass sie sich von Damianos Eltern verabschiedet hatten und wieder im Einsatzwagen saßen, stieß Enzo aus: »Bringt mir diesen Kunstprofessor auf die *Questura* – und befragt alle anderen Dozenten, die jemals mit Ugo

Santis zu tun hatten. Und wenn irgendeiner von ihnen kein Alibi für die Morde hat, dann setzt ihn fest.« Seine Nachlässigkeit hatte wahrscheinlich Damiano Andreasi das Leben gekostet. Die ersten beiden Opfer hatten bereits eine Gemeinsamkeit. Hatte er nicht immer danach gesucht? Sie lag vor ihm, und er hatte diesem arroganten Professor Glauben geschenkt.

»Sind nicht Semesterferien?«, fragte Ispettore Rossi ruhig.

»Verdammt, das ist mir vollkommen egal. Holt sie aus dem Urlaub, wo auch immer sie sind.«

»Ich habe ganz vergessen, dir auszurichten, dass Signora Gaeta dich gesucht hat«, empfing Olivia die drei, als sie von den Andreasis zurückkamen.

»Die hat mir gerade noch gefehlt.« Enzo schaute sich um.

»Das ist schon zwei Tage her. Sie war sehr aufgeregt und ließ sich kaum beruhigen.«

»Und was wollte sie?« Enzo ahnte, dass es mit der Madonna zusammenhing. Er hatte sich nie bei ihr gemeldet.

»Hat sie nicht gesagt. Sie hat aber ihre Telefonnummer hinterlassen. Wenn du Zeit hast, vielleicht könntest du sie anrufen?«, meinte Olivia.

Enzo nahm den Zettel und steckte ihn in seine Anzugjacke.

In seinem Zimmer saß Agente Lupo über den Obduktionsberichten. Sie zuckte zusammen, als er die Zimmertür zuknallte.

Er entschuldigte sich. *»Scusi!* Haben Sie denn kein Büro zugewiesen bekommen?«

»Ich wollte mir die Pinnwände anschauen, während ich lese. Ich hoffe, das ist Ihnen nicht unrecht. Olivia, also Signora Greco, meinte, das sei in Ordnung.« Sie schob die Berichte ordentlich übereinander. Auf einem Block hatte sie sich mit einer kringeligen Handschrift Unmengen von Notizen gemacht.

»Heute Mittag treffen wir uns hier zur Besprechung.« Agente Lupo verstand seinen dezenten Hinweis und stand auf. »Sie können die Berichte gerne mitnehmen.«

Er setzte sich auf den Stuhl, den Gabriella Lupo verlassen hatte. Es war das Malen, das sie verband. Sie waren im gleichen Alter. Einer der Dozenten musste alle drei Opfer kennen. Sein Handy klingelte. Auf dem Display sah er eine unbekannte Nummer.

»Leone«, meldete er sich beinahe unwirsch.

»Commissario«, hörte er die Stimme von Rosa Santis.

»Signorina Santis«, sagte er mit belegter Stimme.

»Ich bin in Rom und wollte Sie fragen, ob Sie mir die Madonna zeigen würden.«

»Sie sind in Rom?«, fragte er fassungslos.

»Ihre Mutter hat mich mitgenommen. Hätten Sie etwas Zeit für mich?« Ihre Stimme klang fest, und er glaubte, sie lächeln sehen zu können.

»Wo sind Sie?«

»Ich bin auf der Piazza Navona.«

Kapitel 11

Signora Gaeta ließ dieses eigenartige Gefühl nicht mehr los. Ihr Instinkt war mit den Jahren feiner geworden, schärfer für Menschen, die etwas zu verbergen hatten, die nicht das waren, was sie zu sein vorgaben. Sie ging in die Sakristei und vergewisserte sich, ob auch wirklich niemand da war. Der Pfarrer war schon wieder verschwunden. Er hatte noch nie Geheimnisse vor ihr gehabt. Dieser elende Luigi, dieser *cretino.* Sie hatte immer gewusst, dass etwas mit dem nicht stimmte. Sie wollte dem Commissario von ihrer Entdeckung berichten, aber er war nicht auf der *Questura* gewesen. Beinahe hätte sie der jungen Dame mit dem Tattoo im Nacken davon erzählt, aber sie wollte es dann doch dem Commissario selber sagen. Lieber hätte sie dort auf ihn gewartet, anstatt in die Kirche zurückzukehren. Aber sie hatte ihre Hausschlüssel in der Sakristei vergessen. Ihre Entdeckung war so unglaublich!

Der Geruch von Chlorbleiche war ihr bereits öfter aufgefallen, sie hatte sich aber nichts dabei gedacht. Sie hatte eine feine Nase und war dem Geruch gefolgt. Sie würde den Boden der Kirche nie mit Chlorbleiche wischen.

Beinahe verborgen lag die Tür in der Mauer. Sie hatte sie öffnen wollen, was ihr misslang. Das hier war das ideale Versteck für alles. Es würde sie nicht wundern, wenn er dort Drogen herstellte. Und es würde sie genauso wenig wundern, wenn man dazu Chlorbleiche benötigte.

Dio mio, irgendetwas ging hier nicht mit rechten Dingen zu.

Geschmeidig, ohne ein Geräusch zu verursachen, bewegte er sich auf sie zu. »Ich dachte, du bist weg!«

»Herrgott noch mal, warum musst du immer so herumschleichen und mich erschrecken, Luigi?«

Der Küster schaute sie feindselig an, und mit einem Schlag bekam sie Angst.

»Don Salvino mag es bestimmt nicht, dass du hier herumschnüffelst«, zischte Luigi.

»Fatti i fatti tuoi – kümmere dich um deine eigenen Angelegenheiten«, fuhr sie ihn an und ging in die Sakristei, wo sie ihren Schlüssel vermutete. Sie wartete, bis sie glaubte, dass er die Kirche verlassen hatte. Dann wollte sie sich nur kurz vergewissern, ob sie sich nicht getäuscht hatte.

Es sollte das Letzte sein, was sie tat. Und ihre letzten Gedanken waren beim *Commissario* und dass sie bedauerte, es nicht doch dieser hübschen blonden Frau mit der Tätowierung im Nacken erzählt zu haben.

*

Enzo rannte die Treppen nach unten. Auf dem Weg zur Piazza Navona rief er seine Mutter an. »Du hast sie alleine nach Rom gelassen?« Er war aufgebracht.

»Enzo, sie ist erwachsen! Außerdem bin ich mit ihr gefahren. Sie wollte einfach nur etwas alleine sein. Ich wusste ja nicht, dass sie dich gleich anrufen wird.« Er konnte förmlich sehen, wie sie ihre Brauen beleidigt nach oben zog.

»Du hättest mich fragen können«, konterte er.

Seine Mutter lachte. »So kenne ich dich gar nicht, Enzo. Was ist mit dir los? Sie wollte nach Rom fahren. Warum sollte ich es ihr nicht erlauben? Ich bin nicht ihre Mutter. Im Übrigen bin ich gerade in unserer Wohnung. Du hast tatsächlich alle Pflanzen vertrocknen lassen. *Grazie mille.*«

Als er die Piazza Navona erreichte, verlangsamte er seinen Schritt. Noch heute ließ die längliche Form der Piazza erkennen, dass sie auf einem antiken Stadion errichtet wurde. Wo heute Häuser und Kirchen standen, hatten früher 30.000 Zuschauer Platz auf den Tribünen gefunden. Doch die unblutigen leichtathletischen Wettkämpfe, die hier ausgetragen wurden, waren weit weniger beliebt als die Gladiatorenkämpfe. Heute tummelten sich Künstler und Straßenmusiker auf dem Platz, auf dem wie immer viel los war. Die Souvenirläden, Cafés und *Osterie* waren mit Touristen bevölkert.

Schon von Weitem erkannte er sie. Sie saß auf einer Eisenstange vor dem weißen Brunnen des Neptuns. Als sie Enzo erblickte, stand sie mit einem Ruck auf und lief ihm entgegen.

»Commissario!« Sie gab ihm verlegen die Hand, die trotz der Hitze angenehm kühl war. »Ich verstehe meinen Bruder, dass er so begeistert von dieser Stadt war. Ich könnte hier ewig sitzen.«

»Ich bin überrascht, dass Sie in Rom sind«, erwiderte Enzo.

»Ihre Mutter holt mich hier in zwei Stunden wieder ab, sie wollte noch ein paar Besorgungen machen und nach den Pflanzen sehen.«

Rosa Santis war verändert. Er hatte sie noch nie so heiter erlebt. »Es freut mich, dass es Ihnen besser geht.«

»Besser?« Sie überlegte. »Ja! Sie haben recht, es geht mir tatsächlich besser.« Sie machte eine längere Pause, ehe sie weitersprach. »Ich habe in der Zeitung gelesen, dass zwei weitere Menschen auf die gleiche Weise wie Ugo ermordet wurden.«

»Das stimmt – leider. Wir arbeiten auf Hochtouren an dem Fall. Allerdings treten wir auf der Stelle.«

»Dann störe ich Sie?«

»Ich wollte sowieso gerade Mittagspause machen«, log er. »Vielleicht möchten Sie mit mir essen gehen?« Er schaute sie fragend an.

»Eigentlich wollte ich nur kurz mit Ihnen in diese Kirche gehen.«

Er konnte es ihr nicht abschlagen. Aber warum auch nicht? Er wollte sowieso nach Signora Gaeta schauen, vielleicht hatte er Glück und würde sie dort antreffen.

»Zuerst gehen wir etwas essen, dann zeige ich Ihnen die Madonna.« Als sie nicht widersprach, nahm er ihren Arm und führte sie durch die Straßen Roms. In einer der engen Gassen, wo striktes Fahrverbot herrschte, kam ihnen ein Cabrio entgegen. Enzo nahm Rosa Santis' Hand und schob sie in die Nische eines Hauseingangs, damit der Wagen passieren konnte. Sie standen eng nebeneinander, und er drückte sie leicht gegen die Tür aus Sorge, der Autospiegel könnte sie streifen.

»Sie wissen schon, dass Sie hier nicht fahren dürfen?«, rief Enzo dem Fahrer zu, als er auf ihrer Höhe war.

»*Ey, Stronzo!* Bist du etwa ein Bulle?«, fluchte der Fahrer und hupte, während er sich weiter durch die Gasse schlängelte.

»Das ist er!«, rief Rosa ihm laut hinterher, und Enzo sah sie zum ersten Mal laut auflachen.

Sie gingen in eine kleine Trattoria, wo er hin und wieder mit Rossi zu Mittag aß. Dort bekam man schnell sein Essen, und außerdem schmeckte es hervorragend. Vor allem die Einheimischen aßen dort, wo hauptsächlich die *cucina povera* serviert wurde. Arme-Leute-Essen, schmackhaft, eben weil es so wunderbar schlicht ist. Ein paar Priester saßen an einem Tisch und unterhielten sich lauthals.

Enzo lehnte sich zurück. Auf dem Gehweg in der Nähe des Vatikans wimmelte es von Touristen jeglicher Nationalität. Er war froh, einen ruhigen Platz ergattert zu haben. Sie bestellten *Bucatini all'Amatriciana*, ein Nudelgericht, das ursprünglich aus der Bergregion der Abruzzen stammte und heutzutage zu den populärsten Gerichten Roms zählte. Dazu tranken sie ein Glas Rotwein, der leicht gekühlt serviert wurde.

»Die beiden anderen – sind sie genauso gestorben wie mein Bruder?«, fragte Rosa, nachdem sie gegessen hatten.

»Ja. Es ist der gleiche Täter. Rosa, kennen Sie Damiano Andreasi? Vielleicht hat Ihr Bruder irgendwann seinen Namen erwähnt? Vielleicht hat er ihn auch Damson genannt?«

Sie schüttelte den Kopf. »Nein, den Namen hab ich nie gehört. Glauben Sie, dass er weiter morden wird?«

Enzo zuckte schwach mit den Schultern. *Natürlich wird er weitermorden. Warum sollte er aufhören?* »Ich denke, dass wir in den nächsten Tagen den Leichnam Ihres Bruders überführen können«, wechselte er das Thema, ohne ihre Frage beantwortet zu haben.

Nun war sie es, die wortlos die Lippen aufeinanderpresste.

»Was werden Sie dann tun?«, sprach Enzo weiter und schaute sie an.

»Ich?« Sie schien überrascht, dass er danach fragte. »Ich weiß es nicht. Ich werde ihn beerdigen und dann werde ich weitersehen.« Sie zögerte einen Augenblick. »Ich kann nichts wirklich gut«, sagte sie schließlich.

»Vielleicht haben Sie es nur noch nicht entdeckt.«

»In Avellino gibt es nicht viele Möglichkeiten. Ich hätte mit Ugo weggehen sollen. Nun, vielleicht werde ich das jetzt tun.« Sie schien überrascht, dass sie nicht vorher daran gedacht hatte.

»Und jetzt zeige ich Ihnen das Wunder«, sagte er, vom Wein und von ihrer Nähe beschwingt, und blickte schuldbewusst auf seine Uhr.

Sie betraten die kleine Kirche.

In der ersten Reihe knieten zwei alte Frauen. Es roch nach Weihrauch. Wann immer Enzo eine Kirche betrat, fühlte er diese feierliche Stimmung in sich emporsteigen. Rosa tauchte die Fingerspitzen in das Becken mit dem Weihwasser und bekreuzigte sich; dann ließ sie sich von Enzo zur Altarnische führen. Sie betrachtete die düsteren Bilder des Kreuzweges, die an der Wand des Seitenganges hingen – der stumme Schrei Jesu, der entkräftet, das Kreuz auf den Schultern, zu Boden ging.

»Nicht besonders schön«, bemerkte Enzo, der ihren Blick bemerkte.

»Nein, die sind überhaupt nicht schön. Düster und hoffnungslos. Mein Bruder konnte so schön malen.«

Enzo nickte. »Wir haben einige Bilder von ihm in seinem Zimmer gefunden. Sobald wir den Fall abgeschlossen haben, werden Sie alle bekommen.«

Strahlend weiß stand die Madonna in der Altarnische. Die Kerzenbank war über und über mit Opferlichtern gefüllt. Doch alle waren heruntergebrannt und erloschen.

Die Lilien in der Vase neben der Statue ließen ihre welken Blütenblätter fallen.

Enzo bemerkte Rosas zitternde Hand, als sie über die Statue strich. »Wie schön sie aussieht. Sie ist perfekt. Makellos.« Sie schaute Enzo an. »Und sie hat wirklich geweint?«

»Zumindest hatte sie rote Farbe im Gesicht.« Er konnte und wollte die junge Frau nicht in dem Glauben lassen, dass er es für möglich hielt, dass hier tatsächlich ein Wunder geschehen war. *An jenem Morgen, als wir deinen Bruder gefunden haben,* dachte er.

Aufgeregtes, unwirsches Flüstern näherte sich. Im gleichen Moment erblickte Enzo den Pfarrer. Neben ihm ging der Küster. Sein Name mochte ihm nicht mehr einfallen. Als sie Rosa und Enzo in der Altarnische erblickten, verstummten sie augenblicklich.

»Buon giorno, *Monsignore«,* wandte sich Enzo an den Pfarrer und reichte ihm die Hand.

»Ich bin Don Salvino, der Pfarrer der Gemeinde.« Der Pfarrer schaute ihn fragend an.

»Verzeihen Sie. Ich bin Commissario Leone«, stellte er sich vor. »Ich war vor einiger Zeit dienstlich hier. Signora Gaeta hatte uns gerufen. Kennen Sie die Umstände?«

»Aber natürlich. Und nun sind Sie hier und möchten Ihrer Freundin die Tränen der Madonna zeigen?«

Enzo spürte, wie er rot wurde.

Der Pfarrer lachte. »Was haben Sie herausgefunden, *Commissario?«*

»Wir haben zurzeit wegen der Mordfälle an den Jugendlichen alle Hände voll zu tun.«

»Das ist sehr schlimm. Ich habe davon in der Zeitung gelesen. Da ist selbstverständlich ein Wunder zweitrangig?«, bemerkte er ohne einem Hauch von Ironie.

»Bestimmt nicht«, erwiderte Enzo. »Nur dass ich nicht wirklich an Wunder glaube.«

»Das tun die wenigsten. Leider hat sich das Wunder nicht wiederholt, und glauben Sie mir, wenn ich Ihnen sage, dass ich täglich nach ihr schaue und hoffe, dass es doch so ist.«

Der Küster zappelte von einem Fuß auf den anderen. Wie schon beim letzten Mal hatte Enzo das Gefühl, dass ihn die Gegenwart der Polizei nervös machte. Enzo wandte sich an ihn: *»Signor ...?«*

»Luigi, einfach nur Luigi«, nuschelte er und zog die Ärmel seines Kittels nach oben.

Wieder bemerkte Enzo die ausgefallene Tätowierung. Die betenden Hände, die den dornigen Rosenkranz hielten. Dieses Mal sah er auch die Tätowierung auf dem anderen Unterarm. Es war ein Engel mit einem Schwert. Irgendwoher kannte er dieses Symbol.

»Luigi, nimm doch die abgebrannten Kerzen heraus, damit die junge Dame eine Opferkerze anzünden kann«, wandte er sich an den Küster.

»Eigentlich wollte ich kurz mit Signora Gaeta sprechen, aber sie ist wohl heute nicht hier?«, wandte sich Enzo erneut an den Pfarrer.

»Ich habe sie gestern, oder war es bereits vorgestern, das letzte Mal gesehen. Ja, es muss vorgestern gewesen sein, daher auch die abgebrannten Kerzen. Signora Gaeta würde dies niemals dulden. Ich wollte sie heute Abend anrufen und fragen, ob alles in Ordnung ist. Aber es passiert hin und wieder, dass sie nicht kommt. Sie arbeitet hier ehrenamtlich und hat keine festen Zeiten. Obwohl sie doch beinahe täglich nach dem Rechten sieht und unseren armen Luigi herumscheucht.« Der Pfarrer lachte Enzo offen an. Dann wandte er sich erneut an Rosa Santis. »Glauben Sie wenigstens an Wunder?«

»Ich würde daran glauben, wenn ich ein Wunder sehen würde.« Rosa blickte ernst auf das Gesicht der Madonna, so als hoffte sie, ein Zeichen zu bekommen.

»Es ist nicht mehr aufgetreten. Leider nicht. Wie schön wäre es, wenn ich hier ein Wunder erleben dürfte.«

Rosa kramte in ihrer Tasche. »Könnten Sie mir etwas Kleingeld für den Opferstock leihen?«, wandte sie sich an Enzo. »Ich würde gerne für meinen Bruder eine Kerze anzünden.« Als sie den fragenden Blick des Pfarrers bemerkte, fügte sie hinzu, dass ihr Bruder einer der ermordeten Jugendlichen war. »Ich werde ihn wohl bald beerdigen können.«

»Das ist ja furchtbar, *Signorina.* Mein herzliches Beileid. Ich bedauere Ihren Verlust.« Der Pfarrer legte fürsorglich seine Hand auf ihren Arm. »Ich werde am Sonntag in der Messe für Ihren Bruder eine Fürbitte lesen. Sie sind herzlich dazu willkommen.«

»Das ist sehr freundlich, aber ich wohne bei Commissario Leones Eltern in den Albaner Bergen. Der Weg wäre wohl zu weit«, bedauerte Rosa.

»Oh, dabei war ich mir sicher, Sie bereits in der Messe gesehen zu haben.« Seine Stimme hallte von den dunklen Wänden. »Es kommt mir vor, als würde ich Sie kennen.«

Enzo fühlte sich mit einem Schlag unwohl. Er spürte den Blick des Küsters auf sich. Als er ihn ansah, schaute dieser sofort zu Boden. Ihm fiel die Hand des Pfarrers auf Rosas Arm auf. Sein bedauerndes Lächeln. Es fühlte sich an wie ein kratzender Pullover, wie zu enge Socken, die zu lange in der Sonne gehangen hatten, wie seine Polizeiuniform, die er zu bestimmten Anlässen tragen musste.

»Ich melde mich bei Ihnen, sobald ich Näheres über unser ›Wunder‹ weiß«, beendete Enzo abrupt die Unterhaltung. »Und wenn Sie Signora Gaeta sehen, sagen Sie ihr doch bitte, dass sie sich bei mir melden soll.« Enzos Handy vibrierte zum wiederholten Male in seiner Tasche. Er konnte es unmöglich weiterhin ignorieren »Ich muss jetzt zurück auf die *Questura«,* wandte er sich an Rosa Santis, und sie verließen hastig die Kühle der Kirche.

Etliche Anrufe waren eingegangen. Seine Mutter hatte eine Nachricht geschrieben: »Kann Rosa erst um siebzehn Uhr auf der Piazza Navona abholen.« Er versuchte, seine Mutter zu erreichen, doch sie ging nicht dran.

»So ein Mist«, stöhnte er auf.

Dann rief er Ispettore Rossi an, der mehrmals, ohne eine Nachricht zu hinterlassen, angerufen hatte.

Er rief ihn zurück.

»Der Kunstprofessor hat für die letzten beiden Morde kein Alibi. Wir überprüfen gerade seine Angaben zu dem Zeitpunkt, als Ugo Santis ermordet wurde. Ich hab ihn in den Raum vier gebracht.« Rossi war aufgebracht.

»Ich bin in fünfzehn Minuten da – und ich bringe Rosa Santis mit. Wir waren kurz in der Kirche, in der mit der Madonna.« Es blieb ihm nichts anderes übrig, als sie mit auf die *Questura* zu nehmen. Es waren noch zwei Stunden, bis seine Mutter sie abholte; er konnte sie unmöglich irgendwo in der Stadt absetzen.

»Apropos Madonna, *Commissario,* da fällt mir ein – das Blut, die Ergebnisse. Da ist was vertauscht worden …« Enzo würgte ihn ab.

»Das kann warten. Wir sind gleich da.«

Er ging neben Rosa Santis den schmalen Korridor entlang, an dessen Ende sein Büro lag. In seinem Kopf arbeitete es wie wild. Rosa schien es zu bemerken.

»Es ist Ihnen nicht recht, dass ich mitkomme.«

»Das ist kein Problem«, log er. Natürlich war es ein Problem. Was sollte sie hier tun? Sie arbeiteten an Mordfällen, und eines der Opfer war ihr Bruder. Er würde sie einfach in seinem Vorzimmer bei Olivia absetzen. »Kann Signorina Santis bei dir bleiben?« Zu spät bemerkte er, dass seine Bürotür weit offen stand und einen ungehinderten Blick auf die Pinnwände zuließ.

»Signorina Santis! Warten Sie!« Er wollte sie am Ärmel ihrer altmodischen Bluse aufhalten.

Doch der eine Blick in das Zimmer genügte. Sie ging durch die Tür.

Vanni saß mit Rossi und Agente Lupo bereits am Besprechungstisch. Als er ihren Namen hörte, sprang er geistesgegenwärtig auf und riss die Fotografie, auf der Ugo Santis tot in seinem eigenen Blut auf dem Boden lag, von der Wand. Dann stellte er sich vor: »Vanni Amidei.«

Auch Rossi war zu ihr getreten. »Setzen Sie sich, *Signorina.*« Er zog sie sanft zu einem Stuhl, auf dem sie wie in Trance Platz nahm. Ihr Blick immer noch auf die Pinnwände gerichtet. Die Hand, die auf dem Tisch lag, zitterte unkontrolliert. Vanni, der auf der anderen Seite Platz nahm, ergriff sie und hielt sie fest umschlossen. Rosa Santis atmete hörbar durch und ließ ihre Hand in der von Vanni.

»Möchten Sie vielleicht etwas trinken?«, fragte Gabriella Lupo und schenkte ihr, ohne eine Antwort abzuwarten, Wasser in ein Glas.

»Bitte machen Sie sich keine Umstände«, antwortete Rosa. In ihrem Blick lag derart viel Kummer, dass es Enzo schmerzte, ihr das anzutun. Er suchte hilfesuchend Olivias Blick. Doch diese schien genauso bestürzt. Und sicherlich dachte sie, dass er an allem selbst schuld war. Und auch selbst schauen sollte, wie er da wieder rauskam.

»Ich denke, es ist besser, wenn Sie mit Olivia nach draußen gehen«, versuchte Enzo es erneut. Er spürte die Augen der anderen auf Rosa Santis gerichtet.

»Ich würde gerne bleiben.«

»Gut, bleiben Sie! Wir machen weiter. Das ist Rosa Santis, Ugo Santis' Schwester. Sie bleibt, bis die Leiche ihres Bruders freigegeben wird, in Rom und – ja – vielleicht haben wir Glück und sie kann uns noch Informationen geben.« Er setzte sich atemlos zu den anderen an den Tisch. Den Obduktionsbericht von Damiano Andreasi schob er Richtung Olivia, damit Rosa Santis nicht auf die Idee kam, darin zu blättern. Obwohl sie sowieso alles farbig auf den Fotografien an den Pinnwänden sehen konnte.

»Signor ... der Professor. Er sitzt im Verhörzimmer.« Ispettore Rossi sprach umständlich. Er wollte keine Namen nennen.

»Wir lassen ihn noch etwas schmoren«, erwiderte Enzo und warf zum wiederholten Male einen Blick auf seine Uhr. Noch fast zwei Stunden, bis seine Mutter kam. Er war stinksauer.

»Welcher Professor?«, fragte Rosa Santis.

»Professore Rinaldi«, sagte Vanni übereifrig und kassierte einen strengen Blick von Enzo.

»Wir wollen hier keine Namen nennen«, ergänzte Ispettore Rossi. Doch es war ohnehin zu spät.

»Ugos Dozent? Das ist nicht möglich! Mein Bruder hat immer von ihm geschwärmt. Das kann ich mir nicht vorstellen.«

»Nun, wir werden sehen«, antwortete Enzo unwirsch.

Rosa richtete ihren Blick erneut auf die Tafeln. Dann stand sie auf und nahm den Stift. »Darf ich?«, fragte sie. Als Enzo nickte, schrieb sie unter das Bild ihrer Eltern das Alter. »Sie waren beide siebzig.«

»Und Sie kennen keines der Opfer?«, fragte Agente Lupo mit belegter Stimme.

»Nein, tut mir leid.« Rosa Santis blieb vor den Wänden stehen und betrachtete die Fotografien. Paola Fabri lag ermordet kopfüber in der Badewanne. Damiano auf dem Seziertisch. Daneben die Aufnahmen der Toten zu Lebzeiten, die an übergroße Passbilder erinnerten. »Finden Sie nicht, dass alle drei einander irgendwie ähnlich sehen? Finden Sie nicht?« Rosa schaute, während sie sprach, immer noch auf die Fotografien.

»Ja, vielleicht, irgendwie«, erwiderte Ispettore Rossi. »Aber das liegt am Alter. Alle Opfer sind gleich alt. Das ist die Ähnlichkeit.«

»Der Täter will uns glauben machen, dass die Opfer wahllos ausgewählt sind. Aber er plant alles. Er beobachtet sie. Weiß, wo sie wohnen. Wann sie alleine sind. Es ist, als würde er nach einer Liste vorgehen.«

»Wieso sollte mein Bruder auf einer Liste stehen?«

Im gleichen Moment vibrierte Enzos Handy, das vor ihm auf dem Tisch lag. Es war seine Mutter. Er stand auf und ging zum Fenster. Er sprach leise und versuchte, seine Verstimmung zu unterdrücken. Seine Mutter hatte es nun doch noch pünktlich geschafft und wartete bereits vor der *Questura,* um Rosa abzuholen.

Enzo schaute Rosa nach, die neben Vanni die Treppe nach unten lief. Wo war nur sein Mitgefühl geblieben? Hatte er keine fünf Minuten Zeit, sie nach unten zu bringen? Er rannte ihnen nach.

»Ich begleite Sie«, sagte er außer Atem.

»Ich dachte schon, dass Sie verärgert sind, weil ich mich aufgedrängt habe. Aber auch wenn Sie es mir nicht glauben, es geht mir jetzt nicht schlechter als zuvor«, sagte Rosa, nachdem sie sich von Vanni verabschiedet hatte.

Vor der *Questura* saß seine Mutter in der Sonne auf einem steinernen Sockel. Als er sie sah, war sein Ärger augenblicklich verflogen.

»Tut mir leid wegen der Pflanzen.« Er küsste seine Mutter auf beide Wangen. »Ich melde mich«, sagte er an Rosa gewandt. Dann ging er zurück ins Büro.

Es war der letzte jener antiquierten Verhörräume auf der *Questura* mit einem Venezianischen Spiegel. Die anderen Zimmer hatten Kameras installiert, die den gleichen Zweck erfüllten. Commissario Leone und Ispettore Rossi standen im Nebenraum und schauten durch den Spiegel auf den Professor, ihren einzigen Verdächtigen. An der Wand lehnte gelangweilt ein Polizist in Uniform.

»Er hat kein Alibi für die Morde an Damiano Andreasi und Paola Fabri«, wiederholte Rossi.

»Und die anderen Dozenten? Habt ihr alle befragt?«

»Bisher nur bombensichere Alibis. Wir sind aber noch nicht ganz durch.«

»Was hat er gesagt, als ihr ihn mitgenommen habt?«

»Er war erstaunt.«

»Erstaunt?«, wiederholte Enzo.

Ispettore Rossi nickte. »Er bat nur darum, sich etwas anderes anziehen zu dürfen, und dann hat er noch seine Katze zu einer Nachbarin gebracht. Anschließend ist er anstandslos mitgekommen.«

Enzo beobachtete den Professor. Er trug einen beigefarbenen Leinenanzug. Mit den Fingern zeichnete er auf den Tisch, als würde er unsichtbare Farben vermalen. Er saß aufrecht. Seine grauen Haare hatte er zu einem dünnen kurzen Pferdeschwanz gebunden. Sein ganzes Äußeres, seine stoische Ruhe, all das verlieh ihm eine besondere Aura.

Enzo ließ einen resignierten Seufzer los, sodass Ispettore Rossi ihn verwundert ansah.

»Ich weiß nicht. Ich kann immer noch nicht glauben, dass er das getan haben soll. Der ist niemals ein Mörder.« Enzo verließ den kleinen Raum und ging eine Tür weiter. Der Polizist nahm augenblicklich Haltung an.

»Professore, es tut mir leid, dass wir Sie auf die *Questura* bitten mussten«, begann Enzo.

Der Professor war aufgestanden und kam ihm entgegen. Der Uniformierte ging auf ihn zu, um ihn daran zu hindern, dem Commissario zu nahe zu kommen. Enzo winkte ab. Dieser Mann würde ihm nichts tun. Er hielt ihn für unschuldig und dieser Taten für unfähig.

»Commissario, ich würde Ihnen gerne sagen, dass ich mich freue, Sie wiederzusehen. Aber dem ist nicht so. Wie kommen Sie auf mich? Das ist Unsinn. Sie können mich nicht wirklich immer noch verdächtigen.« Die Stimme des Professors klang ruhig und gefasst.

»Nicht ohne Grund, *Professore.* Es gibt etwas, was unsere drei Opfer eint – und damit zu Ihnen führt.«

»Ich habe in der Zeitung gelesen, dass es ein drittes Opfer gibt. Das ist schrecklich, nur kann ich mir nicht im Geringsten vorstellen, wie sie auf mich kommen.«

Enzo öffnete die Mappe, die er mit in den Verhörraum gebracht hatte, und zog die Zeichnungen von Ugo Santis, Paola Fabri und Damiano Andreasi hervor. Er schob sie dem Professor zu, der jede einzelne aufmerksam betrachtete, gerade so, als würde er sie bewerten wollen. Die Zeichnungen von Ugo, die er offensichtlich erkannte, legte er auf einen Stapel rechts von sich.

»Von wem sind diese?« Er zeigte auf die Zeichnungen von Paola Fabri und Damiano Andreasi.

»Diese Bilder sind von den beiden anderen Opfern.«

Nun schaute der Professor Enzo überrascht an. »Ich würde mich glücklich schätzen, wären die beiden ebenso Studenten an meiner Universität. Sie haben Begabung. Wenn sie auch ungeübt sind. Nun verstehe ich, warum Sie immer wieder zu mir kommen.«

»Sie haben kein Alibi für die beiden letzte Morde?«, sagte Enzo.

»Ich war zu Hause – alleine – und habe Arbeiten korrigiert. Ich kann Ihnen leider nicht mehr sagen, als ich bereits Ihren Kollegen erzählt habe, die mich freundlicherweise hierher begleitet haben. Aber an jenem Abend, als Ugo ermordet wurde, war ich auf einer Ausstellung. Das lässt sich bestimmt leicht prüfen. Ich habe Ihren Kollegen bereits den Namen der Galerie gegeben.«

Der Professor war kein unsympathischer Mann, vielleicht etwas selbstverliebt, und er schien die Aufmerksamkeit sogar zu genießen. Enzo glaubte ihm alles, was er sagte.

Die Tür wurde geöffnet, und Rossi betrat das Verhörzimmer. Er blieb neben dem Uniformierten stehen. Als Enzo ihn anblickte, schüttelte er kaum merklich den Kopf.

»Wenn Sie mich einen Augenblick entschuldigen würden.« Enzo ging mit Rossi vor die Tür.

»Er war es nicht. Gerade bekam ich die Bestätigung, dass er die Vernissage eines ehemaligen Kunststudenten eröffnet hat. Er hat eine Rede gehalten. Er kann es nicht gewesen sein.«

»War er den ganzen Abend dort?« Eine überflüssige Frage, wie Enzo wusste.

»Unser Professor war bis in die Morgenstunden in der Galerie. Es gibt eine Unmenge von Zeugen, die das bestätigen.«

Wieder eine Sackgasse. Enzo hatte keinen Grund, den Mann weiter festzusetzen. Obwohl er es gerne getan hätte, wenn auch nur, um seinem Chef zu zeigen, dass es voranging, dass sie nicht müßig waren. Doch der einzige Verdächtige war unschuldig.

»Ich habe die Samenbank erreicht. Die geben überhaupt keine Auskunft. Nur mit einem richterlichen Beschluss«, empfing ihn gleich darauf Olivia.

»Das kann ja ewig dauern. Warum eine Samenbank in Tübingen? Verdiente er sich dort was dazu? Hat er dort studiert? Vielleicht ein Auslandssemester?« Enzo hatte wenig Hoffnung, dass diese Telefonnummer sie weiterbrachte.

»Vielleicht kannte er dort jemanden. Einen Freund oder sonst wen«, erwiderte Olivia.

»Hast du gesagt, um was es geht? Hast du Ugo Santis' Namen erwähnt?«

»Hab ich. Keine Chance. Sie haben nichts gesagt. Nur mit richterlichem Beschluss«, wiederholte Olivia.

Sie rief ihm hinterher, als er in sein Büro ging. »Die Frau von der Presse hat heute schon dreimal angerufen.«

Enzo verdrehte die Augen. »Vertröste sie auf Morgen oder besser Übermorgen. Wir haben keine weitere Informationen für sie.«

»Übermorgen ist Sonntag.«

»Ihr Problem.« Er drehte sich erneut um. »Hat sich Signora Gaeta gemeldet?«

»Nein, warum fragst du?«

»Sie ist verschwunden.«

Eine Pause entstand.

»Enzo?«

»Ja?«

»Das Mädchen – Rosa Santis ...«

»Ja?«

»Ach nichts.«

»Sag schon.«

»Wann wird die Leiche ihres Bruders freigegeben?«

»Bastino meinte in den nächsten Tagen. Warum fragst du?«

Olivia überlegte, und Enzo war sich sicher, dass es nicht das war, was sie sagen wollte, als sie schließlich erwiderte, dass man das arme Kind ja nicht ewig warten lassen konnte.

Im Zug nach Nettuno holte er den Zettel mit der Telefonnummer von Signora Gaeta aus seiner Anzugtasche. Es war bereits spät, und er konnte sich nicht vorstellen, dass sie zu dieser Zeit nicht zu Hause war. Er versuchte es mehrere Male. Doch niemand meldete sich. Da war es wieder – dieses Gefühl, dass etwas nicht stimmte.

Er musste raus. Auf andere Gedanken kommen. Seit Wochen hatte er sich vorgenommen, seinen Freund in Aprilia zu besuchen. Er hatte dort in einer alten Fabrikhalle eine Brauerei eröffnet. Enzo nahm eine kurze Dusche, zog eine Jeans und ein Hemd über, dann holte er seinen Alfa Spider aus der Garage.

Schon von Weitem erkannte er seinen Freund. Ivano Montecelli. Ein fülliger Mann in seinem Alter, in dessen Augen er seine eigene Kindheit sah. Man nannte sie damals so wie die Straße, in der sie wohnten: Sie waren die Freunde aus der *Via Milano.*

»Enzo!«, rief Ivano. Er strahlte über sein ganzes Gesicht. »Enzo, warum hast du nicht gesagt, dass du kommst?« Sie umarmten sich. »Da wohnen wir so nah beieinander und sehen uns viel zu selten. Ich freue mich riesig.«

»Ich wollte schon längst kommen, aber du weißt ja, die Arbeit.«

»Etelia, *vieni!«,* rief Ivano. Eine kleine Frau mit frechen lockigen Haaren kam auf sie zu. Enzos Blick fiel auf ihren runden Bauch.

»Du bist schwanger! Warum habt ihr mir das nicht erzählt?« Enzo küsste Etelia auf beide Wangen. »Das freut mich sehr für euch.«

In Ivanos Augen erschien ein verschmitztes Lächeln, das Enzo an früher erinnerte. »Jetzt weißt du es ja. Und du? Wo ist Clara?«

So lange hatten sie sich also nicht gesehen. »Wir haben uns getrennt.« Verdutzt stellte Enzo fest, dass der bekannte Stich ausblieb, den er jedes Mal spürte, wenn er jemandem davon erzählte.

»Das tut mir leid, Enzo.« Ivano legte seinen Arm um den Freund. »Komm, ich zeig dir hier alles.«

Kapitel 12

Die frühen Sonnenstrahlen warfen ein fast heiteres Licht auf den hellen Sarg.

Rosa Santis trug einen knielangen schwarzen Rock, dazu eine schwarze Bluse. Ihre dunklen Haare säumten ihr weißes Gesicht, das Enzo an die Madonna erinnerte.

Für Enzo waren Beerdigungen nicht für die Toten, sondern für die Lebenden, für diejenigen, die übrig blieben und die damit leben mussten, dass der andere für immer gegangen war. Er beobachte die junge Frau, die von seinen Eltern in die Mitte genommen wurde. Dahinter stand Vanni Amidei mit einer verspiegelten Sonnenbrille zwischen Olivia Greco, die ein schwarzes Tuch über ihre blonden Haare gelegt hatte, und Ispettore Rossi in Zivil, der mit seiner Frau gekommen war. Enzo hatte sie alle darum gebeten, an der Beerdigung teilzunehmen, sonst hätte Rosa alleine vor dem Sarg gestanden. Nur Agente Lupo hielt die Stellung auf der *Questura*.

Enzos Eltern hatten alles organisiert. Sie hatten mit dem Pfarrer gesprochen und Ugo Santis einen Platz auf dem Friedhof inmitten von Rom verschafft, als Rosa ihnen mitteilte, dass sie ihren Bruder hier bestatten wollte.

Während der Pfarrer sprach, blickte Enzo über die angrenzenden Schiebegräber, las die Namen und betrachtete die kleinen Porträts aus Porzellan auf den Marmortafeln, die mehr über den Verstorbenen verrieten. Enzo fühlte sich unbehaglich, fühlte sich beobachtet und schaute sich unruhig um. Doch nichts Ungewöhnliches war zu sehen. Nur wenige Menschen gingen durch die Gräberreihen des weitläufigen Friedhofs. Er erhaschte einen letzten Blick auf die schwarze Soutane eines Priesters, der gerade hinter einer der Mauern verschwand. Das Quietschen einer Schubkarre holte Enzo zurück. Der Maurer brachte die Steine, um die offene Grabstelle zu verschließen. Gefasst sah Rosa zu, wie er mit der Kelle den Gips über die Fugen klatschte und mit gleichmäßig scharrendem Geräusch verstrich. Rossi und der Rest seines Teams verabschiedeten sich von ihr und seinen Eltern. Vanni nahm sie umständlich in die Arme.

»Ich komme gleich nach«, sagte Enzo leise zu Ispettore Rossi, dann nahm er Rosas Arm und führte sie zum Ausgang, wo das Auto seiner Eltern parkte.

»Wissen Sie, *Commissario,* ich fühle mich den Toten näher als den Lebenden. Wahrscheinlich weil ich die Letzte bin. Meine ganze Familie ist gestorben. Nur ich bin übrig geblieben – und die alte Zia.« Trauer und Kummer lagen in ihrer Stimme.

»Das ist heute ein trauriger Tag.« Enzo blickte sich hilfesuchend nach seiner Mutter um. Die stand jedoch mit seinem Vater neben dem Pfarrer, der auf sie einsprach. Als sie den Blick ihres Sohnes spürte, sah sie zu ihm hinüber und zuckte bedauernd die Schultern.

»Ich werde mir eine Wohnung suchen. Meine Großtante hat Verständnis dafür. Sie meint, ich solle hier in Rom bleiben. Sie hätte Freundinnen, die sich um sie kümmerten. Ugo hat es hier gefallen, und dank Ihrer Eltern fühle ich mich hier von Tag zu Tag wohler. Ugos Grab ist hier, was will ich noch in Avellino? Ich könnte Literatur studieren. In einem Museum arbeiten oder als Verkäuferin. Es gibt hier so viele Möglichkeiten.«

Enzo lächelte sie an. *Bleib, solange du willst. Und du läufst Gefahr, dass ich dich nie wieder gehen lasse,* schoss es Enzo durch den Kopf, worauf er prompt errötete. Er spürte eine unbändige Zuneigung zu dieser jungen Frau. »Dann bleiben Sie bei meinen Eltern, bis Sie eine Wohnung gefunden haben«, sagte er stattdessen, und sie legte ihre bebende Hand auf seinen Arm.

*

Es war ein Leichtes gewesen, herauszubekommen, wann und wo sie ihren Bruder beerdigen würde. Es bedurfte nur ein paar weniger Anrufe. Er musste es wissen, wissen, ob er recht hatte.

Sie stand vor der Mauer, in der das dunkle Loch wie der Höllenschlund klaffte; er hatte sie sofort wiedererkannt – und gehofft, dass er sich täuschte. Doch als er ihr marmornes Gesicht erblickte, war es wieder da, dieses Gefühl, das Wissen. Es war so offensichtlich, dass es ihn wunderte, dass sonst niemand darauf gekommen war.

Er stellte sich in den Schatten einer Mauer und beobachtete die kleine Ansammlung von Menschen. Er sah das Zittern ihrer Hand, als sie diese zum Abschied auf den Sarg ihres Bruders legte, ehe er in die Öffnung geschoben wurde und für immer dahinter verschwand.

Als der Maurer begann, die Öffnung zu verschließen, ging er eilig davon.

Er war noch nicht am Ende.

*

»Worum geht es?« Vor Commissario Leone stand ein älterer Mann, der locker 200 Kilo auf die Waage brachte und ihn mit einem Blick taxierte, den Enzo nicht deuten konnte. Ungeachtet der Temperaturen, die draußen herrschten, trug er eine dicke, speckige Lederjacke.

»Sind Sie wirklich der *Commissario?«*, fragte der Dicke und legte eine zerknitterte, schmutzige Tageszeitung vor Enzo auf den Schreibtisch.

Enzo schob einen Stapel Aktenordner zur Seite und beugte sich vor. »Wie kann ich Ihnen behilflich sein?«, fragte er freundlich.

»Ganz schön heiß hier drinnen.« Der Mann zog seine Jacke aus und entblößte ein langärmeliges Hemd mit großflächigen Schweißflecken unter den Achseln. Ein unangenehmer Geruch verbreitete sich im Raum. »Haben Sie vielleicht was zu trinken für mich?« Und nach einem kurzen Moment fügte ergänzend hinzu: »Ein Glas Wasser wäre überaus freundlich.«

»Olivia, könntest du bitte ...« Olivia, in deren Begleitung der Mann in Enzos Büro gelangt war, nickte und ging nach draußen.

Enzo warf einen kurzen Blick auf die Zeitung. In der Mitte der Seite prangte übergroß das Phantombild eines Mannes undefinierbaren Alters mit Schnauzbart. Die Augen waren unter einer Schirmmütze verborgen. Er hatte den Artikel gelesen und sich über den Inhalt geärgert. Die Verfasserin berichtete dieses Mal sehr detailliert und hatte dabei wohl nicht an die Eltern gedacht, aber was hatte er anderes erwartet? Sie schrieb ausführlich über die aufgeschnitten Pulsadern, das Ausbluten der jungen Opfer. Details, die sie bei ihrem ersten Artikel ausgelassen hatte. Immerhin wusste Enzo, woher sie die Informationen hatte. Ob es moralisch in Ordnung war oder nicht, war ihr wohl ziemlich schnuppe, letztlich gab ihr der Erfolg recht, der nur an der verkauften Auflage gemessen wurde. Wenigstens hatte sie das Phantombild, das sie ihr gegeben hatten, groß abgebildet.

Olivia kam zurück und stellte ein Glas Wasser auf den Tisch. »Setzen Sie sich doch«, sagte sie, was Enzo vermeiden wollte.

Der Mann ließ sich mit einem lauten *Rums* auf den Stuhl fallen.

»*Grazie, Signorina.* Diese heißen Tage sind für mich die Hölle. In der Sommerhitze stinkt der Fluss höllisch. Moskitos und Ratten sind überall.«

»Es tut mir leid, aber die Klimaanlage ist defekt«, sagte Enzo. »Erzählen Sie uns doch, was Sie zu berichten haben.«

»Ich wollte Sie nur gleich mal fragen, ob es denn vielleicht auch 'nen Finderlohn gibt?«

»Einen Finderlohn?«, wiederholte Enzo, der genau wusste, was der Mann meinte.

»Sie wissen schon! Einen Finderlohn, wenn Sie durch mich den Mann schnappen würden. So was wie: Hinweise, die zum Ergreifen von dem Täter führen.«

»Leider nein, *Signore*«, erwiderte Enzo.

»Das ist bedauerlich – aber nicht zu ändern.« Der Dicke räusperte sich. »Den habe ich jedenfalls gesehen.« Er zeigte mit dem Finger auf das Phantombild.

»Und wie lange ist das her?«

»Nun, also genau weiß ich das leider nicht mehr. Zwei oder drei Tage. Vielleicht auch vier. Es hat aber geregnet, das können Sie doch bestimmt ganz schnell herausfinden.«

Enzo schaute Olivia an, die vor dem geöffneten Fenster stand.

»Vor drei Tagen hat es geregnet, also am 22.«, sagte sie.

»Was für eine feine Zahl. 22. Ich liebe Schnapszahlen. In der Fachsprache auch gern *Repdigit* genannt. Eine Folge von identischen Zahlen. Sie haben immer eine Bedeutung. Am besten sind die Einsen. Je mehr Einsen desto besser. Dann kommen die Zweien und Dreien. Danach sieht es schon schlechter aus. Wenn Sie drei Sechsen hintereinander sehen, können Sie gleich Ihr Testament machen.«

»Und Sie sind sich sicher, dass es dieser Mann war?«, hakte Enzo nach. Er wollte ein längeres Verweilen des Mannes in seinem Büro verhindern und ging nicht weiter auf seine Ausführungen über die Zahlen ein.

»Ganz bestimmt habe ich ihn gesehen, am 22. Schon die Zahl sagt doch, dass ich recht damit habe.«

»Was genau haben Sie denn gesehen?« Enzo stöhnte innerlich auf. Was für eine Zeitverschwendung. Es war wieder mal Olivias gutes Herz gewesen, die den Mann nicht bei den Polizisten im ersten Stock lassen wollte, wo er wohl stundenlang hätten warten müssen.

»Na, diesen Mann! Er machte sich an etwas zu schaffen, das er dann die Böschung hinunterstieß.«

»Wo genau soll das gewesen sein?«

»Ja, das ist das Problem, das weiß ich nimmer so genau. Wegen der Moskitos trinke ich abends immer etwas mehr. Die Viecher mögen den Alkohol im Blut nicht.« Der Dicke lachte heißer auf. »Es war schon sehr spät jedenfalls. Um die Mitternacht rum. Es war in der Nähe der Engelsburg. Der Mann hatte einen Schnauzbart, genau so einen wie der auf dem Bild hier. Und in der Dunkelheit sah er ihm sehr ähnlich«, bekräftigte er seine Aussage.

»Wir bedanken uns bei Ihnen für Ihre Hilfe. Wenn wir noch Fragen haben, wo finden wir Sie?« Enzo konnte sich gut vorstellen, was geschehen war. Irgendjemand hatte seinen Müll in einer Nacht- und Nebelaktion dort abgeladen.

»Ich gebe Ihnen die Adresse meiner Schwester. Mich können Sie eher schlecht erreichen«, druckste er herum.

Enzo nahm den Zettel. »Pericle Staderini?«

Der Dicke nickte. »Haben Sie vielen Dank für das köstliche Wasser, *Signorina,* nun muss ich mich sputen. Paolino passt auf meine Sachen auf. Und ich will nicht länger als nötig wegbleiben, jetzt, da so viel Gesindel unterwegs ist.« Schwerfällig stand er auf.

»Ich möchte mich dennoch für Ihr Kommen erkenntlich zeigen.« Enzo nahm zwei Geldscheine aus seinem Geldbeutel und gab sie ihm, worauf sich der Dicke überschwänglich bedankte.

Nachdem er schließlich im Aufzug verschwunden war, stellte sich Enzo neben Olivia ans offene Fenster und holte einen tiefen Atemzug frischer Luft.

»Eine Schande, dass es Menschen gibt, die kein Dach über den Kopf haben«, bemerkte Olivia traurig. »Bei dieser Hitze auf der Straße zu leben. Das ist einfach unvorstellbar.«

Enzo nickte. »Sobald Vanni oder Agente Lupo Zeit haben, sollen sie dort vorbeischauen. Aber außer Müll werden sie bestimmt nichts finden.«

»Heute noch?«, fragte Olivia.

Seitdem der Artikel mit dem Phantombild in der Zeitung erschienen war, hatte es zahlreiche Anrufe gegeben, doch keiner der Hinweise hatte sie auch nur ein Stück weitergebracht.

»Es wird bald dunkel. Sie sollen gleich morgen früh dorthin fahren.« Er hielt einen Augenblick inne. »Hast du eigentlich was von Signora Gaeta gehört?«

Olivia schüttelte den Kopf. »Warum ist dir das so wichtig?«, wollte sie wissen.

»Keine Ahnung. Einfach so ein Gefühl«, antwortete Enzo. Er würde seine Mutter nach der Adresse fragen und die alte Frau zu Hause aufsuchen. Vielleicht war sie einfach nur krank.

»Buona sera, Commissario.«

Überrascht sah Enzo von seinen Akten auf. »Signorina Santis!« Er sprang auf.

»Sie sagten, dass ich die Zeichnungen meines Bruders haben kann.«

»Die Zeichnungen, ja, aber ich wollte Sie Ihnen mit den Sachen aus dem Zimmer Ihres Bruders vorbeibringen. Also, wenn ich sowieso zu meinen Eltern fahre ... hätte ich sie Ihnen gebracht.« Er stotterte umständlich.

»Ich weiß, aber ich bin gerade mit Ihrer Mutter in der Nähe und dachte, ich könnte auch gleich etwas davon mitnehmen. Ihre Mutter wartet unten auf dem Parkplatz. Ihr Vater ist für ein paar Tage nach Mailand gefahren.«

»Nach Mailand? Was macht er denn dort?«

»Er trifft sich mit anderen Imkern.«

Enzo kramte zwischen den Akten, bis er schließlich die dünne hellbraune Mappe fand.

Rosa Santis öffnete die Mappe, in der lose die Zeichnungen lagen, und zog sie heraus. Ein Windstoß fegte sie zu Boden. Eilig bückte sie sich und begann, die Zeichnungen aufzuheben. Enzo half ihr. Beim letzten Blatt, das sie beide zugleich aufheben wollten, kamen sie sich nahe. Ihre Finger berührten einander. Er schnappte die Zeichnung und reichte sie ihr. »Das ist übrigens mein Lieblingsbild«, sagte er. Es war eine Bleistiftzeichnung, die Rosa von der Seite zeigte, fast von hinten; nur die Kontur der Wimpern und der Nase war zu sehen. Und doch war es unverkennbar Ugos Schwester.

Sie betrachtete versunken das Bild. Plötzlich presste sie die Lippen aufeinander. »Ich muss gehen, Ihre Mutter wartet im Wagen auf mich.« Dann ergriff sie das Bild, das sie bereits in die Mappe zurückgelegt hatte, und reichte es ihm. »Ich schenke es Ihnen!«

»Aber ...«

»Bitte, Sie müssen es nehmen.«

Enzo begleitete sie zum Aufzug. Dort stand Primo Dirigente Fontanello und unterhielt sich mit einem älteren Paar. Enzo erkannte die beiden sofort. Es waren die Eltern von Paola Fabri.

»Ah, *Commissario«*, rief Fontanello ihm entgegen. »Sie kennen sich ja bereits.«

Angelica Fabri drehte sich zu Rosa und ihm um. Sie schien um Jahre gealtert.

»Buona sera, Commissario«, sagte Signor Fabri und reichte ihm die Hand.

Primo Dirigente Fontanello betrachtete Rosa interessiert. Aber er war nicht der Einzige. Angelica Fabri kam einen Schritt auf die junge Frau zu. *»Signorina,* ich ... ich ... Paola.« Sie schaute sie mit einem unglücklichen, fast verzweifelten Blick an. Plötzlich umarmte sie Rosa.

Rosa wurde von dieser Herzlichkeit vollkommen überrumpelt und erwiderte nur zögernd die Umarmung. Abrupt löste sich Signora Fabri von ihr und strich ihr zärtlich eine Strähne ihres Haares aus der Stirn. Sie fasste sich und lächelte sanft. »Es tut mir leid. Ich wollte sie nicht bedrängen. Nur für einen Augenblick habe ich meine Tochter in Ihnen gesehen. Es tut mir wirklich sehr leid. Ich hoffe, ich habe Ihnen keine Angst gemacht.«

Im gleichen Moment kam der Aufzug.

»Komm«, sagte Signor Fabri leise zu seiner Frau.«

Die Türen schlossen sich hinter den Eheleuten und Primo Dirigente Fontanello, der mit ihnen nach unten fuhr.

»Alles okay?«, wandte sich Enzo an Rosa.

Sie nickte. »Das war sehr merkwürdig, finden Sie nicht?«

Er erzählte ihr, wer die beiden waren.

»Die Armen«, war das Einzige, was Rosa erwiderte.

Nachdem Rosa längst gegangen war, stand er noch eine Weile vor den geschlossenen Türen des Aufzugs. *Was war es nur, was nicht stimmte?* Schließlich ging er zurück in sein Büro und begann erneut, alles zu sortieren, was längst sortiert war; er suchte nach einem passenden Puzzleteil, das dort irgendwo lag.

Die körperliche Anstrengung tat gut, und der Wind, der vom Meer landeinwärts blies, tat sein Übriges. Enzo mochte diese einfache Laufstrecke. Er startete bei der Kirche *Santa Maria Goretti* in Nettuno und lief am Meer entlang bis hin nach Anzio zu den *Grotte di Nerone.* Sein Kopf wurde frei. Die Gedanken sortierten sich. Die merkwürdige Begegnung zwischen den Eltern von Paola Fabri und Rosa war nur noch eine blasse Erinnerung. Völlig durchgeschwitzt kam Enzo in seiner Wohnung an. Er öffnete eine Flasche Rotwein, die er in den Kühlschrank gestellt hatte, und nahm ein Glas davon mit ins Badezimmer. Es war zehn Uhr abends und immer noch unerträglich schwül. Das kalte Wasser der Dusche brachte Abkühlung. Er schüttete ein weiteres Glas Wein hinunter und verspürte die angenehme Wirkung des Alkohols. Fadila hatte Couscous mit irgendeinem Gemüse in den Kühlschrank gestellt, das er kalt verschlang. Auf der Terrasse rauchte er die letzte Zigarette, die er im Küchenschrank versteckt hatte, und ging schließlich ins Bett. Unruhig wälzte er sich von einer Seite auf die andere. Als sein Handy klingelte, erwachte er völlig verschwitzt. Er blickte auf das Display. Es war die Nummer seiner Mutter.

»Was ist passiert?« Er spürte, wie er die Luft anhielt.

»Hier stimmt was nicht, Enzo. Du musst sofort kommen«, flüsterte seine Mutter ins Telefon, und das auf eine Art und Weise, die ihm das Blut in den Adern gefrieren ließ.

»Schließt euch ein. Ich rufe die Polizei in *Ariccia* an und fahre sofort los.«

Als er eine knappe Stunde später vor dem Sommerhaus seiner Eltern parkte, stand der Einsatzwagen vor der Tür.

»Wir haben noch auf Sie gewartet, *Commissario*«, sagte ein Uniformierter, der ihm entgegenkam.

»Wo sind sie?«, fragte Enzo, als er seine Mutter und Rosa nicht sah.

»Bei den Nachbarn. Sie hatten sich im ersten Stock in einem Zimmer eingeschlossen und haben uns geöffnet, als wir ankamen. Wir haben das Haus gecheckt, konnten aber nichts Ungewöhnliches finden. Aber beide sind sich sicher, dass jemand im Haus war.«

Enzo zog dennoch seine Waffe aus dem Holster, als er ins Haus ging, in dem er jeden Winkel kannte. Er war in der Küche angekommen. Links neben ihm befand sich die Hintertür, die auf die Terrasse führte. Enzo rüttelte daran. Sie war verschlossen. Daneben lag das Esszimmer im Dunkeln. Enzo setzte einen Fuß vor den anderen. Alles lag still. Das einzige Licht kam von einer Uhr, deren fluoreszierenden Zeiger sich unmerklich bewegten. Hier in den Bergen waren die Nächte schwarz wie nirgendwo sonst. Es war dieses verschluckende, alles absorbierende Schwarz.

Er blickte aus dem Fenster über die dunklen Hügel der Albaner Berge. Kein Stern erhellte den Himmel. Enzo versuchte, etwas zu erkennen. Lauschte. Aber da war nichts. Obwohl er wusste, dass im Haus niemand war, ging er durch sämtliche Räume. In seinem Zimmer roch es fremd und vertraut zugleich. Blind tastete er sich durch das Zimmer und schob am Fenster den Vorhang zur Seite. Er erkannte die Konturen des Pools und glaubte, darin etwas schwimmen zu sehen.

Für einen Moment fühlte er sich wie der kleine Junge, der mit acht Jahren das erste Mal seine Sommerferien hier verbrachte und alleine in diesem Zimmer schlief. Die fremden Geräusche hatten ihm damals Angst gemacht.

Er rief sich zur Vernunft. Dieses Gefühl der Angst, das er vor mehr als 20 Jahren empfunden hatte. Die Angst, die ihm in die Knochen fuhr. Sie war wieder da – und er wusste, dass er sie nicht so schnell würde abschütteln können.

Er tastete nach der Nachttischlampe und warf dabei etwas herunter, das früher nicht dort gestanden hatte. Im Licht erkannte er eine kleine Figur aus Ton. Erleichtert stellte er fest, dass sie nicht zerbrochen war. Enzo verließ das Zimmer und ging hinaus auf den Flur.

Gerade als er beschloss, nach unten zu gehen, hörte er ein Geräusch. Enzo entsicherte seine Waffe.

»Enzo?« Es war seine Mutter, die ins Haus zurückgekehrt war.

»Mutter!« Enzo rannte die Treppe nach unten.

»Hast du was gefunden?«, flüsterte sie. Ihre blonden Haare thronten als unordentlicher Dutt auf ihrem Kopf. Sie trug eine Strickjacke über ihrem Nachthemd.

»Hier ist niemand«, erwiderte er, als er vor ihr stand. Er nahm sie in den Arm. »Hier ist alles okay. Du hast aber wieder mal das Fenster in der Küche offen gelassen.«

»Aber es war jemand hier. Ausgerechnet heute, wo dein Vater nicht im Haus ist.« Ihr Atem stockte. »Ich bin mir sicher, dass jemand im Haus war! Auch Rosa hat es gehört.«

»Ihr habt euch bestimmt getäuscht«, antwortete Enzo, um sie zu beruhigen. Aber sie hatte recht. Da war etwas. Er spürte es. Er wäre als Kommissar nicht so erfolgreich gewesen, hätte er nicht dieses besondere Gespür für drohende Gefahren, diesen Instinkt, der ihm sagte, wenn etwas nicht stimmte. Mittlerweile war auch Rosa ins Haus gekommen. Er widerstand der Versuchung, ihr näher zu kommen. »Alles okay?«, fragte er bemüht tonlos.

Sie nickte und schien gefasst.

Enzo begleitete die beiden Polizisten nach draußen zu ihrem Wagen. »Ich bleibe den Rest der Nacht hier. Und danke, dass Sie so schnell hier waren.«

Als er ihnen nachsah, stellte sich seine Mutter neben ihn. »Du hast mir einen riesen Schrecken eingejagt, *Mamma.*«

»Vielleicht hast du mir auch einfach mit deinem Gerede Angst gemacht«, erwiderte sie.

»Ich?« Enzo wusste nicht, was sie meinte. Oder wollte es nicht wissen.

»Ja, du! Dauernd sagst du, dass ich auf sie aufpassen soll.« Den letzten Satz sagte sie leise, damit Rosa ihn nicht hören konnte.

»Tut mir leid. Wahrscheinlich hast du recht«, gab Enzo reuevoll zu.

»Morgen kommt, *grazie a dio,* dein Vater wieder. Wir werden ihm davon aber nichts sagen, hörst du?«

Das Windspiel machte quietschende Geräusche.

»Du solltest es wegwerfen«, sagte Enzo und schaute seine Mutter liebevoll an.

Sie lächelte. »Nein, das werde ich nicht. Du hast es gemacht, weißt du noch?«

Enzo konnte sich gut daran erinnern. Bis heute war er ungeschickt in handwerklichen Dingen, und daran würde sich auch bestimmt nichts mehr ändern.

Kapitel 13

Sie glitt über das spiegelglatte Eis, drehte Pirouetten und sprang rauschend in die Höhe. Es schien ihm, als würde sie einen Moment lang in der Luft innehalten, sich der Schwerkraft widersetzen. Ihr dunkles Haar hatte sie zu einem Pferdeschwanz gebunden, dessen Ende ihr bei jedem Sprung und jeder Drehung ins Gesicht peitschte und an ihren feuchten Lippen kleben blieb. Ihre Wangen leuchteten in einem gesunden Rot.

Sollte er sich ihr hier nähern? Oder wenn sie das Gebäude verließ, im Schutz der Dunkelheit? Hier war sie alleine, und niemand würde ihn stören. Der Hausmeister hatte ihr, bevor er ging, noch zugerufen, dass sie die Eishalle abschließen und das Licht ausmachen solle, wenn sie fertig sei. Er war es auch gewesen, der die Tür offen stehen ließ, als er nach draußen ging, um eine zu rauchen. Diesen Moment hatte er ausgenutzt und war in die Eishalle geschlichen. In der Zwischenzeit hatte er sich in der Toilette versteckt und gewartet. Gewartet – bis der Mann ging. Gewartet, bis es draußen dunkel wurde. War nicht hier also die beste Gelegenheit? Er stellte die Frage stumm und wartete auf die Antwort, die er sich schließlich selbst gab. *Hier!*

Es war kühl in der kleinen Eishalle, beinahe kalt. Er zog seine Kapuze tief ins Gesicht, folgte dem Brummen und fand den Stromkasten in einem kleinen finsteren Raum, in dem es wie in einem öffentlichen Pissoir stank. Mit der Taschenlampe leuchtete er über unzählige Schalter und legte schließlich den Hauptschalter um, den er an der Größe erkannte. Er griff in seine Jackentasche und spürte das kleine Gefäß, ehe er im Dunkeln den Weg zurückging. Im düsteren Schein der Straßenlaterne, die ihr spärliches Licht durch das große Fenster über die Eisfläche warf, sah er der jungen Frau noch eine Weile zu, ehe er das Unvermeidliche vollendete.

*

Ihre Füße schmerzten, als sie beim letzten Sprung auf der Eisfläche landete. Im gleichen Moment ging das Licht in der kleinen Eishalle aus. Sie lauschte und dachte, dass Signor Mantova zurückgekehrt war. Aber sie konnte nichts hören, nicht einmal das vertraute Brummen des Stromgenerators. Das schwache Licht der Straßenbeleuchtung drang durch das große Fenster in die Halle. Lauschend gewöhnten sich ihre Augen an das düstere Licht, und sie verwarf den Gedanken, zur Stromanlage zu gehen, um sie wieder ans Laufen zu bringen. Bald würde das Notstromaggregat anspringen, und wenn nicht, dann würde sie eben bevor sie ging danach sehen. In der kleinen privaten Eishalle ihres Vereins wusste jeder, was zu tun war, wenn der Strom mal wieder ausfiel.

Sie liebte die kühle Eishalle, besonders dann, wenn es draußen so heiß und schwül wie heute war. Das Wasser spritzte unter den Kufen. Sie würde sowieso nicht mehr lange bleiben.

Sie könnte auch blind über die spiegelglatte Eisfläche gleiten. Seitdem sie denken konnte, lief Asuna über das Eis; sie hatte bereits unzählige Preise gewonnen. Doch in den letzten Tagen fuhr sie behutsamer und mied die schwierigen Sprünge. Ein sanfter Anlauf und Absprung, eine Drehung und die Landung rückwärts einwärts auf dem linken Bein. Asuna Kobari beherrschte die Sprünge wie im Schlaf. Dennoch war sie heute außer Atem und beschloss deshalb, nur noch über das Eis zu laufen und auf weitere Sprünge zu verzichten.

Asuna versuchte, sich zu bewegen. Ein stechender Schmerz schoss ihr durch die Arme bis in die Fingerspitzen und in den Kopf; die darauffolgende Welle von Übelkeit schlug über ihr zusammen. Sie blickte zu ihren Händen. Alles war rot. Sie spürte die vertraute Kälte des Eises, auf dem sie ausgestreckt lag, und sah, wie sich ihr Blut auf dem Eis verteilte. Ihr weißes Trikot war nach oben gerutscht, und sie dachte einen kurzen Moment lang, nackt zu sein. *Er hat mich vergewaltigt*, schoss es ihr durch den Kopf. Sie versuchte, sich aufzurichten. Aber der Schmerz, der sie durchdrang, war so stark, dass sie die aufkommende Übelkeit kaum unterdrücken konnte. Sie schloss die Augen und hoffte, dass der Schmerz nachließ.

Was war geschehen?

Denk nach!, sagte sie sich und versuchte, ihre Gedanken zu fassen. Da war dieser fremde Mann gewesen. Plötzlich hatte er an der Bande gestanden. Zuerst dachte sie, Signor Mantova sei zurückgekommen, weil er vielleicht etwas vergessen hatte. Doch es war nicht der Hausmeister, der auch viel kleiner war. Wie lange hatte er ihr bereits zugesehen? Dann hatte er die Eisfläche betreten.

»Die Eishalle ist geschlossen«, hatte sie ihm zugerufen.

»Nur eine Frage, *Signorina*«, hatte er geantwortet.

Sie fuhr ihm entgegen, da sie sah, wie unsicher er auf dem Eis ging. Als sie näher kam, war irgendetwas an ihm ungewöhnlich, beinahe angsteinflößend, und sie schalt sich, nicht in diesem Augenblick das Weite gesucht zu haben. »Wie sind Sie hereingekommen?«, hatte sie noch gefragt. Signor Mantova, das wusste sie, würde niemals vergessen abzuschließen, wenn sie alleine in der Halle blieb. Sie spürte, wie sie den Atem anhielt in der Hoffnung, sich zu täuschen. Er hatte so nett gelächelt.

Sie kam vor ihm zum Stehen, zu spät, zu nah. Etwas stimmte nicht mit ihm, wie er sie anblickte. Dann sah sie etwas Weißes aufblitzen, wie es aufflog, wie ein weißer Vogel. Grenzenlose Angst packte sie, als er es ihr grob auf das Gesicht presste.

Sie hörte ein Keuchen, ein Flüstern und blickte zur Seite in das Gesicht des Mannes, der neben ihr kniete. In der Hand hielt er etwas Kleines. Etwas Feines. Zuerst dachte sie, es sei ein Schmuckstück. Doch sie irrte sich. Blut klebte an der scharfen Klinge.

Grob öffnete er ihr die Lippen und legte etwas auf ihre ausgetrocknete Zunge. Es war geschmacklos, und sie wusste nicht, was es war.

Verzweifelt schrie sie um Hilfe, doch wer sollte sie hier hören?

»Bitte, tun Sie mir nichts.«

»Du hast gesündigt.« Die Stimme klang kalt. Kälter als das Eis, das unter ihr zu schmelzen begann.

»Ich erwarte ein Kind. Haben Sie Erbarmen. Es hat doch nichts getan.« Und sie hoffte, dass er sie verschonen würde.

Sie glaubte an das Gute im Menschen.

»Ein Kind?« In seinen hellen Augen spiegelte sich das bläuliche Licht des Eises – und abgrundtiefes Entsetzen.

Ihre Handgelenke brannten wie Feuer, und sie glaubte die Besinnung zu verlieren, hoffte es sogar, doch der qualvolle Schmerz in ihrem Unterleib hielt sie wach und ließ sie verzweifelt erkennen, was er tat. Sie legte die Hände flach auf das Eis, das sie kühlte, und betete zu einem Gott, der ihr nicht half.

Ein letztes Mal dachte sie an das Baby, das sie nun niemals würde in den Armen halten können. Dann umhüllte sie eine vollkommene Dunkelheit, und sie wusste, dass sie dort angekommen war, von wo es kein Zurück mehr gab.

*

Sie sah ihn aus gebrochenen blauen Augen beinahe unschuldig an. Aber sie war nicht unschuldig. Auch nicht der Samen, der in ihr aufgegangen war. Er leckte die einzelne Träne auf, die über ihre Wange lief. Er leckte über ihre glatte weiße Wange und schmeckte das Salz. Er roch den Hauch eines Parfüms, den Duft frisch gewaschener Wäsche und süßlichen Schweiß. Er nahm das scharfe Stück Metall, das, obwohl es so fein war, tiefe Schnitte in ihrem Unterleib hinterließ.

Erst als das Notstromaggregat anlief und das Licht flackernd ansprang, ließ er von ihr ab. Er betrachtete sein Werk.

Dann schlich er hinaus, und bald schon hatten ihn die Dunkelheit und die Hitze der Nacht vollkommen verschluckt.

*

Übermüdet kam Enzo in der *Questura* an. Nach der ganzen Aufregung im Haus seiner Eltern war an schlafen nicht mehr zu denken gewesen.

»Vanni ist mit Agente Lupo am Tiber«, empfing ihn Olivia.

Er schaute sie fragend an. »Und?«

»Sie haben eine Tasche gefunden.«

Immer noch verstand er nicht.

»Geld, Ausweis, Handy, alles noch drin.« Sie holte ihr Handy und zeigte ihm ein Bild des Ausweises, das Vanni ihr geschickt hatte.

Enzo lief es heiß über den Rücken. »Francesca Tammaro. 22 Jahre alt.« Seine Stimme klang tonlos, als er die Daten ablas.

»Sie sind noch dort und suchen weiter.«

»Sie sollen einen Spürhund anfordern«, erwiderte Enzo, überlegte es sich dann anders. »Gib Bescheid, dass ich gleich zu ihnen komme.«

Als Bobby auf Enzo losstürmte, tat dieser einen Schritt zurück; im gleichen Moment hielt der Hund inne. Es war der unüberhörbare Pfiff seines Herrchens.

»Mi dispiace. Das macht er nur bei Ihnen, *Commissario.«* Agente Galluzzo trat neben Enzo und nahm seinen Hund an die Leine. Bobby schaute hechelnd zu Enzo.

»Schon gut. Wir zwei mögen uns – hoffe ich doch«, sagte Enzo und kraulte den großen Hund hinter dem Ohr. Bobby war ein schwarzer *Cane Corso* mit glänzendem Fell und der beste Spürhund der Hundestaffel. Er war anhänglich und Fremden gegenüber eher gleichgültig – aber nur, solange seine *Familie* nicht bedroht wurde.

Sie fanden die Leiche der jungen Frau zwischen Büschen im hohen Gras. Genau wie Pericle Staderini es beschrieben hatte unweit der Engelsburg. Sie hatte im Gesicht, an Händen und Beinen Schürfwunden. Die Verwesung hatte bereits eingesetzt. Kein Wunder bei den Temperaturen. Und auch die Ratten hatten sich schon an dem Leichnam zu schaffen gemacht. Der Anblick war schrecklich. Bobby lief aufgeregt, an der Leine ziehend und schnuppernd hin und her.

Vanni Amidei und Agente Lupo standen oberhalb der Böschung an der Straße und warteten auf Dottore Bastino.

»Sie liegt schon eine Weile hier. Hat denn niemand etwas bemerkt?«, fragte Bastino, der trotz seiner Leibesfülle rasch die Böschung nach unten kletterte. Es schien Enzo, dass selbst er mit dem Anblick zu kämpfen hatte. Er war grau im Gesicht. »Soweit ich das sehen kann, wurde nur auf der linken Seite die Pulsader aufgeschnitten – wie ich meine, nicht so tief wie bei den anderen Opfern. Vielleicht wurde er dieses Mal gestört?«

Enzo nickte und dachte an Pericle Staderini. Er war dem Mörder ziemlich nahe gekommen.

»Hämatome am Hals zeigen deutlich, dass das Opfer gewürgt wurde«, ergänzte Bastino.

Die Spurensicherung zäunte den Bereich großzügig ab. Vorsichtig öffnete Bastino die Lippen der Toten. »Es sieht so aus, als hätte sie sich die Zunge abgebissen.« Er seufzte. »Mehr kann ich dir erst nach der Obduktion sagen.«

»Wann?«

»Wann ich fertig bin? Das hier ist eine Müllhalde. Die Spurensicherung wird Stunden damit beschäftigt sein, alle Blut- und Faserspuren zu sichern.«

»Commissario!«, rief Agente Galluzzo über die Absperrung hinweg. »Ich fahre zurück auf die *Questura,* ich will Bobby nicht unnötig in der Hitze im Auto lassen. Kommen Sie mit?« Während er sprach, ließ er Bobby in das Heck des Einsatzwagens springen.

Enzo nickte abwesend. Er beobachtete Bastino und die Leute der Spurensicherung. Für ihn gab es hier nichts mehr zu tun. Also setzte er sich neben Agente Lupo auf die Rückbank. Auf dem Beifahrersitz saß Vanni Amidei, der sich am Sitz zu schaffen machte. Als er damit fertig war, fuhr er sich mit der Hand durch seine Locken. »Was für ein unschöner Anblick. Braucht ihr nicht alle einen Seelenklempner?«, fragte er und schaute zu Enzo und Agente Lupo nach hinten.

»Wenn du gerne mit einem Psychiater sprechen willst, dann gib Bescheid. Tatsächlich nehmen das einige in Anspruch. Das gilt übrigens auch für Sie, Agente Lupo.«

»*No, no.* Das meinte ich nicht. Ich habe genug von diesen Quacksalbern.« Er drehte sich um und schaute auf Agente Lupo. Aber auch sie schüttelte den Kopf. »Nicht nötig – noch nicht, jedenfalls.« Sie verzog die Mundwinkel.

»Könnten Sie uns hier rauslassen?« Enzo zog Signora Gaetas Adresse, die er sich von seiner Mutter hatte geben lassen, aus seiner Jackentasche. Er nannte Agente Galluzzo, der sich auf den schleppenden Verkehr konzentrierte, die Straße.

»Kein Problem. Das liegt auf dem Weg.«

Sie fuhren in südlicher Richtung am Fluss entlang, vorbei an der *Ponte Sisto,* einer der historischen Steinbrücken, die über den Tiber führte und nur Fußgängern vorbehalten war, und vorbei an der Engelsburg. Über die *Ponte Cavour* wechselten sie auf die andere Uferseite des Tibers und fuhren auf die eindrucksvolle *Piazza Cavour* mit ihren turmhohen Palmen zu. Den rückseitigen Blick auf die Engelsburg, den die meisten kaum beachteten, fand Enzo immer schon weitaus schöner als die Ansicht vom Tiber aus. Hier lag das Kastell eingebettet im satten Grün eines eleganten Gartens.

Hier irgendwo musste Francesca Tammaro ihrem Mörder begegnet sein.

Unzählige Briefkästen hingen im Hausflur aneinandergereiht. Einer davon war überfüllt, Briefe und Werbebroschüren ragten aus dem Schlitz. Es war der Briefkasten von Signora Gaeta.

»Jede Wette, dass sie nicht da ist?«, bemerkte Vanni flapsig.

Sie gingen die Treppen nach oben und lasen die Namenschilder an jeder Tür.

»Hier ist es.« Agente Lupo war vor einer der braunen Türen stehen geblieben.

Sie klingelten.

Eine Frau aus der Nachbarwohnung öffnete ihre Tür einen Spaltbreit und linste neugierig auf den Flur.

»Die *Signora* hab ich schon eine Weile nicht mehr gesehen«, sagte sie und schaute zu Agente Lupo.

»Wer hat noch einen Schlüssel für die Wohnung?«, fragte Enzo.

»Nur der Hausmeister. Er wohnt im Souterrain.«

Eine große, kräftige Frau mit auffallender Hakennase öffnete die Tür. Ihre welligen dunklen Haare reichten ihr bis zur Hüfte. Sie sah aus, als wäre sie gerade erst aufgestanden. Sie teilte ihnen mit, dass ihr Mann nicht zu Hause sei.

»Wir müssen in die Wohnung von Signora Gaeta. Ich würde sie nur ungern aufbrechen lassen«, sagte Enzo und hoffte, dass die Frau nicht mit der Frage nach einem Gerichtsbeschluss aufwartete.

Die Frau überlegte einen Moment lang und antwortete schließlich: »*Va bene.* Obwohl ich nicht weiß, ob ich dazu befugt bin.« Sie ging zurück in die Wohnung und kam kurz darauf mit einem Schlüsselbund zurück, an dem unzählige Schlüssel gegeneinander schepperten. Schnaufend ging sie ihnen voran nach oben und schloss die Tür auf.

Enzo zögerte, bevor er eintrat. Ein miefiger Geruch schlug ihm entgegen. »Signora Gaeta?«, rief er in jedes Zimmer, ehe er es betrat.

Sie war nicht da.

In der Küche stand ein Topf auf dem ausgeschalteten Herd. Als er den Deckel anhob, musste er würgen.

»*Madonna mia*, stinkt das«, stieß Agente Lupo aus und hielt sich die Hand vor die Nase. »Das ist definitiv vergammelt.«

Enzo ging zurück in das Wohnzimmer, in dem eine Couch aus cognacfarbenem Kunstleder stand. Auf einem antiken, filigran gearbeiteten Sideboard standen etliche Fotografien in verschnörkelten Bilderrahmen. Eine davon zeigte ein junges Paar: Der Mann trug Uniform und schaute ernst in die Kamera. Die Frau lachte. Locken hingen ihr ins Gesicht. Obwohl sie nicht zu erkennen war, wusste Enzo, dass es Signora Gaeta war, die voller Übermut in die Kamera blickte.

Die neugierige Nachbarin war neben ihn getreten. Enzo hatte nicht bemerkt, dass sie in die Wohnung gekommen war. »Das war ihr Verlobter. Er hatte kurz vor ihrer Hochzeit einen Unfall und ist verstorben. Deshalb hat Signora Gaeta nie geheiratet.« Die Frau senkte ihre Stimme, so wie man stets die Stimme senkt, wenn man etwas zu erzählen hat, was das Gegenüber eigentlich nichts angeht.

Enzo mochte neugierige Menschen nicht sonderlich und hoffte, dass es seinem Blick nicht anzusehen war.

»Hat Signora Gaeta Verwandte in Rom?«, fragte er sie, obwohl er sie am liebsten der Wohnung verwiesen hätte. Allerdings wusste er nur zu gut, dass er dann nichts mehr von dieser Klatschbase erfahren würde.

»In Rom? Nicht, dass ich wüsste. Sie hat mir einmal von einer Cousine erzählt. Sie lebt auf Sizilien. Oder war es Sardinien?« Die Frau machte eine längere Pause, in der sie gedankenverloren an ihren Nägeln kaute. »Eigentlich fährt sie ja nie weg. Das ist doch wirklich sehr merkwürdig.«

Der Kommissar begleitete die Frau nach draußen. Dann ging er in die Wohnung zurück. Bis auf das verdorbene Essen war in der Wohnung alles penibel aufgeräumt. Auf dem Wohnzimmertisch lag ein Stück Papier, auf dem in feiner Handschrift eine Auflistung stand. Es las sich wie eine Aufzählung von Verfehlungen: *Gesangsbücher nicht eingeräumt. Kirche mit Verspätung aufgeschlossen. Osterschmuck nicht rechtzeitig weggeräumt.* Nicht dieses und jenes gemacht. Darüber stand der Name Luigi – fett eingekreist.

»Wir müssen eine Vermisstenmeldung rausgeben.« Enzo wandte sich an Agente Lupo. Irgendetwas stank hier bis zum Himmel, und das war nicht nur das verdorbene Essen – was auch immer es gewesen sein mochte. Und vor allem: Wo war Signora Gaeta? Aber Enzo hatte momentan wichtigere Dinge zu erledigen.

Es war bereits Mittag, als sie auf der *Questura* eintrafen. Schon als sie das Stockwerk betraten, spürte er, dass die Klimaanlage erneut ausgefallen war. Enzo zog sein Jackett aus und warf es über die Stuhllehne. Dann berichtete er Rossi und Olivia von der Leiche am Tiber.

»Ispettore, wir müssen ihre Eltern ausfindig machen. Können Sie das übernehmen?«, fragte Enzo.

Rossi nickte.

Dann wandte sich Enzo an Olivia. »Ehe ich es vergesse, kannst du herausfinden, was die Tätowierung von einem Engel mit einem Schwert bedeutet?« Er beschrieb die Tätowierung des Küsters.

»Ein Engel?« Sie tippte auf die Tasten ihres Computers. »Die *'Ndrangheta* hat den Erzengel Michael als Schutzheiligen.«

»Und weiter?«

»Davon habe ich schon gehört«, mischte sich Ispettore Rossi ein. »Bei der *'Ndrangheta* wird ein Bild des Erzengels für ihr Aufnahmeritual missbraucht. Das neue Mitglied der Familie vergießt sein Blut auf das Bild, das dann verbrannt wird. Damit schwören sie dem Paten ewige Treue. Mafiosi sind religiös – zumindest meinen sie das.«

Enzo war das unbekannt. »Und betende Hände mit einem Rosenkranz? Kannst du dazu was finden?«

Sie tippte in die Suchmaschine ein. »*Niente!* Zumindest finde ich nichts.«

»Vielleicht ist das ein Zeichen von Reue? Vielleicht hat er der Mafia abgeschworen«, überlegte Agente Lupo laut.

»Ispettore, gehen Sie in die Kirche, machen Sie diesen Küster ausfindig und fragen Sie, ob Signora Gaeta aufgetaucht ist. Die beiden mochten sich wohl nicht sonderlich gut leiden. Momentan müssen wir sowieso warten, bis Bastino anruft. Nehmen Sie seine Personalien auf.«

»Was zuerst? Die Eltern oder der Küster?« Enzo schaute Ispettore Rossi an.

»Ich weiß, das gehört nicht zu unserem Fall. Ich muss dem dennoch nachgehen. – Olivia«, er wandte sich an seine Assistentin. »Gib du die Vermisstenmeldung von Signora Gaeta raus. Rossi, Sie gehen in die Kirche. Und Agente Lupo, Sie machen die Eltern von Francesca Tammaro ausfindig.«

Der erwartete Anruf von Bastino erfolgte am frühen Abend. Vanni Amidei saß rauchend auf dem Beifahrersitz. Enzo hatte es aufgegeben, ihn daran zu erinnern, dass Rauchen im Dienstwagen verboten war. Er hatte ihn unbedingt begleiten wollen. Enzo hatte keine Ahnung, warum er so begierig darauf war, die Leichen zu sehen. Und er wollte es auch gar nicht wissen.

Während der Fahrt ging ihm das Gespräch mit Rossi durch den Kopf. Er hatte mit dem Küster gesprochen, auch er hatte Signora Gaeta seit Tagen nicht gesehen – was ihm wohl sehr recht war. Er mochte die Alte nicht sonderlich. Sie habe ihm hinterher spioniert, ihn beim Pfarrer immer wieder schlecht gemacht, regelrecht angeschwärzt. Sie hätte gar Listen mit irgendwelchem Kram über ihn geführt. Aus seiner Antipathie, berichtete Rossi, habe er keinen Hehl gemacht und er war froh über jeden Tag, an dem er sie nicht sehen musste. »Das war mal ein ganz schlimmer Finger«, sagte Rossi, als er den Namen durch die Datenbank laufen ließ. »So wie es aussieht, hat er vor Jahren tatsächlich zur Mafia gehört. Dann saß er wegen Raub und schwerer Körperverletzung etliche Jahre hinter Gitter. Seitdem ist er nicht mehr auffällig geworden.«

Vielleicht hatte Agente Lupo nicht ganz unrecht mit dem, was sie sagte, und er hatte mit der Mafia nichts mehr am Hut.

»Ob er ihr was angetan hat?«, überlegte Enzo laut.

»Der Küster? Er wirkte ziemlich nervös. Aber bringt man jemanden um, nur weil er einen schikaniert? Allerdings bei dem Vorstrafenregister. Schon möglich.«

Enzo dachte an den Zettel in Signora Gaetas Wohnung. Eine Auflistung von Kleinigkeiten, aber es wurden schon Menschen für weniger zum Mörder.

Sie erreichten das Gerichtsmedizinische Institut, nahmen den Aufzug nach unten und betraten den Raum, in dem sie Bastino vermuteten. Zwei Sektionstische standen nebeneinander. Auf einem lag Francesca Tammaro. Von Dottore Bastino fehlte jede Spur. Enzo ging auf den Flur hinaus, dicht gefolgt von Vanni. Eine Tür am anderen Ende des Ganges stand offen.

»Enzo! Da bist du ja!« Bastino trat aus dem Kühlraum, in dem die Toten auf Metallbahren in vierstöckigen Stahlregalen so lange lagerten, bis sie obduziert oder überführt wurden. Eingepackt in weiße Plastiksäcke, deren Reißverschlüsse unten offen standen, damit die braune Pappkarte am großen Zeh lesbar war.

»Du siehst nicht gut aus.« Bastino hielt den Kommissar zurück. »Der Fall scheint dich arg mitzunehmen. Mich jedenfalls nimmt er mit. Du hättest nicht extra kommen müssen; das wenige, das ich habe, hätte ich dir auch am Telefon sagen können.« Er sprach leise, damit Vanni, der ihnen voranging, nichts mitbekam.

»Schon gut«, erwiderte Enzo und lächelte seinen väterlichen Freund schief an. »Was mache ich nur, wenn wir dieses Schwein nicht kriegen?«

»Komm, ich zeig euch, was ich habe. Am Tatort haben wir bisher nichts Brauchbares gefunden – außer Müll und jede Menge Einwegspritzen. Rom versinkt allmählich im Dreck. – Signor Amidei«, er wandte sich an den Sonderermittler. »Wie ich sehe, dieses Mal ohne Kaugummi?«

»Ich lerne schnell, *Dottore.*« Vanni grinste breit und rieb sich seine knubbelige Nase.

Dottore Bastino öffnete den Mund der Toten. »Zuerst dachte ich, sie hätte sich die Zunge abgebissen, aber das stimmt nicht. Sie hatte ein Zungenpiercing. Wahrscheinlich hat sie es im Todeskampf abgerissen oder abgebissen. Und ja, die mehlartige Substanz konnte ich nachweisen.« Er überreichte Vanni einen kleinen Plastikbeutel mit einer silbernen Kugel. »Keine Ahnung, warum die Mädchen das machen. Außerdem hat sie Tätowierungen: eine Rose am Schulterblatt und eine Verzierung am Oberarm; zwischen ihrem rechten Mittel- und Zeigefinger einen schwarze Träne.«

Vanni ergriff den Beutel mit Daumen und Zeigefinger.

»Sie hat eine große Platzwunde an der Stirn, die sie sich beim Sturz auf den Boden zugezogen hat. Und eine weitere Wunde von einem Schlag auf den Kopf – vermutlich mit einem Stein. Der hat sie mit Sicherheit außer Gefecht gesetzt. Chloroform konnte ich nicht nachweisen. Die Pulsadern wurden nur an einem Handgelenk aufgeschnitten, nicht so tief wie bei den anderen. Vermutlich wurde der Täter gestört und musste dann schnell machen. Sie ist erwürgt worden. Öl konnte ich keines finden. Dazu lag sie schon zu lange im Freien. Tiere hatten sich bereits mit ihr befasst. Ratten vermute ich. Kleine Bisswunden, vor allem im Gesicht.« Er betrachtete über seine randlose Brille hinweg sein Gegenüber. »Unzählige Maden.«

»Maden?«, wiederholte Vanni. »Danke, ich wollte sowieso nie wieder etwas essen.«

»Kaum ein Tier riecht den Tod so gut und so rasch wie die Schmeißfliege. Und das sogar Hunderte Meter weit. Schon wenige Minuten nach Eintritt des Todes legt sie ihre Eier im Leichnam ab. Daher eignet sie sich hervorragend, um den Todeszeitpunkt zu rekonstruieren. Ihr Lebenszyklus läuft fast wie ein Uhrwerk ab.«

Vanni hörte dem Gerichtsmediziner interessiert zu.

»Franco, *bitte,* sag uns einfach, wie lange sie schon dort am Tiber lag«, stöhnte Enzo.

»Dein Kollege will es aber wissen.« Dottore Bastino schaute Vanni an; als dieser nickte, sprach er weiter. »Schon 24 Stunden nach der Eiablage schlüpfen die ersten Maden. Daher kann ich ziemlich genau sagen, dass sie am 22. gestorben ist.«

Pericle Staderini war dem Mörder begegnet. Am 22. Enzo dachte kurz über dessen Ausführungen über die Schnapszahlen nach, dann fragte er weiter: »Hat sie Abwehrverletzungen?«

»Nichts. Ein Fingernagel ist abgebrochen, aber keine Hautreste unter den anderen. Tut mir leid. Das war schon alles.«

Dafür hätte er tatsächlich nicht hierherfahren müssen.

Mit quietschenden Schritten betrat der Sektionsgehilfe den Raum. *»Buona sera«,* murmelte er in seinen Bart, der nahezu sein komplettes Gesicht bedeckte.

»Wir sind hier fertig, Federico.« Bastino zog das grüne Tuch zurück, das den Oberkörper der Toten bedeckte. Enzo schloss für einen Moment die Augen und drehte den Kopf zur Seite. Vanni dagegen schaute interessiert zu, wie er seine Arbeit aufnahm und begann, den Schnitt, der unterhalb des Kinns ansetzte und erst am Schambein endete, mit grober Nadel und Faden zu schließen. Dieser Anblick würde den Eltern wenigstens erspart bleiben, und sie würden sich ohne Spuren von Bastinos Arbeit von ihrer Tochter verabschieden können.

Unterwegs kam der Anruf von Agente Lupo. Sie teilte Enzo mit, dass die Eltern von Francesca Tammaro an einer Kreuzfahrt durch die Karibik teilnahmen. Noch hatte sie nicht herausgefunden, auf welchem Schiff sie sich befanden. Sie checkte gerade alle Schiffe, die unterwegs waren.

Eine furchtbare Vorstellung! Sie amüsierten sich auf einer Kreuzfahrt und wussten nichts von dem Unglück, das sie zu Hause erwartete.

Heute konnte er nichts mehr tun. Sie waren immer noch keinen Schritt weiter.

Kurzentschlossen fuhr Enzo zu seinen Eltern. Auf halbem Weg wollte er wieder umkehren, doch schließlich rang er sich dazu durch, seine Mutter anzurufen und zu fragen, ob es in Ordnung sei, wenn er zu ihnen käme. Natürlich hatte sie nichts dagegen, und Enzo summte zur Musik, während sein alter Alfa Spider die Bergstraße hinaufächzte.

Als er ankam, war sein Vater bereits zu Bett gegangen, wie ihm seine Mutter mitteilte. Sie fügte jedoch schnell hinzu, dass es ihm sehr gut ginge. Sie klang fröhlich.

»Ich habe die übrigen Sachen aus der Wohnung Ihres Bruders mitgebracht«, wandte sich Enzo an Rosa, die neben seiner Mutter stand und ihm zur Begrüßung die Hand reichte. Er stellte den großen Umzugskarton auf den Esszimmertisch.

»Passt ein ganzes Leben in eine einzige Schachtel?«, fragte Rosa mit belegter Stimme und öffnete ihn. Obenauf lag der Tuffstein. Sie nahm ihn an sich. »Er hat mir genau so einen Stein geschickt. Aus den Katakomben.« Sie atmete tief durch und schloss den Karton wieder. »Ich werde ihn morgen auspacken – oder übermorgen.« Sie lächelte Enzo an.

Gianna Leone unterbrach die Stille. »Falls du Hunger hast, wir haben nichts im Haus. Aber ihr zwei könntet doch noch etwas essen gehen. Das ist doch in Ordnung Rosa? Du musst mal unter Leute – unter junge Leute.«

»Wir könnten nach Frascati fahren und in einer *Cantina* etwa essen und trinken«, schlug Enzo vor und bemühte sich, als sie zustimmte, seine Freude darüber zu verbergen.

Die Straße schlängelte sich durch die hügelige Landschaft nach Frascati, das vor allem für seinen Weißwein berühmt war. Dabei hatte es weitaus mehr zu bieten.

Als Rosa ihn während der Fahrt nach dem Fall fragte, sagte er ihr gerade so viel, was sie selbst in der Zeitung und im Internet hatte lesen können. Vom neuesten Opfer, von Francesca Tammaro, sagte er nichts.

»Was, wenn Sie ihn nie finden?«

»Wir werden ihn finden. Wir müssen nur das finden, was all diese jungen Leute miteinander verbindet. Da sind wir leider immer noch nicht weiter.«

»Außer dem Alter und dem künstlerischen Talent?«

Da er ihren Blick auf sich spürte, nickte er nur zur Antwort.

Nach einer halben Stunde Fahrt erreichten sie Frascati. Obwohl es schon recht spät war, sprühte der kleine Ort vor Leben; überall tummelten sich Menschen. Die Straßen waren hell erleuchtet.

Sie hatten Glück und fanden einen Parkplatz vor einer pompösen Villa mit einem riesigen Anwesen.

Rosa blieb beeindruckt davor stehen.

»Vor über 400 Jahren gehörte die Villa Kardinal *Pietro Aldobrandini.*«

»Ein Kardinal hatte solch einen Prunk?«

»Auch Caesar und Cicero hatten hier ihre *Palazzi.* In der Antike traf sich in Frascati alles, was Rang und Namen hatte. Und Geld natürlich. Und auch später noch bauten die Reichen hier ihre protzigen Villen – und wenn man genau hinschaut, sieht man, dass sie immer nach Rom ausgerichtet sind.«

Sie liefen mit dem Strom der Menschen durch die engen Gassen und erreichten schließlich die *Piazza del Mercato,* an der sich ein Delikatessengeschäft an das nächste reihte. Schinken und *Salsicce* hingen von den Decken oder lagen in großen Weidenkörben. Übereinander gestapelt, füllten unzählige Käselaibe die Kühltheken. Auf dem Platz standen Buden, in denen heimische Delikatessen angeboten wurden. An einem der Marktstände drehte ein ganzes Spanferkel am Spieß. Eine Menschentraube hatte sich davor gebildet, angezogen vom Duft dieser Spezialität.

»Was wollen Sie essen?«, fragte Enzo Rosa, die die Auslagen betrachtete.

»Auf jeden Fall *Porchetta.* Ihre Mutter meinte, ich müsse unbedingt das Spanferkel probieren. Den Rest überlasse ich Ihnen.«

Sie kauften grüne und schwarze eingelegte Oliven, ließen sich zwei dicke Scheiben von dem *Porchetta* abschneiden und nahmen noch aufgeschnittenen Käse, Salami, Schinken und dazu *Pizza Bianca.* Auf das luftgetrocknete Pferdefleisch, das ihnen die Verkäuferin als Delikatesse anpries, verzichteten sie einmütig.

»Ich glaube, das ist nun doch zu viel. Man sollte einfach nicht hungrig einkaufen«, sagte Enzo skeptisch.

»Und wo sollen wir das essen?« Sie schaute ihn fragend an.

»Hier ist es Tradition, in eine *Fraschetta* zu gehen; dort gilt noch heute: *cibo vostro, vino nostro*. Man bestellt Wein und das Essen bringt man mit.«

Sie bogen auf gut Glück in eine der engen Gassen ein. Vor einer kleinen Osteria ergatterten sie zwei freie Plätze am Ende eines langen Tisches. Der Kellner brachte zwei Gläser von dem süffig-leichten Weißwein, für den Frascati bekannt ist, und sie breiteten ihr mitgebrachtes Essen auf der Papiertischdecke aus.

»Ich habe schon lang nicht mehr so viel gegessen und auch nicht getrunken«, sagte Rosa zu Enzo, der neben ihr saß.

»Lucullus besaß hier übrigens auch eine Villa.«

»Das wundert mich nicht.«

Eine ältere Frau kam bepackt mit einem weidengebundenen Korb an den Tisch.

Sie griff hinein und überreichte jeder Frau am Tisch ein Gebäckstück. *»Pupazza frascatana«,* rief sie noch, als sie schon in die nächste Gasse bog.

»Pupazza frascatana ist das weibliche Wahrzeichen der Stadt«, erklärte Enzo.

»Sie hat ja drei Brüste!« Rosa lachte laut auf.

»Zwei für die Milch und eine für den Wein. Sie ist aus süßem Teig.« Vom Wein beseelt, brach Enzo ein Stück davon ab. »In Frascati haben angeblich alle Frauen drei Brüste, naja zumindest diese hier.« Mit einem Mal war er verlegen.

Der Mann neben ihr stieß zum wiederholten Male mit ihnen an und rückte immer näher an Rosa heran. »Sie Glückspilz, Sie haben eine schöne Frau.«

Enzo überlegte, ob er es klarstellen sollte, dass sie kein Paar waren. Ließ es aber sein.

Rosa legte ihre Hand auf seine. »Danke, *Commissario,* für diesen wunderschönen Abend. Werden Sie mich wieder hierherbringen?« Ihre Hand zitterte.

»Wann immer Sie wollen.« Er legte seine Hand über ihre. »Ist Ihnen kalt?«

»Mir? – Ach so. Nein, das habe ich hin und wieder.«

Nach dem nächsten Glas bot er ihr das Du an. Dabei küssten sie sich auf die Wangen.

Es war spät, als sie sich auf den Rückweg zum Wagen machten.

Von Weitem sahen sie die flimmernden Lichter Roms. Rosa blieb stehen. Ein frischer Wind blies über den Hang. »Ist es unpassend, wenn ich mich auf mein neues Leben freue?«, fragte sie plötzlich.

»Warum sollte es? Dein Leben geht weiter, auch wenn du um deinen Bruder trauerst.« Er spürte immer noch den Kuss auf seiner Wange, und wäre es nicht Rosa, würde er sie jetzt stürmisch in die Arme nehmen. Seine Mutter würde das nicht gutheißen. Sie wäre wahrscheinlich wütend. Die Sache war so schon kompliziert genug. Wenn er jetzt noch mit seinem Verliebtsein daherkommen würde. Er lachte. Er hatte sich tatsächlich verliebt. Und das bereits vom ersten Augenblick an, als sie ihm am überfüllten Bahnsteig entgegenkam, in diesem durchsichtigen Blümchenrock, dessen Farbe in ein undefinierbares Braun tendierte. Im Gegenlicht hatte er die Silhouette ihrer Beine erkennen können. Und sie hatte nur Augen für ihn gehabt.

»Warum lachst du?«

»Ich musste gerade an meine Mutter denken – sie wird alles für dich planen wollen.«

»Das ist nicht schlimm. – Was macht eigentlich das Wunder? Hat sie wieder geweint?«

Enzo hatte die Madonna komplett vergessen.

»Ich habe wirklich keine Ahnung.« Augenblicklich war da wieder der Gedanke an Signora Gaeta. Er war sich sicher, dass man sie irgendwann tot auffinden würde.

»Du lachst selten«, holte Rosa ihn aus den finsteren Gedanken zurück. »Du bist eigentlich immer ernst.«

»Bin ich das? Ja, wahrscheinlich hast du recht.« Er nahm ihren Arm und führte sie die letzten Meter zum Wagen. »Wir haben hier ganz in der Nähe übrigens unser eigenes Wunder.«

Er fuhr am *Lago di Albano* entlang. Kurz hinter dem Ort *Rocca di Papa* parkte er seinen Spider am Straßenrand.

»Du musst aussteigen.«

»Hier? Mitten auf der Straße?«

In den Bergen war es nachts recht kühl. Er legte sein Jackett um ihre Schultern.

»Alles, was du hier auf die Straße legst, rollt nach oben.« Er nahm eine volle Wasserflasche aus dem Auto und legte sie auf den Asphalt vor das Auto. Im Scheinwerferlicht sahen sie, wie die Flasche langsam die Straße nach oben rollte.

»Das gibt es doch nicht!« Rosa versuchte es ebenfalls. »Warum ist das so?«

»Tja, da ist man sich nicht sicher. Ein Magnetfeld, eine Gravitationsanomalie vermutet man. Vielleicht auch die Nähe der Sommerresidenz der Päpste in *Castel Gandolfo?* Das meine ich natürlich nicht ernst, Rosa.«

Sie lief die Steigung nach oben. »Ich habe das Gefühl, dass ich bergab gehe.« Sie lachte. »Das hätte Ugo gefallen. Er liebte Geheimnisse.«

Eine Viertelstunde später setzte er sie vor dem Haus seiner Eltern ab.

Irgendetwas musste er noch sagen. Clara fiel ihm ein, die immer meinte, dass er keine Gefühle empfinden konnte. Sie hatte sich getäuscht.

Sie verabschiedeten sich vor der Haustüre. Wie ein Paar nach einem ersten Rendezvous. Gerade als er sich umdrehen wollte, umarmte sie ihn. »Das war so ein schöner Abend, *Commissario.«* Er küsste sie auf ihre Haare, die nach einer Mischung aus Babypuder und reifen Pfirsichen rochen.

Er löste sich aus ihrer Umarmung. *»Buona notte,* Rosa.« Er war total verwirrt.

Dann wartete er, bis sie die Tür hinter sich geschlossen hatte, und fuhr nach Hause. Dabei hoffte er, in keine Verkehrskontrolle zu geraten.

Kapitel 14

Vor einer halben Stunde war der Notruf eingegangen. Nun rasten sie mit Blaulicht die *Via delle Tre Fontane* entlang. Sie passierten den *Luneur Park,* in dem das Riesenrad mit seinen regenbogenfarbenen Gondeln bereits seine ersten Runden des Tages drehte.

Kurz darauf erreichten sie die Eishalle.

»Sie haben die Tote gefunden?«, konstatierte Enzo. »Wann war das genau?«

»Heute Morgen – gegen elf. Ich wollte nach dem Rechten sehen. Eigentlich gehe ich immer erst am Nachmittag in die Eishalle, aber heute war etwas anders.« Der Mann zögerte. »Ich hatte ein ungutes Gefühl.«

»Ein ungutes Gefühl?«, wiederholte Enzo und schaute sein Gegenüber überrascht an. Signor Mantova trug einen Blaumann, war klein und untersetzt. Er war schon etwas älter und hatte einen auffallend runden Kopf, den er ununterbrochen schüttelte.

»Sie wissen schon – so ein bestimmtes Gefühl, dass etwas nicht stimmt. Als ich dann sah, dass die Halle nicht abgeschlossen war, war ich sehr erschrocken; und dann habe ich sie auch gleich hier liegen sehen.« Er schloss die Augen. Die Stimme des Mannes brach ab.

Enzo nickte verständnisvoll. Der Anblick war grauenvoll. Um den Körper der Toten war das Blut auf das Eis gelaufen – und eingefroren. Die Tote sah aus wie ein gefallener Engel mit rotgefärbten Flügeln. Das kurze, hautenge Trikot war nach oben geschoben, der Slip vom Körper gerissen. Alles war voller Blut.

Rossi, der neben ihnen stand, machte sich Notizen.

»Wann haben Sie Asunta Kobari das letzte Mal gesehen?«, fragte Enzo.

»Asuna! Nicht Asunta. Das ist ihr immer sehr wichtig gewesen. Vor zwei Tagen. Gegen 21.00 Uhr bin ich gegangen. Sie wollte noch etwas bleiben und die Halle dann abschließen. Am Wochenende ist die Eishalle immer geschlossen.«

»Sonst ist Ihnen nichts aufgefallen.«

Er schüttelte erneut seinen runden Kopf.

»Kam das häufig vor, dass Sie vor ihr gingen?«

»Hin und wieder. Aber nicht sehr oft. Ich schaue ihr gerne zu.«

»Sie waren also der Letzte, der sie lebend gesehen hat«, stellte Rossi fest.

»Sie hatte einen Schlüssel zur Halle. Ich schließe immer ab, wenn sie länger bleibt, damit niemand in die Halle kann, wenn sie alleine ist. Es treibt sich hin und wieder Gesindel in der Gegend herum.«

»Aber wie konnte dann der Mörder in die Halle kommen?«, fragte Enzo.

»Das kann ich Ihnen nicht sagen«, sein Blick wanderte erneut zu der jungen Frau auf dem Eis.

»Könnten Sie es an diesem Abend vergessen haben?«

Signor Mantova hob die Augenbrauen. »Abzuschließen? Ich? Niemals!« In seiner Stimme lag Empörung.

»Was genau ist Ihre Aufgabe hier?«, wollte Enzo wissen und lotste ihn von der Eisfläche, wo die Mannschaft der Spurensicherung mit ihrer Arbeit begann.

»Ich mache hier eigentlich alles. Sehe nach dem Eis, schaue nach den Generatoren. Checke die Kälteanlage. Das Eis ist hier dreieinhalb Zentimeter dick. Wenn die Kälteanlage ausfällt, würde es ewig dauern, bis die Eisfläche wieder zugefroren ist. Für Asuna bin ich auch schon mal außer der Reihe mit der Eismaschine darüber gefahren. Sie liebte eine spiegelglatte Eisfläche.« Er schaute betrübt.

Schon von Weitem hörte Enzo den Gerichtsmediziner maulen.

»Erst das Meer und der Sand, dann die verdreckte Tiberböschung. Und nun das! Soll ich mir etwa das Genick brechen?« Der Gerichtsmediziner zog die Überzieher über seine Schuhe und betrat vorsichtig das Eis. »Ich wollte demnächst in den Urlaub fahren. Ich habe ein teures Appartement auf *Ponza* gemietet. Wenn das hier in diesem Tempo weitergeht, kann ich das stornieren. Keine ruhige Minute hatte ich in den letzten Wochen. Wollt ihr mich ins frühe Grab bringen?«

Ispettore Rossi ließ sich von Signor Mantova die Kälteanlage zeigen. Dabei stellten sie fest, dass der Hauptschalter abgestellt und das Notstromaggregat angesprungen war.

»Wahrscheinlich wurde der Schalter umgelegt, damit das Licht ausgeht. Damit niemand von außen in die Halle schauen konnte«, sagte er zu Enzo, als er zurückkam.

Während Enzo darauf wartete, dass Bastino sich wieder beruhigte, trat Vanni an ihn heran. »Was der *Dottore* immer für eine Laune hat«, meinte er und fügte hinzu. »Ich kann ihn trotzdem recht gut leiden. Ich kenne das Mädchen übrigens. Meine Eltern essen öfter im Restaurant ihrer Eltern und zwingen mich, hin und wieder mitzugehen. Die haben eine Vitrine in ihrem Laden mit lauter Pokalen von ihr, und an einer Wand hängen Zeitungsberichte in Bilderrahmen. Sie wollte wohl in zwei Jahren an den Olympischen Spielen teilnehmen.«

»Ein Restaurant?«, fragte Enzo.

»Ein ziemlich nobles sogar. Nix für Normalos. Ich sag nur: ›Kobe-Steak‹.« Vanni zog an seinem Kragen, als würde er ihm die Luft abschnüren. Er sah heute anders aus als sonst. Er trug ein weißes Hemd und dazu eine fliederfarbene Krawatte.

»Hast du heute noch was vor?«, fragte Enzo.

Vanni hob die Spitze seiner Krawatte nach oben und winkte damit vor seiner Nase. »Wegen dem da? Ich muss heute zu meinem Dad. Keine Ahnung, was er von mir will. Wahrscheinlich habe ich wieder mal einen besonderen Tag vergessen.« Es war ihm anzusehen, dass er keine große Lust auf dieses Treffen hatte.

Enzo dagegen konnte sich gut vorstellen, worum es bei dem Treffen ging. Vor drei Tagen hatte er Conte Amidei einen Brief über Primo Dirigente Fontanello zukommen lassen. Darin lobte er seinen Sonderermittler über alle Maßen. Seine wertvolle und außerordentlich wichtige Arbeit, und dass er unersetzlich sei für sein Team. Kurz überlegte Enzo, es ihm zu sagen, ließ es dann aber sein. »Wer weiß«, sagte er stattdessen.

»Commissario!« Bastino kam vorsichtig über das Eis auf ihn zugetippelt. »Das wird noch eine Weile dauern. Nur so viel: Dieses Mal hat er ihr den Bauch aufgeritzt. Das ist neu. Komm heute Abend, dann kann ich dir mehr sagen. Üble Sache.« Dann gab er ihm einen kleinen Plastikbeutel.

»Wo habt ihr das gefunden?«

»Es lag neben der Toten«, erwiderte Bastino.

Es war ein kleiner Ohrring mit einem silbernen Kreuz.

»Die Eltern von Francesca Tammaro kommen morgen mit dem Flieger nach Rom«, sagte Gabriella Lupo, als sie auf der *Questura* einliefen. »Ich habe ihnen schon am Telefon mitgeteilt, dass ihre Tochter eines gewaltsamen Todes gestorben ist.« Es war ihr anzusehen, wie sehr sie das mitnahm.

»Danke, dass Sie das übernommen haben. Ich weiß, das ist eine schwere Aufgabe«, erwiderte Enzo und besprach den neuesten Stand der Dinge.

»Signora Gaeta?« Er schaute Olivia an.

»Nichts Neues. Auch ihre Cousine hat nichts von ihr gehört.«

»Wir fahren jetzt zu den Eltern von Asuna Kobari. Vanni, du kennst sie, du kommst auch mit.«

Agente Lupo zog ihre Uniformkappe auf.

»Kennen ist zu viel gesagt.« Er wand sich. »Außerdem muss ich ja nachher noch zu meinen Eltern.« Er seufzte hörbar. »Aber wegen mir.« Dann nahm er sein Jackett vom Stuhl und folgte den beiden zum Einsatzwagen.

Asuna Kobaris Eltern wohnten in einer der Gassen direkt neben der edlen Einkaufsstraße *Via dei Condotti* ganz in der Nähe der Spanischen Treppe. Im Parterre des Hauses war das japanische Restaurant, von dem Vanni erzählt hatte.

Auf dem Gehweg standen Terrakottakübel mit kleinen Palmen. Vor dem Eingang lag ein roter Teppich. Ein Mann asiatischen Aussehens kam ihnen mit höflichem Lächeln entgegen: »*Signori*, Ihre Schlüssel, *per favore.*«

»Schlüssel?«, wiederholte Enzo perplex. »Das ist ein Polizeiwagen, Sie glauben doch nicht im Ernst, dass Sie ihn parken oder gar fahren dürfen.«

»*Signori,* aber ... Sie können nicht stehen lassen hier – keinesfalls.« Immer noch lächelte er.

»Ich habe volles Verständnis dafür, dass Sie das nicht gerne sehen, aber wir sind im Einsatz und müssen zu Signor und Signora Kobari.«

»Aber – *dio mio,* die Polizei in unsere Hause, was sollen Gäste denken?«, stieß er seine Befürchtungen aus und sagte schließlich: »Signor Kobari wohnt im obersten Stock. Bitte nehmen Sie Aufzug.« Er setzte ihnen mit eiligen Schritten nach, damit sie nicht irrtümlich das Restaurant betraten.

Als sie klingelten, hörten sie Kinderstimmen hinter der Tür. Einen Augenblick später erschien ein Mann im Türrahmen. Er hatte ein kleines Kind auf dem Arm. Zwei weitere Kinder, kaum älter als fünf oder sechs Jahre, spielten auf dem Marmorboden hinter dem Mann.

»Ja?« Der Mann schaute die drei fragend an.

Enzo zeigte ihm seine Dienstmarke. »*Commissario* Leone. Wir müssen mit Asuna Kobaris Eltern sprechen.«

»Die Polizei? Um was geht es bitte?«

Der Mann vor ihm war klein und hatte eine drahtige Figur. Enzo schätzte ihn auf etwa 70 Jahre, obwohl er jünger wirkte. Seine schwarzen Haare waren dicht. Lediglich die Falten um seine Augen verrieten sein Alter.

»Das möchten wir mit Asunas Eltern besprechen.«

»Takeshi Kobari«, sagte er und reichte Enzo die Hand. »Ich bin Asunas Vater.«

Enzo war derart perplex, dass es ihn für einen Moment die Sprache verschlug. »Verzeihen Sie, Sie sind Asunas Vater?«

»Ich weiß, Sie sind nicht der Erste, den das überrascht. Asuna sieht mir nicht sehr ähnlich. Eine Laune der Natur.« Doch dann hielt er inne. »Was ist mit meiner Tochter?«

»Dürften wir bitte hereinkommen?«

Das Gesicht des Mannes wurde augenblicklich bleich. Er ging ihnen voran in das Wohnzimmer. Es war elegant und modern eingerichtet. Immer noch hielt er das Kind auf dem Arm, die beiden anderen folgten ihnen springend.

»Sakura, meine Ehefrau«, stellte Signor Kobari geistesabwesend die junge Frau vor, die das Zimmer betrat. »Nimm die Kinder.« Seine Stimme hatte jeglichen Ton verloren.

»Ihre Frau sollte dabei sein.«

Wie versteinert saß Takeshi Kobari auf dem Sessel, als Enzo ihm mitteilte, dass man seine Tochter in der Eishalle ermordet aufgefunden hatte.

»Ermordet? Aber ...« Tränen liefen ihm über sein graues Gesicht. Im Raum war es still. Nichts war zu hören. Seine Frau brachte die Kinder nach draußen und kam kurz darauf zurück. Bewegungslos saß Takeshi Kobari da, seinen Kopf in beide Hände gestürzt.

Enzo schaute sich um. In einer Nische war ein kleiner buddhistischer Altar auf einem mit Schnitzereien verzierten Tisch aufgestellt. Zwei goldfarbene Vasen mit bunten Blumen standen darauf. Räucherstäbchen. Kleine Becher, gefüllt mit Getränken, und eine Schale mit Obst. In der Mitte prangte ein lachender Dickbauchbuddha, Symbol für Glück und Wohlleben. Asuna, daher das fehlende T. Enzo war nicht auf die Idee gekommen, dass es kein italienischer Name sein könnte.

»Kann ich zu ihr?«, fragte er nach einer Weile.

»Im Moment ist sie in der Gerichtsmedizin. Es tut mir sehr leid. Aber sobald es möglich ist, können Sie zu Ihrer

Tochter. Leider müssen wir Ihnen ein paar Fragen über Asuna stellen. Erzählen Sie uns von ihr.«

»Asuna stammt aus meiner ersten Ehe. Elena, ihre Mutter, ist vor zehn Jahren gestorben. Ich habe Elena hier in Rom kennengelernt, sie war Italienerin. Mit ihr habe ich das Restaurant eröffnet. Von früh bis in die Nacht haben wir gearbeitet. Wir hatten keine Zeit für ein Kind, dann war es plötzlich zu spät für meine Frau, und es gab nur noch diese Möglichkeit. Vor ein paar Jahren habe ich wieder geheiratet.« Während er erzählte, war er aufgestanden und lief unruhig umher.

Signor Kobari bestätigte mit seiner Erzählung, was Enzo bereits vermutet hatte: Asuna war adoptiert.

»Das haben wir neben Ihrer Tochter gefunden.« Enzo zeigte ihm den Plastikbeutel mit dem silbernen Kreuz. »Gehörte der Ohrring Ihrer Tochter?«

»Wir sind keine Christen. Auch wenn Asuna gerne mit ihren Freundinnen sonntags in die Kirche ging. Wenn ich es recht bedenke, könnte es sein, dass er ihr doch gehört.« Der Mann war verwirrt. Ein Kind weinte, und er ging wortlos aus dem Raum. Bis jetzt hatte er die Fassung bewahrt. Seine junge Frau folgte ihm. Sie war größer als ihr Mann, sehr schlank und hatte ein hübsches Gesicht.

Vanni, Enzo und Agente Lupo gingen nach draußen auf die Dachterrasse des Hauses. Sie hatten noch Fragen und mussten warten. Die Wohnung lag im obersten Stock eines feudalen Palazzos. Ihnen bot sich eine atemberaubende Aussicht auf das Zentrum von Rom bis hin zur Spanischen Treppe. Es war ein schier endloser Blick über die Dächer der Stadt. Im Licht der untergehenden Sonne glaubte man sich Tausende von Jahren zurückversetzt. Der Autolärm war hier oben gänzlich verschwunden. Es duftete nach Essen. Vermutlich von dem Restaurant ein paar Stockwerke unter ihnen.

Signor Kobari war zu ihnen auf die Terrasse getreten.

»Wir müssen Ihnen leider noch ein paar Fragen stellen, Signor Kobari«, sagte Enzo, und sie folgten ihm zurück in das Wohnzimmer.

Er ging in die Knie. »Meine kleine Asuna. Wie konnte das nur geschehen? Wie ist sie gestorben? Hat sie leiden müssen?«

Seine Frau half ihm auf und führte ihn zu einem Sessel.

»Leider können wir Ihnen noch nichts Genaueres sagen«, antwortete Enzo auf die immer gleiche Frage der Hinterbliebenen von Mordopfern.

»Konnte Ihre Tochter gut zeichnen?«, fragte Vanni.

Der Mann hob den Kopf und schaute den Sonderermittler überrascht an.

»Zeichnen? Sie ist eine ausgezeichnete Eiskunstläuferin.« Enzo folgte dem Blick des Mannes zu einem Regal, das mit unzähligen Pokalen bestückt war. Trophäen aus Asunas kurzem Leben.

»Könnten wir einen Blick in das Zimmer ihrer Tochter werfen?« Enzo dachte an die versteckten Zeichnungen in Damiano Andreasis Schrank.

»Aber Asuna wohnt schon seit einiger Zeit nicht mehr bei uns«, mischte sich nun Sakura Kobari ein. »Sie ist vor zwei Jahren ins Studentenwohnheim gezogen.« In ihrer Stimme erkannte man die leichte Melodie ihrer Sprache.

»Was studierte sie?« Agente Lupo, die sich Notizen machte, schaute die junge Frau fragend an.

»Biologie. Sie wollte Lehrerin werden. Zeichnen konnte Asuna nicht. Ich habe ihr oft zugesehen, wenn sie mit ihren Brüdern gemalt hat. Sie war nicht begabt.« Sakura Kobari verzog ihr Gesicht zu einer traurigen Grimasse.

Sie erfuhren, dass sie Asuna das letzte Mal vor vier Tagen gesehen hatten.

»Sagen Ihnen die Namen Ugo Santis, Francesca Tammaro, Damiano Andreasi oder Paola Fabri etwas?«

»Nein, tut mir leid. Ich habe die Namen nie zuvor gehört«, antwortete Sakura Kobari.

Auch Takeshi Kobari schüttelte den Kopf – sein Gesicht war grau, wie eine Maske aus getrocknetem Ton, die allmählich zu bröckeln begann, und Enzo wusste, dass sie einen alten Mann zurücklassen würden.

»Den Todeszeitpunkt kann ich dir nur ungenau nennen. Sie lag gekühlt auf dem Eis. Das Eis unter ihr ist etwas geschmolzen und später, als ihre Körpertemperatur absank, ist es wieder gefroren. Daher ist das Blut unter der Leiche ebenso eingefroren.«

Enzo nickte. »Okay, verstehe.«

»Ich war immer ein Streber«, begann Bastino unvermittelt mit ungewohnt sanfter Stimme, sodass sogar Federico, sein Sektionsgehilfe, aufschaute. »Für mich war das immer in Ordnung. Dieses Studium schafft man nur, wenn man lernt. Und das habe ich getan, denn ich wollte nichts lieber machen als das, was ich hier tue. Ich wollte bei der Aufklärung von Mordumständen helfen. Helfen, Täter zu fassen. Helfen, die Welt ein wenig besser zu machen.« Er unterbrach sich und wischte sich mit dem Handrücken über die Stirn. »Ihr bringt mir jede Woche eine neue Leiche. Ich müh mich ab und ihr – wir – können diesen Mistkerl nicht stoppen.« Er klang resigniert. »All die jungen Menschen.« Tief holte er Luft, als hätte er sie vollkommen verbraucht. Dann sprach er weiter. »Sie war schwanger.«

»Schwanger?«, fragte Enzo bestürzt. Nun verstand er, warum Bastino derart frustriert war.

»Es sieht so aus, als hätte er ihr das Kind aus dem Leib schneiden wollen. – Sie hat noch gelebt, als er das getan hat. Und lass uns beten, dass sie bereits ohne Bewusstsein war. Er hat viele Schnitte gemacht. Alles war voller Blut. Als ich sie dann gewaschen habe, sah ich das hier.« Er nahm das Tuch von Asuna Kobaris Körper. Die Schnitte waren tief und lang, vor allem waren es unglaublich viele. Und alle diese Schnitte zusammen sahen aus wie ein Kreuz. Der Fuß des Kreuzes war bis in ihr Schambein auf die Knochen geritzt.

»Ein Kreuz?« Enzo versuchte, seine Stimme fest klingen zu lassen.

»Um genau zu sein, ist es ein Petruskreuz, denn es steht auf dem Kopf. Es wird hin und wieder als Zeichen Satans gedeutet.«

»Vielleicht hat das Ganze doch irgendeinen religiösen Hintergrund. Ein Ritual? Eine Sekte? Wurde sie vergewaltigt?«

Bastino schüttelte langsam seinen Kopf. »Das nicht.«

»Im wievielten Monat war sie?«

»Im vierten.«

»Was hast du sonst noch gefunden?«

»Das Öl auf der Stirn und an den Handinnenflächen. Außerdem wieder diese mehlige Substanz. Was immer es sein kann. Ich zermartere mein Hirn. Aber es ist einfach nur etwas aus Mehl.«

Enzo blätterte durch den begonnenen Bericht. An einem Wort blieb er hängen. »Marmormehl?«

»Das hat mich auch gewundert, und so habe ich etwas recherchiert. Wenn man Marmormehl mit Wasser mischt, entsteht weiße Farbe. – Das Marmormehl ist im Eis.«

»Wann glaubst du, kannst du sie freigeben?« Signor Kobari hatte ihn gefragt, wann sie ihre Tochter bestatten könnten. »Ihre Eltern sind japanische Buddhisten.« Als er Franco Bastinos verwunderten Blick sah, fügte er hinzu: »Asuna ist adoptiert.«

»Das kann noch ein paar Tage dauern. Wir sind hier immer noch mit den Proben von Francesca Tammaro beschäftigt. Apropos Proben. Was sollte das eigentlich mit den beiden Blutproben, die mir Rossi geschickt hat? Hier muss ein Fehler passiert sein. Die Blutprobe vor der Madonnenstatue auf dem Kirchenboden stammt eindeutig von unserem ersten Opfer – Ugo Santis.«

»Das ist nicht möglich«, erwiderte Enzo.

»Es ist aber so!«, entgegnete Bastino.

Enzo überlegte laut: »Wahrscheinlich wurden die Proben irgendwie vertauscht. Am gleichen Tag ist Ugo Santis ermordet worden.«

»Das habe ich mir auch gedacht. Das passiert allerdings nur Dilettanten. Nur – hör zu, Enzo, das Blut vom Gesicht der Madonna ...«

Enzo schaute ihn an

»Auf der Probe stand *Tränen der Madonna.* Federico, geh mal in mein Büro und hol das Ergebnis.« Er wandte sich wieder an Enzo. »Ich habe Ispettore Rossi das Ergebnis bereits mitgeteilt, vor allem weil ich wissen wollte, was es mit diesem theatralischen Namen auf sich hat: *Tränen der Madonna.* Das wollte ich schon genauer wissen. Rossi erzählte mir von eurem Besuch in der Kirche.«

Bastino wartete, bis der Sektionsgehilfe den Raum verlassen hatte, dann sprach er weiter.

»Glaubst du an Gott, Enzo?«

»Ob ich an Gott glaube?« Enzo wusste die Frage nicht recht einzuordnen. »Nun, glaubt nicht jeder an irgendeinen Gott?« Er dachte an Ivano, der zum Buddhismus übergetreten war. Nicht jeder glaubte an Gott, auch er selbst nicht. Längst nicht mehr. Wie konnte er all das, was er sah, damit vereinbaren? Auch wenn er hin und wieder mit seinen Eltern in die Kirche ging, so glaubte er weder an Gott noch an sonst irgendeine höhere Macht. Die Menschen, so war sich Enzo sicher, waren komplett auf sich alleine gestellt.

»Die Analyse des Plasmas hat ergeben, dass es menschliches Blut ist. Normale Blutwerte, Blutgruppe AB. Es stammt von einer Frau.« Franco Bastino räusperte sich, ehe er weitersprach. »Wusstest du, dass Jesus die Blutgruppe AB negativ hatte? Man hat es durch Proben am Turiner Grabtuch festgestellt.«

Enzo lachte laut auf. »Bastino! Blutgruppe AB haben Millionen andere Menschen auch. Du willst doch nicht sagen, dass die Tränen tatsächlich von Maria sind, dass die Statue tatsächlich geweint hat.«

»Vier Prozent, *Commissario.* Ganze vier Prozent weltweit haben die Blutgruppe AB. Unser Blut hier ist aber AB negativ. Und das hat nur noch ein 1 Prozent der Weltbevölkerung.«

Nun war es Enzo, der hörbar stöhnte. »Franco, gerade von dir hätte ich nicht gedacht, dass du an Wunder glaubst. Bei all dem, was du täglich zu sehen bekommst. Und heißt es nicht, dass das Grabtuch aus dem Mittelalter stammt?« Enzo schaute sein Gegenüber verwundert an.

»*Beh,* ich bin ein Mann der Wissenschaft, und doch gibt es viele Indizien, dass das Leichentuch in Turin echt ist. Dass es aus der Zeit Jesu stammt. Es führt zu weit, dir das alles zu erklären. Aber die Tränen und das Blut auf dem Grabtuch haben die gleiche seltene Blutgruppe.«

»Und du meinst also, dass es von Maria – der Mutter Gottes ist?«

»Glaub du, was du willst, Enzo. Das kann ich dir nicht verdenken. Aber manchmal geschehen noch Wunder. Vielleicht solltest du mal darüber nachdenken.« Trotz der strengen Worte klang Franco Bastinos Stimme ruhig.

Kapitel 15

Am nächsten Morgen war Enzo der Erste in seiner Abteilung. Er ging durch die verwaisten Flure. Der Geruch von *Varecchina* hing in der Luft, jener Chlorbleiche, die man zum Reinigen der Wäsche und zum Desinfizieren verwendete.

Auf Olivias Schreibtisch sah es aus wie nach einem Tornado. Akten lagen auf dem Tisch verteilt. Kleine Zettel klebten an jeder freien Stelle. Auf seinem Schreibtisch sah es nicht ganz so schlimm aus. Und doch würde er Tage brauchen, um alles abzuarbeiten, was sich angesammelt hatte. Alles lag auf Eis, eingefroren wie das Blut von Asuna Kobari.

Die Pinnwände standen nebeneinander in einer Reihe. Olivia hatte eine weitere Pinnwand aufgestellt und alles neu angeordnet und sortiert. Jede Wand zeigte den gleichen Aufbau. Oben die Bilder der Opfer – einmal, als sie noch lebten; meist in die Kamera lachend –, daneben ein Bild, wie man sie gefunden hatte. Fünf Tote. Fünf Pinnwände. Und sie tappten weiter im Dunkeln.

Asuna Kobari lachte ihm entgegen. Sie sah hübsch aus und erinnerte ihn augenblicklich an Rosa. Seitdem sie gemeinsam in Frascati waren, hatte er sie nicht mehr gesprochen. Sie schrieb nur eine kurze Nachricht mit einem schlichten *Danke für den schönen Abend.* Er hatte lange überlegt, was er darauf antworten sollte. *Wir wiederholen das,* kam schließlich heraus. Für drei Worte hatte er eine halbe Ewigkeit gebraucht.

»Buon giorno, Commissario.« Agente Lupo stand in der Tür.

Enzo, der glaubte, der Einzige auf der Etage der Mordkommission zu sein, zuckte zusammen. *»Buon giorno,* Agente Lupo. Sie sind früh da.«

Sie nickte nur. »Darf ich reinkommen?«

Enzo zeigte mit der Hand auf den Stuhl gegenüber. »Setzen Sie sich.«

»Ich hoffe, es stört Sie nicht, dass ich alles neu angeordnet habe.«

»Sie waren das? Nein, überhaupt nicht! So ist es viel übersichtlicher.« Olivia hatte ihm schon erzählt, dass Agente Lupo alles ordnen würde; sie würde immer aufräumen, wenn jemand etwas liegen ließ, und hatte sogar die Kaffeeküche geputzt, obwohl die Putzfrau es bereits getan hatte. »Die hat bestimmt einen Putzfimmel«, hatte sie ihm lachend gesagt. Aber so war es tatsächlich viel besser.

»Wissen Sie, Commissario Leone. Ich habe mir diese Wände heute Morgen schon ewig lange angesehen. Habe sie sortiert, Informationen ergänzt. Vielleicht übersehen wir etwas?« Sie hielt einen Augenblick inne, ehe sie weitersprach. »Man hat uns in der Ausbildung und auch später immer wieder gesagt, dass es das perfekte Verbrechen nicht gibt. Vielleicht stimmt das nicht?«

»Ich verstehe, was Sie meinen. Es ist zuweilen recht mühsam, mit all dem fertigzuwerden. Wir blicken darauf und sehen es dennoch nicht.«

Plötzlich sprang Gabriella Lupo wie von der Tarantel gestochen auf. Sie ging nahe an das Bild von Paola Fabri heran.

»*Commissario* …«, sie stockte. Jede Farbe war aus ihrem Gesicht gewichen.

Enzo war neben sie getreten.

»Die Augen, *Commissario!*«

Enzos Herz klopfte laut. Die Augen? Was war mit den Augen?

Sie nahm die Akte von Asuna Kobari.

»Blau!«, stieß Gabriella Lupo aus.

In dem Moment wusste Enzo, was sie meinte. Damiano Andreasi, Ugo Santis und Asuna Kobari hatten blaue Augen. »Kann das Zufall sein?«, fragte er, obwohl er wusste, dass es kein Zufall sein konnte. Blaue Augen waren nicht sehr verbreitet, und er schätze den Anteil von blauäugigen Italienerinnen und Italienern auf maximal ein Prozent. Enzo dachte an die Worte von Rosa, als sie auf der *Questura* war und sich die Fotos der Opfer genau angeschaut hatte. *Sie sehen einander alle ähnlich.* Sie hatte es gesehen – und sie hatten ihr nicht zugehört. Die Samenbank, das war der gemeinsame Nenner!

»Sie sind ein Genie!«, sagte er zu Gabriella Lupo, die errötete und keinen Ton herausbekam.

Er zog sein Jackett aus und warf es über den Stuhl. Er war schweißnass. Wie konnte er so vollkommen blind gewesen sein? Blaue Augen, warum war ihm das nicht früher aufgefallen? Ist das die Gemeinsamkeit? Es war nicht nur das Zeichnen, das manche von ihnen verband. Sie haben alle den gleichen biologischen Vater.

»Agente Lupo, Sie haben es gefunden, das fehlende Puzzleteil. Haben Sie die Nummer der Kobaris?«

Agente Lupo blätterte durch ihren Notizblock und diktierte ihm die Ziffern. Als es am anderen Ende der Leitung klingelte, stellte er das Telefon auf Lautsprecher.

»Pronto«, meldete sich nach endlos langem Klingeln eine müde Frauenstimme.

»Commissario Leone. Signora Kobari, ich muss dringend mit Ihrem Mann sprechen.« Enzo war nervös. Es schien ihm, als müsse er endlos lange warten, bis Takeshi Kobari endlich an den Apparat kam.

Olivia betrat den Raum. *»Buon giorno.«* Als sie bemerkte, dass ihr Chef am Telefon war, blieb sie in der Tür stehen.

»Es tut mir leid, dass ich Sie belästige, Signor Kobari. Sie sagten gestern, dass Asuna nicht Ihre leibliche Tochter ist. Haben Sie sie adoptiert?«

»Adoptiert? Nein, sie ist nicht adoptiert.«

Er hörte den Mann laut atmen. Ein tiefes Luftholen, als würde es um das schiere Überleben gehen. »Wir haben immer gearbeitet und hatten keine Zeit für Kinder, dann war es zu spät. Das war unsere einzige Möglichkeit«, wiederholte er, was er tags zuvor schon erzählt hatte. Enzo wartete ungeduldig. »Wir waren bei einem Arzt hier in Rom. Es war unproblematisch, und er war sehr professionell. Meine verstorbene Frau bekam eine Eizellspende.«

Enzo sah zu Agente Lupo. *Hatten sie sich doch getäuscht?* »Und Sie sind der leibliche Vater von Asuna?«

»Selbstverständlich bin ich ihr leiblicher Vater«, sagte er empört.

»Der Eingriff – welcher Arzt hat ihn gemacht?«

»Welcher Arzt?« Die Stimme am anderen Ende der Leitung klang verwirrt. »Dottore Pandolfi. Warum wollen Sie das alles wissen?«

Enzo ließ die Frage unbeantwortet und murmelte etwas von laufenden Ermittlungen. »Wissen Sie noch die Adresse?«

»Es ist über 20 Jahre her, er war damals schon recht alt. Ich befürchte …« er unterbrach sich. »Er hatte seine Praxis im *Nomentano*-Viertel.«

Eine Frau undefinierbaren Alters öffnete ihnen die Tür. Sie trug eine weiße Kittelschürze und weiße Birkenstockschuhe. Die grauen Haare hatte sie zu einem strengen Dutt nach hinten gebunden. Sie blickte zwischen Ispettore Rossi und Agente Lupo hin und her. Gerade so, als könne sie sich nicht entscheiden, wer von beiden der Ranghöhere war. Commissario Enzo Leone hingegen ignorierte sie.

»Wie kann ich Ihnen helfen?«, fragte sie.

»Wir hatten angerufen.« Agente Lupo zeigte ihre Dienstmarke.

Die Frau verschränkte die Arme. »Das muss die Nachtschwester gewesen sein. Mit mir jedenfalls haben Sie ganz bestimmt nicht gesprochen. Um was geht es denn, bitte?«

»Das würden wir gerne persönlich mit Dottore Pandolfi besprechen«, sagte Rossi, trat einen Schritt nach vorne und hatte im nächsten Moment einen Fuß in der Tür.

Widerwillig ließ sie die Polizei eintreten und führte sie in einen großen Raum mit dunklen Möbeln. Ein großer Schreibtisch stand unweit des Fensters. Es roch stechend nach Urin.

»Wenn Sie bitte hier warten würden. Aber versprechen Sie sich nicht zu viel. Dottore Pandolfi ist krank und wird Ihnen keine große Hilfe sein können. Außer Sie fragen ihn nach Dingen von früher.« Sie verließ den nahezu dunklen Raum.

»Dinge von früher? Da haben wir ja Glück.« Ispettore Rossi lächelte Enzo an.

Schwere dunkle Gardinen hingen vor den großen Fenstern und versperrten jegliche Aussicht. Agente Lupo rümpfte die Nase und öffnete eines der Fenster.

Dann hörten sie Stimmen vor der Tür.

»*Dottore,* bitte! Sie müssen sich erst etwas anziehen. Unmöglich können Sie so vor die Leute treten.« Die Frauenstimme klang verzweifelt.

Dann wurde die Tür geöffnet, und ein Mann kam in den Raum geschlurft, bekleidet nur mit einer schlappernden weißen Unterhose. Grob schob er die Frau zur Seite. »*Fa caldo, fa troppo caldo.* Es ist viel zu heiß.« Der Mann setzte sich langsam in den ledernen Drehstuhl vor dem Schreibtisch. »*Signori,* wie kann ich helfen?«, wandte er sich ausschließlich an Ispettore Rossi.

Das weißgelbe Gesicht des Mannes war übersät mit Altersflecken. Er war dürr, und die wenigen weißen Haare standen wirr von seinem knochigen Schädel ab. Er sah aus, als wäre er gerade erst aufgestanden.

Die Pflegerin kam in das Zimmer zurück. Über ihrem Arm lag ein grau-weiß gestreifter Morgenmantel. »Ziehen Sie das bitte über, *Dottore.*«

Dottore Pandolfi machte eine wegwerfende Handbewegung. »*No!* Das ist zu warm, Cinzia. Wollen Sie mich vollends umbringen? Ich habe doch gesagt, dass ich …« Er hielt inne und schaute sich um. »Wer hat denn schon wieder vergessen, die Fenster zu schließen? Die Hitze schlüpft durch alle Ritzen. Cinzia, Sie wissen doch …«

»Mein Name ist Commissario Leone. Und das sind meine Kollegen Ispettore Rossi und Agente Lupo. Wir brauchen Ihre Hilfe, Dottore Pandolfi«, unterbrach Enzo das Gezeter des alten Mannes.

Das Gesicht seines Gegenübers hellte sich auf. »Setzen Sie sich. Was kann ich für Sie tun?«

»Es geht um eine Ihrer Patientinnen. Elena Kobari. Ihr Mann Takeshi Kobari ist Japaner. Sie haben bei Ihnen ihren Kinderwunsch erfüllen können.« Ispettore Rossi räusperte sich.

»Warum wollen Sie das wissen?«, ging Schwester Cinzia dazwischen.

»Leider können wir zu den laufenden Ermittlungen keine Auskunft geben«, erwiderte Agente Lupo.

»Hmm, Kobari? Kobari, Kobari. Und wann soll das gewesen sein?« Dottore Pandolfi war aufgestanden.

»Es ist schon sehr lange her, vor über 20 Jahren«, antwortete Enzo und nannte dem Arzt die Jahreszahl. Es war mehr als grotesk, wie der alte Mann beinahe nackt vor ihnen stand.

»Lassen – Sie – mich – mal – sehen.« Er ging zu dem Schrank an seiner Seite und zog eine Schublade prall gefüllt mit Hängeregistern heraus. Er suchte und wurde dabei immer hektischer. »Das gibt es doch nicht. Wer hat das hier durcheinandergebracht?« Seine Stimme wurde laut.

»Lassen Sie mich sehen, *Dottore*«, kam ihm Cinzia zu Hilfe. Aber auch sie fand es nicht. »Vor einigen Wochen wurde hier eingebrochen. Akten wurden gestohlen. Die Polizei hat das damals aufgenommen. Tut mir leid, das sind wahrscheinlich genau die Akten, die Sie suchen.«

Enzo stöhnte innerlich auf. »Haben Sie keine Kopien davon?«, fragte er hoffnungsvoll.

»Nein, das sind alte Akten, und der *Dottore* hat nie mit einem Computer gearbeitet. Tut mir leid.«

»Cinzia, sagen Sie den Herrschaften, dass ich die Akten nicht finde.«

»*Dottore*, Sie wissen doch, es wurde eingebrochen, und die Akten wurden gestohlen.«

»Eingebrochen? Davon weiß ich gar nichts.« Dottore Pandolfi blickte verwirrt seine Pflegerin an.

»Doch bestimmt. Das wissen Sie. Es fehlten drei komplette Jahre. Sie haben irgendwo notiert, welche gestohlen wurden.« Sie half Dottore Pandolfi beim Suchen, und schließlich fanden sie seine kindlichen Kritzeleien, die sie mühsam entschlüsselten. Es fehlte dieses Jahr und die beiden folgenden.

»Kobari? Ein Japaner sagen Sie?«, begann Dottore Pandolfi unvermittelt. »Ich erinnere mich. Er war sehr aufgebracht, da seine Tochter so gar nicht asiatisch aussah. Konnte sie auch nicht.« Er kicherte unpassend. »Ich habe nicht sein Sperma verwendet. Beim ersten Mal hatte es nicht geklappt, und sie wollten es erneut versuchen. Aber der Mann war alt – und Eizellen sind kostbar. Die Chancen bei jungen gesunden Spermien sind weitaus größer, daher habe ich Spendersperma verwendet.«

»Ohne es den Eltern zu sagen?«, stieß Enzo entsetzt aus. Er erinnerte sich an die Aussage von Takeshi Kobari: *Eine Laune der Natur.*

»Sie wollten ein Kind, und sie bekamen ein Kind. Jeder bekam seine eigene Chance; wenn das nicht klappte, habe ich beim nächsten Versuch nur etwas nachgeholfen. Was soll daran verwerflich sein? Die meisten Paare, die zu mir kamen, haben sowieso nur Samenspenden bekommen.«

»Wie oft haben Sie das gemacht?«, fragte Agente Lupo, der die Fassungslosigkeit ins Gesicht geschrieben stand.

»Ich habe vielen kinderlosen Paaren zu ihrem Glück verholfen. Meine Erfolgsquote war außerordentlich gut.«

Enzo schluckte den Satz hinunter, der ihm auf der Zunge lag, und fragte stattdessen: »Ist es möglich, dass Sie in diesem Jahr nur Samen von einem Spender verwendet haben?«

»Möglich. Weiß ich nicht! Ich hab das aufgeteilt, war ziemlich sparsam damit.« Der Doktor gähnte laut.

»Können Sie uns sagen, wer die Eizelle gespendet hat? Und auch den Samenspender nennen?«, bohrte Enzo weiter.

»Eizellspenden sind anonym, *Commissario.* Samenspenden dagegen nicht. Das Sperma kam aus Deutschland. Eine kleine Klitsche in irgendeiner Stadt. Sehr unkompliziert. Wissen Sie, dort spenden hauptsächlich Studenten. Die sind gescheit und deutsch und haben gute Qualitäten. Hat es geklappt, habe ich das der Samenbank gemeldet. Damit war meine Aufgabe erledigt.«

»Verstehe ich Sie richtig, die Eltern wissen nicht, dass auch der Vater nicht der biologische Vater ist?« Rossi konnte seinen Unmut kaum verbergen.

»Ach, das weiß ich nicht mehr.« Er wischte mit der Hand durch die Luft. »Hin und wieder habe ich es vorgeschlagen. Wenn jemand etwas unbedingt will, dann macht er das. Künstliche Befruchtung ist eine ganz besondere Wissenschaft. Ich nehme ein paar Eizellen, befruchte sie und pflanze dann die befruchteten Eizellen ein. Wissen Sie, wie teuer das ist?«

»Was Sie gemacht haben, ist illegal.« Rossi war erbost aufgestanden.

Enzo versuchte, Blickkontakt zu seinem Kollegen herzustellen, was ihm misslang.

»Wollen Sie mich verhaften?«, brüllte der Alte und streckte Rossi seine knöchernen Hände entgegen.

»Dottore, bitte«, mischte sich Schwester Cinzia ein. Und an Rossi gewandt sagte sie: *»Signori,* es ist besser, wenn Sie jetzt gehen.«

Der Alte schob die Schwester, die ihm beruhigend die Hand auf den Arm gelegt hatte, grob zur Seite. *»Giova-*

notto, was ist schon illegal? Vor zwanzig Jahren war in Italien quasi alles erlaubt. Ich hätte sogar dem Papst Eizellen einpflanzen dürfen, wenn dies möglich wäre.« Der Alte stand auf und zog seine Unterhose nach oben. Dann blickte er sich um. »Cinzia, ich bin müde.«

Schwester Cinzia nahm ihn an die Hand. »Kommen Sie, *Dottore,* Zeit für Ihren Mittagschlaf.«

Wortlos schlurfte der hagere Alte an ihnen vorbei – als wäre nichts gewesen.

Enzo stand auf und ging ihnen nach. *»Dottore,* nur noch eine Frage. Woher bekommen wir den Namen des Samenspenders?«

»Na, aus Deutschland. Die haben dort die Namen der gezeugten Kinder. Ich habe ihnen stets die erfolgreichen Zeugungen gemeldet. Das muss schon alles seine Ordnung haben.« Er verschwand hinter einer Tür.

Schwester Cinzia kam hastig zu ihnen zurück. Sie druckste herum. »Letzten Winter, da kam ein junger Mann. Er wollte unbedingt den Namen der Samenbank wissen, bei der Dottore Pandolfi seine Sachen her hatte. Sie wissen schon, was ich meine. Ich habe sie ihm nicht gegeben. Aber er kam wieder. Er tat mir so leid; er erklärte mir, dass er nur wissen wolle, wer sein biologischer Vater sei. Das habe ich verstanden und da habe ihm die deutsche Adresse gegeben.«

»Haben Sie das der Polizei damals gemeldet?«, fragte Ispettore Rossi.

Sie schüttelte den Kopf.

»Wie sah er aus?« Ispettore Rossi zog sein Handy aus der Jackentasche seiner Uniform. Er suchte nach einem bestimmten Bild und zeigte es der Frau. »War es dieser junge Mann?«

»Ja, das ist er! Ich hoffe, das war nicht ungesetzlich.« Sie spitzte ihre ohnehin schmalen Lippen.

»Also wusste Ugo Santis, dass er ein Spenderkind ist«, stellte Agente Lupo fest, als sie das Haus verließen.

»Das heißt aber auch, dass seine Eltern gewusst haben, dass dieser irre Arzt Spendersamen genommen hat. Vielleicht hat er es ihnen sogar vorgeschlagen, als es beim ersten Mal nicht geklappt hat? Oder er hat nur Spendersamen genommen und keine Eizellspende«, sagte Rossi.

»Und wir wissen jetzt auch, dass Ugo Santis nach seinem biologischen Vater gesucht hat. Und genau aus diesem Jahr fehlen die Akten«, überlegte Enzo laut.

»Und wir wissen, wie sich der Täter die Namen der Spenderkinder beschafft hat. Er kennt die Namen – und damit ist er uns ein weites Stück voraus«, stellte Ispettore Rossi fest.

»Und wir wissen nicht einmal, wie viele es überhaupt sind. Wir müssen unbedingt die Namen aus Tübingen bekommen«, sagte Enzo.

»Das wird nicht so einfach sein, vor allem wird es nicht schnell genug gehen«, bemerkte Ispettore Rossi.

»Jeder Tag, den wir verlieren, kann der oder die Nächste ermordet werden«, meinte Enzo und überlegte fieberhaft nach einer Lösung.

»Wenigstens ist die Samenspende nicht anonym wie die Eizellspende«, ergänzte Agente Lupo.

»Das ist ein Verbrecher«, entfuhr es Rossi. »Den Typen werde ich persönlich anzeigen.«

Enzo dachte an Takeshi Kobari, der nicht wusste, dass Asuna nicht seine leibliche Tochter war. *Aber musste er es überhaupt erfahren?* »Das, was wir hier gehört haben, bleibt unter uns.« Enzos Stimme hatte eine ungewöhnliche Schärfe.

Agente Lupo schaute ihn überrascht an. »Aber ...«

Enzo unterbrach sie. »Wollen Sie es Signor Kobari und den anderen Eltern erzählen? Was ändert es, wenn Sie es wissen?«

Sie schüttelte langsam den Kopf.

»So was kommt immer raus, *Commissario*«, warf Rossi ein. »Es tut mir leid, aber es wird nicht zu ändern sein.«

Unterwegs telefonierte Enzo mit Dottore Bastino und berichtete ihm, was sie erfahren hatten.

»Ich werde gleich eine DNA-Analyse durchführen. Dann wissen wir, ob die Opfer einen gemeinsamen biologischen Vater haben. Du hast das Ergebnis in zwei Stunden.« Danach folgte noch eine lautstarke Tirade gegen diesen – wie er sagte – Kriminellen.

»Gut gemacht, Agente Lupo.« Enzo legte seiner Kollegin, die neben ihm saß und gerade auf den Parkplatz vor die *Questura* fuhr, die Hand auf den Arm. »Ich weiß, ich wiederhole mich, aber ohne Sie wären wir immer noch keinen Schritt weiter.«

»Daher also die Telefonnummer der Samenbank.« Olivia saß an ihrem Schreibtisch. Neben ihr stand Vanni Amidei, und sie hörten sich an, was Gabriella Lupo ihnen berichtete.

»Stell mich noch mal zu der Samenbank durch«, ging Enzo dazwischen.

»Commissario Leone, *Questura di Roma*. Ich habe schon vor einiger Zeit mit Ihnen telefoniert«, sagte er auf Englisch.

Die Frau am anderen Ende der Leitung konnte sich noch an ihn erinnern, fügte aber gleich hinzu, dass sie immer noch nichts für ihn tun könne. »Sie bekommen die Daten nur mit einem richterlichen Beschluss. Und selbst dann ist die ganze Sache sehr heikel. Sie müssen das verstehen, das sind geheime Daten, und die Samenspender verlassen sich darauf, dass man ihre Anonymität wahrt. Nur die Spenderkinder haben laut Gesetz das Recht, den Namen des biologischen Vaters zu erfahren.«

»Das dauert viel zu lange. Hören Sie, wir haben hier einen Serienmörder, der anscheinend nach einer Liste vorgeht, eine Liste die Sie in Ihren …«, er suchte nach dem englischen Wort, »… Akten haben.«

»Nur die gezeugten Kinder haben das Recht, den Namen zu erfahren. Wir dürfen weder den Eltern noch dem Spender selbst die Identität der gezeugten Kinder geben.«

»Der richterliche Beschluss ist bereits unterwegs. Aber wir können hier nicht warten. Sagen Sie mir wenigstens, wer auf der Liste steht.«

»Ich darf sie Ihnen nicht geben.« Sie hörte sich verzweifelt an.

»Bei uns sterben die Kinder. Die Pulsadern werden ihnen aufgeschnitten.« Er zählte die Namen auf: »Ugo Santis, Paola Fabri, Damiano Andreasi, Francesca Tammaro, Asuna Kobari.« Er hörte am anderen Ende der Leitung das vertraute Klackern von Fingernägeln auf der Tastatur und hoffte, dass er mit seinem Flehen erhört wurde.

»Selbst wenn ich wollte, ich komme nicht an die Namen.« Sie stockte. »Es tut mir wirklich aufrichtig leid. Ich verbinde Sie jetzt mit meinem Chef, vielleicht kann er Ihnen weiterhelfen.«

»Che stronzo«, entfuhr es Enzo, als er nach kaum zwei Minuten mit dem Chef der Samenbank auflegte.

»Und was machen wir jetzt?« Rossi schaute ihn fragend an.

»Wir warten auf Bastinos Anruf. Ich gehe zu Primo Dirigente Fontanello und frage, warum das mit dem richterlichen Beschluss so lange dauert.«

Fontanello war außerordentlich erfreut, dass sie Fortschritte machten. Selbstgefällig saß er in seinem Schreibtischstuhl, und Enzo wusste, dass er nur darauf wartete, bis er der Presse verkünden konnte, dass sie den Mörder geschnappt hatten. »Die Presse steht mir auf den Füßen«, sagte er. »Ich brauche jetzt dringend Ergebnisse. Ich werde sofort alles veranlassen, dass wir die Namen von der Samenbank bekommen.«

Als Enzo kurz darauf wieder in seinem Büro erschien, stand seine komplette Mannschaft vor Olivias Computer. Der Bildschirm zeigte die Internetseite einer belgischen Samenbank.

»Warum macht man das?«, fragte Vanni Amidei erstaunt.

»Samen kaufen?«, fragte Olivia und schaute ihn verwundert über seine Unwissenheit an. »Wenn man zu alt ist, wenn man keinen Mann hat, wenn man lesbisch ist und Kinder haben möchte. Wenn der Mann nicht kann. Wenn …«

»Schon gut, schon gut«, unterbrach sie Vanni, »ich hab's kapiert.«

Olivia blickte zu Enzo.

»*Commissario,* ich habe zwar nichts über unsere Samenbank erfahren können, habe aber diese hier in Dänemark gefunden. Ich dachte ja, mich würde so schnell nichts mehr sprachlos machen. Und jetzt haltet euch fest. Hier kann ich mir meinen Samenspender aussuchen. Nach Blutgruppe, Augenfarbe, Lieblingsessen oder gar Lieblingstier. Man kann sich den Spender quasi aus 'nem Katalog bestellen. Groß, schlank, gebildet. Man kann sich alles zusammenstellen, wie eine Pizza. Mit Käse ohne Salami, aber mit Oliven und Pilzen. Mit Zutaten aus dem Onlinekatalog.« Olivia klickte sich durch diverse Profile. »Ken gefällt mir. Er studiert Medizin und interessiert sich für Kunst.«

»Und warum spenden die?«, wollte Vanni erneut wissen.

»Um sich Geld dazu zu verdienen«, erklärte Ispettore Rossi. »Aber das wirst du nicht wirklich verstehen, *Conte.*«

»Ich hätte da wohl auch kaum eine Chance«, erwiderte Vanni.

»Wer weiß.« Olivia schaute ihn ernst an. »Aber wahrscheinlich eher nicht.«

Sie klickte mit der Maus. »Adrian sieht auch ganz gut aus. Groß, blond und ebenso angehender Arzt. Sein Lieblingstier ist ein Mops.«

»Ein Mops?« Vanni lachte laut auf. »Das geht gar nicht.«

Olivia überging seine Antwort. »Er hört gerne Klassik und ist Linkshänder. Cäsar und Beethoven waren Linkshänder. Ich glaube, den lege ich mir in den Einkaufswagen.«

»Du kannst dir das jetzt bestellen?« Rossi hatte sich einen Stuhl an den Schreibtisch gezogen.

Olivia klickte mit dem Mauszeiger auf den Button. »Und jetzt nur noch mit der Kreditkarte bezahlen. Ein Kind, ohne einen Mann haben zu müssen, kann man sich etwas Idealeres vorstellen?«, fragte sie und lächelte dabei Enzo und Vanni an.

»Aber ein Mops als Lieblingstier? Da gibt es doch bestimmt andere.« Vanni verzog sein Gesicht zu einem gequälten Lächeln.

Enzo erwiderte ihren Blick. In den vier Jahren, in denen sie für ihn arbeitete, war sie für ihn unersetzlich geworden. Ohne Olivia wäre er aufgeschmissen. »Dass es so einfach ist, hätte ich nicht gedacht.«

»In Dänemark dürfen Samenspender anonym spenden, so können weder Eltern noch Kinder später Kontakt zu ihnen aufnehmen. In Dänemark würden wir unseren Samenspender nicht finden. In den meisten anderen EU-Staaten sind anonyme Spenden illegal, auch in Deutschland. Hier hat das Kind Anspruch, seinen biologischen Vater kennenzulernen.« Olivia hatte sich gut vorbereitet. Enzos Blick fiel auf das Tattoo in ihrem Nacken. *Hoffnung*. Es gab Hoffnung, den Mörder zu finden.

»Wir tun hier doch nichts Verbotenes?«, dröhnte eine Stimme.

Erschrocken drehten sich alle gleichzeitig um und blickten auf Primo Dirigente Fontanello, der sich neugierig Adrians Profil anschaute. »Sachen gibt's.« Er stand in voller Uniform vor ihnen.

»Recherche, *Primo Dirigente*«, erwiderte Enzo.

»Ich habe noch einen Termin mit der Presse. Obwohl ich zu den laufenden Ermittlungen nichts sagen kann. So, wie es aussieht, werden wir wohl in den nächsten Tagen wissen, wer der Mörder ist?« Die Frage klang mehr wie eine Feststellung. Enzo war vollkommen klar, dass sich Fontanello darauf verließ, dass sie den Fall bald abschließen konnten. Und genau so würde er es wohl auch der Presse mitteilen.

»Sobald wir den Namen des Samenspenders über den Gerichtsbeschluss bekommen«, erwiderte Enzo und schob ihm damit den Schwarzen Peter zu.

»Ich habe alles in die Wege geleitet.« Fontanellos Blick fiel auf Vanni, der hinter Olivia kaum zu sehen war. »Ah, Conte Amidei. Ich hoffe, die Arbeit hier sagt Ihnen zu? Ich habe Ihrem Vater schon mitgeteilt, wie wertvoll Sie für unsere Abteilung sind.«

Dann zog er rauschend von dannen und hinterließ eine nach Mottenkugeln riechende Duftwolke.

Vanni grinste breit. »Wertvoll! Ihr habt es alle gehört.«

»Kommst du mal bitte mit in mein Büro, Vanni.« Enzo schaute ihn eindringlich an.

»Muss ich mir Sorgen machen?«, fragte dieser nervös, nachdem Enzo die Türe zwischen sich und den anderen, die er verdattert vor dem Rechner sitzen ließ, geschlossen hatte.

»Wie man's nimmt«, erwiderte Enzo ernst und sagte ihm, was er von ihm wollte.

»Ich soll was?«, stieß Vanni aus.

»Ich bin mir sicher, dass du das kannst. Hattest du nicht deswegen schon einigen Ärger am Hals?«

»Nun ja. Ja, hatte ich. Sie wissen, dass das total illegal ist.«

»Hack dich in diesen verdammten Server ein. Oder wie auch immer man dazu sagt. Wenn es rauskommt, nehme ich alles auf meine Kappe«, zischte Enzo leise. »Wir müssen die Namen der anderen Spenderkinder bekommen. Sonst haben wir in Kürze den nächsten Toten.«

»Va bene, va bene, Commissario. Ich mach ja schon«, unterbrach ihn Vanni, knackte nacheinander seine Finger und begann mit der Arbeit.

Es war mehr als offensichtlich, dass er das nicht zum ersten Mal machte. Enzo schaute immer wieder nervös zur Tür.

»Das hab ich mir gedacht«, stöhnte Vanni nach einer Weile. »Die Datenbank ist gegen *SQL-Injection* abgesichert. Bleibt mir also nur noch der Angriff auf den ... naja, überflüssig, Ihnen das zu erklären.«

Enzo verstand kein Wort.

Plötzlich ging die Tür auf, und Olivia schlich leise in den Raum. Wie immer wusste sie, was Enzo vorhatte.

Vannis Finger rasten über die Tastatur.

»Könntest du mir das beibringen?«, fragte Olivia, die erstaunt sein Tun verfolgte. Enzo hoffte, dass sie es als Scherz meinte.

»Wenn du willst«, erwiderte Vanni und richtete einen schelmischen Blick auf Enzos Assistentin.

Plötzlich änderte sich das Bild auf dem Schirm. Ein kleines Feld erschien, in dem der Cursor auffordernd blinkte.

Vanni gab den Namen ein: Ugo Santis. Ein weiteres Feld ploppte auf: *Topas.* Daneben stand eine vierstellige Zahl.

»Topas 3615?«, las er laut. Und als er den Namen Paola Fabri eingab, erschien das gleiche Feld. Genauso wie bei den drei anderen Opfern.

»Topas? Ist das ein Nachname?«, fragte Vanni.

»Findest du weitere Namen? Eine Adresse vorzugsweise?« Vanni schaute Enzo mitleidig an. »Sie träumen, *Commissario.*«

»Vielleicht ist das ein Deckname?«, warf Olivia ein.

»Was ist ein Topas?«, wollte Vanni wissen.

»Soviel ich weiß, ist das ein Edelstein.« Olivia holte ihren Laptop. Das erste Bild, das sie fand, war ein heller klarer Stein, ähnlich einem Diamant. Die Farbe war ein helles Blau.

»Blaue Augen«, entfuhr es Enzo. »Drei der Opfer haben blaue Augen. Wahrscheinlich auch unser Mörder.«

»Vielleicht vergeben sie die Namen danach, wie jemand aussieht, nach einer Besonderheit.« Sie suchte weiter. »Jedenfalls kann ich weder in Deutschland noch hier in Italien jemanden finden, der so heißt. Ein Nachname ist es also nicht.«

»Der Spender gibt sein Pröbchen ab, bekommt eine vierstellige Ziffer und einen Fantasienamen«, schlussfolgerte Enzo.

»So wie wenn man dich als Johnny Depp einstellen würde«, bemerkte Olivia.

»Johnny Depp! Genau! Ich wusste immer, dass Sie mich an jemanden erinnern. Haben Sie *Irgendwo in Idaho* gesehen, oder *Sleepy Hollow?* Das sind krasse Filme.« Vanni warf einen kurzen Blick auf Enzo.

»Wenn wir nicht an den richtigen Namen kommen, müssen wir wenigstens alle Spenderkinder von diesem *Topas* finden.« Enzo überging Vannis Gerede. Sie hatten keine Zeit für diese Kindereien.

Es erschloss sich Enzo nicht, was Vanni eingab. Immer wieder versuchte er eine andere Kombination von Ziffern und Buchstaben, und schließlich, als Enzo sich schon damit abgefunden hatte, nichts zu erfahren, öffnete sich ein weiteres Fenster. Nacheinander bauten sich vor Enzos Augen – Zeile für Zeile – elf Namen auf.

»Das sind sie! Olivia schreib die Namen ab!« Enzo machte ein Foto mit dem Handy. »Kannst du nicht doch irgendwie an die Identität von diesem Topas kommen?«

Vanni schaute auf seine Uhr. *»Commissario,* ich glaube nicht; außerdem möchte ich nicht länger als nötig auf deren Server sein. Sonst fliegen wir auf. Ich hab sowieso schon Spuren hinterlassen.«

»Noch einen Versuch!« Enzo schaute den jungen Mann auffordernd an.

»Ich komm da nicht weiter. Keine Chance.« Vanni schloss sämtliche Fenster und Seiten.

Enzo gab sich geschlagen. »Gut gemacht, Vanni. Elf Spenderkinder. Fünf sind bereits tot. Die anderen sechs brauchen Polizeischutz.«

Es war ein Zwillingspaar darunter. Die beiden wohnten hundert Kilometer südlich von Rom entfernt in *San Felice Circeo,* einer in Latina, die anderen in Rom.

Das Klingeln des Telefons ließ sie zusammenzucken. Es war Dottore Bastino.

»Alle Opfer haben einen gemeinsamen biologischen Vater.« Bastino klang aufgeregt.

»Und wir kennen die Namen der sechs anderen Kinder und veranlassen sofortigen Polizeischutz. Also …« Bastino unterbrach ihn.

»Ihr müsst davon ausgehen, dass es die anderen Kinder nicht wissen. Ihr könnt dort nicht einfach so reinplatzen. Ich hoffe, das ist dir klar, Enzo. Und hier ist der Fall weitaus schwerwiegender. Die Kinder sind wahrscheinlich sogar in einer Kombination von Eizell- und Samenspende gezeugt worden – was absolut verboten ist. Kein Kind sollte zwei Spender als Eltern haben. Die Zeugung ist damit ein vollkommen künstlicher Vorgang, und das stellt eine hohe Anforderung an die Selbstfindung dieser jungen Menschen.«

»Ich hab's verstanden, Franco. Ich werde meine eigenen Leute schicken und ihnen sagen, wie sie vorgehen sollen. Nur gänzlich verschonen werden wir sie nicht können.« Enzo legte auf. »Ich brauch alle hier.«

Er wartete, bis Agente Lupo und Ispettore Rossi erschienen. Olivia recherchierte zusammen mit Vanni die Adressen und organisierte den Polizeischutz. Dann gab Enzo die Instruktionen weiter.

Es war spät am Abend und immer noch warm und unerträglich schwül, als Enzo in seiner Wohnung in Nettuno ankam. Er ging auf die Terrasse und ließ sich müde in den Liegestuhl fallen. Er zog die Zellophanfolie von der Schachtel Zigaretten, die er sich beim *Tabaccaio* am Bahnhof gekauft hatte. Die erste Schachtel seit Wochen. In Gedanken war er bei den Familien, die er aufgesucht hatte. Ispettore Rossi war mit einem Einsatzwagen zu den Zwillingen nach San Felice gefahren. Er selbst war zuerst bei zwei Familien in Rom, dann war er ins benachbarte Latina gefahren. Sie hatten Glück, alle sechs Spenderkinder wohnten noch zu Hause bei ihren Eltern. Agente Lupo und Vanni waren ebenfalls in Rom geblieben. Eine Familie hatte dem Arzt die Erlaubnis erteilt, Samen von einem Spender zu verwenden. Bei drei Familien wurde nur eine Samenspende vorgenommen. Die anderen beiden hatten, wie Signor Kobari, keine Ahnung, dass Dottore Pandolfi damals fremdes Sperma verwendet hatte. Die Strafanzeige gegen den Arzt wurde eingeleitet. Doch was brachte das? Pandolfi war ein alter kranker Mann. Sicherlich würde er für seine Taten nicht mehr ins Gefängnis müssen.

Sie postierten vor jedem Haus zwei Polizisten und bläuten ihnen ein, dass es jeder sein könnte. Sie hatten keinen Anhaltspunkt.

Lügen brachten nichts. Alles kam irgendwann ans Licht. Sein Vater hatte es ihm, schon als er noch ein kleiner Junge war, wieder und immer wieder gesagt. Jede Lüge kommt irgendwann ans Tageslicht. »Lügen sind wie die

Fettaugen einer Hühnerbrühe. Sie kommen immer nach oben. Immer!«

Sie hatten den Mörder und doch kannten sie ihn nicht. Nun lag es in Fontanellos Händen, wann sie den Namen des Samenspenders erfahren würden. Aber vor allem war Enzo erleichtert gewesen, dass sein Chef nicht wissen wollte, woher sie die Namen der Spenderkinder hatten – auch wenn er es sich denken konnte.

Enzo blickte über das Meer, das farblich vom Himmel nicht zu unterscheiden war. Wo begann der Himmel, wo endete das Meer? Auf der Terrasse nebenan ging das Licht an. Seit ein paar Monaten wohnte dort ein junges Paar. Wie so oft kam die Frau nackt auf die Terrasse. Ihr Mann folgte ihr nach draußen, und das Licht erlosch. Er hörte, wie sie miteinander schliefen. Relativ kurz, aber sie machte so unglaublich schöne Geräusche dabei. Leise, sinnlich und vergessen. Enzo dachte an Rosa. Wenn der Fall abgeschlossen war, würde er sie ausführen; er würde ihr gestehen, was er für sie empfand. *Vielleicht,* dachte er. *Vielleicht.*

Kapitel 16

Das sollten Sie sich ansehen, Commissario!

Es war bereits Mittag, als Enzo die Nachricht von Vanni Amidei erhielt. Vanni war mit Agente Lupo zu Francesca Tammaros Eltern gefahren. Er hatte ein Bild von der jungen Frau an die Nachricht gehängt. Weder bei der Leiche des Mädchens, das auf Bastinos Seziertisch lag, noch bei dem kleinen Schwarzweißbild in ihrem Personalausweis war ihm die Ähnlichkeit aufgefallen. Als er jetzt jedoch das Bild von Francesca Tammaro sah, fiel es ihm wie Schuppen von den Augen. Wie hatte er so blind sein können? Ugo und Rosa waren Zwillinge. Er schnappte seine Jacke und rannte an Olivia vorbei in Rossis Zimmer.

Rossi betrachtete prüfend das Bild. »Kann sein, muss aber nicht. Alle jungen Mädchen sehen einander ähnlich. Frag sie doch einfach. Aber selbst wenn es so ist, der Täter kann es nicht wissen. Ihr Name steht nicht auf der Liste. Wenn sie blaue Augen hätte, dann hättest du einen Beweis, aber ihre Augenfarbe ist braun.«

»Ich hab keine Ahnung, warum sie nicht unter den Spenderkindern der Samenbank vermerkt ist. Vielleicht hätte das extra gekostet. Vielleicht haben sie es vergessen zu melden. Du weißt doch, dass bei meinen Eltern eingebrochen wurde. Verdammt, Rossi, sie ist in Gefahr!« Die Ähnlichkeit war nicht frappierend, aber sie war da. Die

Szene vor dem Aufzug mit Paola Fabris Mutter fiel ihm ein, auch sie hatte die Ähnlichkeit bemerkt.

»Dann bring sie aus der Stadt«, unterbrach Rossi seine Gedanken. »Auf Verdacht bekommst du keinen Personenschutz. Fontanello mault jetzt schon wegen der Kosten.«

Fieberhaft überlegte Enzo, wer alles wusste, dass Rosa bei seinen Eltern wohnte. Es waren eindeutig zu viele Menschen. Er konnte es nicht riskieren.

Der Duft von Holzkohle und gegrilltem Fleisch lag in der Luft. Aus einem der Gärten schallten Stimmen und Gelächter herüber. Die Grillen zirpten. Im Sommer war es nie still. Es herrschte unverschämt gutes Wetter, vor allem war es nicht ganz so heiß wie die Tage zuvor. In wenigen Sätzen erklärte Enzo seinem Vater, was geschehen war und dass er auf die Schnelle keinen Polizeischutz für Rosa bekommen hatte.

»Wenn sie nicht auf dieser Liste steht, warum sollte sie in Gefahr sein?« Sein Vater schaute ihn an. In seinem Blick konnte Enzo nicht erkennen, was er dachte.

»Ich bin mir sicher. Wo ist sie?«

Sein Vater zuckte seine hageren Schultern. »Weißt du eigentlich, was für Aussichten du hattest? Jahrgangsbester. Ein Juradiplom mit Auszeichnung.«

»Vater ...«, Enzo wollte ihn unterbrechen.

»Stattdessen schlägst du dich mit diesem Pack herum. Ich habe keine Lust, dich beerdigen zu müssen.«

Enzo legte eine Hand auf die knochige Schulter seines Vaters. »Mach dir bitte keine Sorgen.«

»Sie ist hinter dem Haus und hilft deiner Mutter beim Aufhängen der Wäsche«, antwortete er schließlich.

Weiße Laken und Bettwäsche hingen an langen Leinen. Es roch nach Kernseife. Enzo ging durch die Reihen der Wäschestücke, dann sah er Rosa. Sie stand mit dem Rücken zu ihm.

»Rosa!«, rief er ihr von Weitem entgegen.

Als sie ihn erblickte, lächelte sie. »Ich wusste gar nicht, dass du heute kommst.« Sie schob ein Laken zur Seite und ging auf ihn zu. Immer noch lächelte sie.

»Warum hast du mir nicht gesagt, dass ihr Zwillinge seid? Du hast gesagt, dass du älter bist«, sagte er ohne Umschweife, und sie blieb eine Armeslänge von ihm entfernt stehen.

»Ganze vier Minuten. Ich dachte, du wüsstest das.«

Ihr Lächeln war verschwunden.

»Ich wusste es nicht. – Und es ändert alles.«

Verwirrt schaute sie ihn an. »Warum?«

»Ich muss dich hier wegbringen. Kannst du ein paar Sachen packen? Es ist nur für kurze Zeit, ein paar Tage. Ich bringe dich zu einer Freundin nach Florenz.«

»Warum sollte ich hier weg?«

»Ich glaube, dass der Mörder auch hinter dir her ist.«

Bereits auf dem Weg hierher hatte er sich überlegt, wie er es ihr beibringen konnte. Vielleicht wusste sie nichts davon. Aber er konnte sie nicht verschonen.

»Wusstest du, dass ihr Spenderkinder seid?« Er beobachtete jede ihrer Regungen.

Erleichtert sah er sie nicken.

»Meine Mutter hat es uns nach Vaters Tod erzählt.«

»Dein Bruder hat Kontakt mit der Samenbank aufgenommen, wusstest du das?«

Sie schüttelte den Kopf. »Nein, aber ich wusste, dass er es tun wollte. Mutter hatte ihm, weil Ugo immer wieder davon anfing und einfach nicht locker ließ, schließlich die

Adresse des Arztes gegeben, der den Eingriff vorgenommen hat.«

»Hat er ihn gefunden, also ... hat er euren ... seinen biologischen Vater gefunden?«, stammelte Enzo und hoffte, dass Rosa mehr wusste.

»Ich weiß es nicht. Ugo konnte sehr hartnäckig sein. Wenn er die Adresse von der Samenbank bekommen hat, dann wird er sich mit ihm in Verbindung gesetzt haben. Da bin ich mir sicher. Er war wie besessen davon, ihn zu finden.«

»Alle Opfer stammen von dem gleichen Samenspender.«

Rosa schaute ihn fassungslos an. Nach einer Weile sagte sie: »Du meinst also, jemand bringt seine eigenen Kinder um?« Sie lachte auf, was bitter klang.

»Ja, das glaube ich!«

Enzo hörte einen Wagen über den Kiesweg rollen, dann vernahm er die Stimme seines Vaters. »Sie sind also unser Kindermädchen«, sagte er, und wer ihn kannte, wusste, dass seine Stimme nicht erfreut klang.

Enzo hatte Agente Lupo von unterwegs angerufen. Er hatte ihr alles erklärt und sie gebeten, seine Eltern nach Rom zu bringen – und auch dort mit ihnen zu bleiben.

Von Weitem sah er das erstarrte Gesicht seiner Mutter, die neben Agente Lupo stand und ihr zuhörte. Er ging auf sie zu.

»Das ist Agente Lupo. Sie wird euch nach Rom begleiten«, sagte er mit einem Ton in der Stimme, der keinen Widerspruch duldete.

»Und Rosa? Kann sie nicht mit uns kommen?«, fragte seine Mutter den Tränen nahe.

»Rom ist nicht sicher für sie. *Mamma,* ich will einfach auf Nummer sicher gehen.«

»Und warum müssen wir nach Rom zurück?«, fragte Francesco Leone mürrisch.

»Es ist nur zu eurer Sicherheit.« Er verschwieg seinem Vater, dass er sich sicher war, dass der Täter schon einmal versucht hatte, hier einzubrechen. Was, wenn er es nochmals versuchen würde? Seine Eltern waren hier in Gefahr.

Sein Vater atmete tief durch. »Bei der Hitze nach Rom!«

»Signor Leone, das ist doch nur für ein paar Tage«, bemerkte Agente Lupo eine Spur zu fröhlich, gerade so, als würde sie einem Kind etwas schmackhaft machen wollen.

»Ihr packt einfach ein paar Sachen.« Ehe sie weitere Einwände hatten, nahm Enzo Rosas Hand und zog sie ins Haus.

»Deine armen Eltern. Und das alles wegen mir.« Rosa warf ein paar Kleidungsstücke in den Koffer. Dann nahm sie die kleine Skulptur vom Nachttisch. Zwei Kinder. Deutlich war zu erkennen, dass es sich um einen Jungen und ein Mädchen handelte. Alles war fein ausgearbeitet. »Das hat Ugo zu unserem achten Geburtstag geschnitzt. Es ist aus einem Stück Marmor, das er von einem Schulausflug aus *Carrara* mitgebracht hatte.« Sie atmete tief ein, ehe sie weitersprach. »Wahrscheinlich haben sie es uns zu spät gesagt. Vielleicht dachten unsere Eltern, wenn sie es nur lange genug totschwiegen, dass sie es selbst vergessen würden. Aber es muss wie ein Dorn gewesen sein, der meine Eltern unablässig gestochen hat. Ugo war ganz anders als unser Vater, der klein war, stämmig und stark, mit Händen wie Pranken. Ugo dagegen war ein Feingeist. Seine Hände waren wie die eines Pianisten, schmal und zart. Ugo hatte immer weiße Haut und bekam in der Sonne stets Sonnenbrand. Unser Vater konnte nie etwas mit Ugos Zeichnungen anfangen, tat es als Zeitverschwendung ab. Er sah seine so offensichtliche Begabung nicht – oder er wollte sie nicht sehen.« Sie wischte sich eine Träne aus den Augen. »Mein Vater war ein guter Mensch, vielleicht tat er es aus Unwissen heraus oder – im Nachhinein glaube ich, dass er wusste, von wem sein Sohn das Talent geerbt hatte. Du musst wissen, mein Vater konnte kaum schreiben und lesen. Ugo und ich, wir lieben Bücher; wir lasen alles, was uns zwischen die Finger kam. Meine Eltern besaßen kein einziges Buch. Als Ugo erfuhr, dass er nicht der leibliche Sohn unseres Vaters war, wirkte er irgendwie erleichtert. Du darfst das nicht falsch verstehen, Ugo liebte unseren Vater. Aber nun wusste er den Grund, warum er so anders war, warum er die Arbeit auf dem Hof verabscheute. Doch er fühlte sich nicht besser. Er sagte einmal zu mir, er fühle sich wie ein leeres Blatt Papier, wie ein Nichts. Er wünschte sich so sehr, seinen richtigen Vater kennenzulernen, und konnte nicht verstehen, warum es mir nicht genauso ging. Aber es hat mich einfach nicht interessiert.«

Enzo stand unbeholfen neben ihr.

»Und jetzt sagst du, dass vielleicht dieser Mann sein Mörder ist?« Mit diesen Worten legte sie die kleine Skulptur in den Koffer und schloss ihn. »Ich bin fertig, wir können los.«

Vor dem Haus standen immer noch seine Eltern mit Gabriella Lupo.

Mit einem schuldbewussten Lächeln schaute Enzo seine Mutter an. »Es sind nur ein paar Tage, *Mamma.*« Er umarmte sie. Da hörte er seine Mutter in sein Ohr flüstern. »Ich liebe dieses Mädchen. Ich möchte, dass du sie uns wohlbehalten wiederbringst, hörst du?«

»Ich auch«, erwiderte Enzo leise und wusste, als er in ihr lächelndes Gesicht blickte, dass sie es gehört hatte.

Während Rosa sich von seinen Eltern verabschiedete, besprach er sich mit Agente Lupo. »Morgen im Laufe des Tages bin ich wieder auf der *Questura.* Wenn Sie irgendjemand anruft und fragt, wo ich bin: Sie wissen nichts. Und danke, Agente Lupo – danke, dass Sie das für mich tun.« Enzo war froh, dass sie den Vorschlag gemacht hatte, sich zwei Tage freizunehmen, um bei seinen Eltern zu bleiben.

*

Er hatte seinen Wagen an der Straße geparkt und war das letzte Stück zu dem Haus gelaufen. Genauso umsichtig, wie er es das erste Mal getan hatte. Doch damals waren sie aufgewacht, und er hatte schnellstmöglich das Weite suchen müssen. Auch heute schien er kein Glück zu haben. Er beobachtete, wie sie in das Auto stieg und mit dem Kommissar davonfuhr. Rasch eilte er zu seinem Wagen. Auf der Landstraße hatte er sie bald eingeholt und folgte ihnen, stets darauf bedacht, dass mindestens zwei Autos zwischen ihnen waren. Als sie die Abzweigung Richtung Florenz nahmen, drehte er um. Sie würde zu ihm zurückkehren. Es gab noch andere, die er erlösen musste, und so fuhr er Richtung Latina.

*

Seit einer Viertelstunde zuckelte ein alter hellblauer Cinquecento vor ihnen auf der Landstraße. Das Provinzkürzel FI stand in orangefarbenen Lettern auf dem schwarzen Kennzeichen, das es seit fast 40 Jahren nicht mehr gab. In den Achtzigerjahren hatte man diese abgeschafft, da die Kunststoffschilder bei Unfällen bis zur Unkenntlichkeit verbrannten. Manche Menschen wollten und konnten sich von nichts trennen. Sie hingen an ihren alten Nummernschildern, genauso wie jene, die sich immer noch die Lira zurückwünschten. Wenn der Wagen vor ihnen bis nach Florenz weiterfuhr, würden sie ewig brauchen.

Enzo hatte Clara bereits informiert, dass sie kommen würden, ihr kurz geschildert, um was es ging, und er hatte gehofft, noch vor Einbruch der Dunkelheit bei ihr und ihrem Bruder einzutreffen.

Er lenkte den zivilen Einsatzwagen über die *Via dei Laghi* vorbei am *Aeroporto Ciampino* und fuhr dort auf den *Grande Raccordo Anulare.* Wie immer herrschte dort reger Verkehr. Als Enzo den Autobahnring bei der Abfahrt in Richtung Florenz auf die A1 verließ, wurde er allmählich ruhiger. Und als sie bald darauf das Schild der Region *Toscana* passierten, fragte er Rosa, ob sie Radio hören wollte. Sie verneinte. Sie schien ihre ganze Aufmerksamkeit auf die Landschaft zu richten. Die weichen immergrünen Hügel schimmerten im Licht der untergehenden Sonne gelb und rot. Dazwischen ragten Zypressen in den Himmel.

Trotz des ganzen Durcheinanders hob sich seine Laune, bedingt durch die Erleichterung, dass sie in Sicherheit war. Mit jedem Kilometer, dem sie sich Florenz näherten, löste sich seine Anspannung. Immer wieder schaute er zu ihr hinüber. Seit sie in den Albaner Bergen losgefahren waren, hatte sie kein Wort gesprochen. Und doch spürte er ihre Unruhe, ihre Fragen, die sie nicht stellte. Als sie das Fenster öffnete, strömte trocken-heiße Luft in den Wagen, die letzten Ausläufer des *Scirocco*-Windes, der vor ein paar Tagen über das Land gezogen war und überall den ockergelben Wüstensand der Sahara hinterlassen hatte.

Er sah das Zittern ihrer Hand, die sie in ihren Schoß gelegt hatte.

»Du brauchst keine Angst zu haben«, sagte er.

»Angst? Du meinst, weil ich zittere. Der Tremor ist schlimmer, wenn ich nervös bin.«

Enzo legte seine rechte Hand auf die ihre und wartete, bis sie sich beruhigt hatte.

»Woher kennst du Clara?«, fragte sie irgendwann.

»Clara? Sie ist eine Freundin – ich kenne sie schon eine kleine Ewigkeit.« Enzo wusste, dass er ihr die Wahrheit nicht verschweigen durfte. »Vor einiger Zeit waren wir ein Paar.«

Clara war schillernd und bezaubernd zugleich. Sie trug eine graue Leggins und ein weites rosafarbenes T-Shirt, das nicht annähernd verriet, was für eine atemberaubende Figur sie hatte.

»Finalmente, ich habe mir schon Sorgen gemacht.« Sie umarmte Enzo innig.

Dann ging sie auf Rosa zu, nahm ihre Hand und zog sie ebenso an sich, als würden sie sich schon ewig kennen.

»Ich bin Clara«, stellte sie sich vor. »Aber das weißt du bestimmt schon von unserem *Commissario.«* Sie lachte auf. Das Eis war gebrochen. Auf Clara war Verlass.

»Ich möchte auf keinen Fall Umstände machen«, sagte Rosa verlegen.

»Umstände. Ich bitte dich! Ich freue mich, etwas Gesellschaft zu haben. Wir könnten in die Uffizien gehen. Wir machen uns ein paar schöne Tage in Florenz.«

»Das würde ich tatsächlich gerne.«

»Fühl dich wie zu Hause hier, meine Liebe. Ich zeig dir gleich dein Zimmer.« Sie zog sie davon, und Enzo erhaschte einen letzten Blick auf die beiden.

Dann stand er allein in dem Raum.

Die dunkelgrün gestrichenen hölzernen Fensterläden standen schräg und ließen den lauen Abendwind herein. Die Möbel stammten aus allen Zeiten und waren erlesen. Über dem Sofa lag ein weißer Überwurf, darüber Kissen in allen Farben und Größen. Es war ein wunderbares Chaos, und Enzo fühlte sich augenblicklich wohl. Überall hingen Fotografien oder standen in kleinen Rahmen auf der Kommode und in den Regalen. Er entdeckte ein Bild von sich. Er stand neben Clara, sie lachten in die Kamera. Es stammte aus einer Zeit, als sie nur Freunde waren. Erst später waren sie ein Paar geworden.

Eine schmale Treppe führte nach oben. Auf der ersten Stufe lag ein Stapel alter Zeitschriften.

Enzo ging auf den kleinen Balkon mit Blick auf einen begrünten Innenhof. Er war müde und fühlte sich erschöpft.

»Das Bad ist etwas klein. Du nimmst dir einfach, was du brauchst«, hörte er Clara sagen, während sie näher kam.

Er ging zurück in die Wohnung. »Du hast es gemütlich«, sagte er zu Clara.

»Eigentlich wollte ich nur übergangsweise bei meinem Bruder wohnen, bis ich etwas Passendes gefunden habe, aber hier ist es so wunderschön. Massimo wird sich die Wohnung weiter mit mir teilen müssen. Er wohnt oben, und ich habe alles hier unten in Beschlag genommen. Aber als Priester kann er mich ja schlecht hier rauswerfen.«

Enzo hörte Schritte auf der Treppe.

»Wenn man vom Teufel spricht«, flüsterte Clara lachend.

Don Massimo war ein großer, korpulenter Mann Mitte 30, der schon in früher Jugend seine Haare verloren hatte. Er trug Jeans und ein weißes Hemd. Die Ärmel hatte er nach oben gekrempelt. Die oberen beiden Knöpfe waren geöffnet und entblößten eine Kette mit einem goldenen Kreuz.

Enzo hatte ihn erst ein paarmal getroffen und mochte ihn gerne. Massimo war besonnen, freundlich und immer gut gelaunt.

Als Rosa in den Raum kam, umarmte er sie ebenso überschwänglich, wie er es zuvor bei Enzo getan hatte. »Dann können wir jetzt ja endlich essen.« Er lachte schallend. Und Enzo sah Rosa sichtlich aufatmen.

»Tut mir leid, ich fahr gleich wieder los«, widersprach Enzo.

»Das ist doch Unsinn. Was willst du heute noch in Rom erledigen? Bleibe wenigstens heute Nacht hier. Du kannst auf dem Sofa schlafen.« Clara schaute ihn fordernd an.

»Du hast ja recht«, erwiderte er schließlich und gab seinen Widerstand auf. Er war viel zu hungrig und viel zu erschöpft.

In der Küche standen um einen alten Eichenholztisch, der frisch poliert glänzte, vier moderne Stühle – jeder in einer anderen Farbe. Alles wirkte fröhlich. Clara stellte Teller und Besteck auf den Tisch, der in kürzester Zeit voll beladen war mit Oliven, Käse, *Prosciutto* und allerlei *Antipasti.* Der süße Duft von Honigmelone lag in der Luft. Clara reichte ihrem Bruder das Brot. Don Massimo ritzte, ehe er es anschnitt, ein Kreuz hinein, nahm die Weinflasche und goss jedem von ihnen ein Glas voll ein.

»Das ist richtig guter Rotwein. Nicht dieser Fusel aus der Messe.« Er lachte herzhaft. »Und das Tischgebet lassen wir heute auch ausfallen.«

Enzo nahm einen Bissen von dem Brot, und ihm wurde bewusst, dass er seit der Brioche am Bahnhof heute Morgen nichts mehr gegessen hatte.

»Du fotografierst wieder?«, fragte Enzo kauend.

»Ich lebe von Hochzeiten! Da sitze ich an erster Quelle. Mein Bruder traut die Paare, und ich fotografiere sie.« Sie lachte. Die beiden waren sehr verschieden. Doch eines hatten sie gemeinsam: Sie hatten beide diese offene fröhliche Ausstrahlung, die sie überall in den Mittelpunkt stellte, sobald sie auf der Bildfläche erschienen. Man spürte sofort, dass es echt war, diese Güte und Freundlichkeit. Das Lachen und die Leichtigkeit, die ihm in den ersten Monaten nach der Trennung so sehr gefehlt hatten.

Rosa fühlte sich wohl, das konnte er spüren; sie redete über Rom und ihren Bruder. Über die Bilder, die er gemalt hatte, und dass sie jetzt für sich ihren Weg finden musste. Immer wieder suchte sie Enzos Blick, und er lächelte sie an, wenn sich ihre Blicke trafen.

Nach dem Abspülen war es weit nach Mitternacht.

»Ich gehe schlafen«, sagte Rosa und legte das Abtrockentuch neben die Spüle.

Er folgte ihr in das kleine Zimmer. Ein schmales Bett stand darin. Alles war in Weiß gehalten, sogar der Boden aus weißem Marmor. Auch hier hingen überall Fotografien. Michelangelos David von allen Seiten, Ausschnitte, alles in Schwarz-Weiß. Auf der Kommode stand ein Fernseher.

»Die beiden sind sehr nett«, sagte Rosa. »Und doch fühle ich mich herumgereicht. Erst deine Eltern und nun deine Freunde.«

Enzo verstand, was sie meinte. Aber es ging nicht anders. »Bis wir den Täter haben, okay? Dann hol ich dich sofort ab. Ich weiß, das ist alles bescheuert für dich.«

»Wann fährst du?«

»Gleich morgen früh.«

Eine widerspenstige dunkle Strähne hing in ihrem blassen Gesicht. Er musste sich zurückhalten, damit er sie ihr nicht aus der Stirn strich, sie berührte, dann würde es für ihn kein Zurück mehr geben. Wie könnte er sie beschützen, wenn er Angst um sie hatte? Er musste sich zusammenreißen. Er blickte über sie hinweg, nur um nicht in ihre Augen schauen zu müssen.

Auch Clara war mittlerweile zu Bett gegangen.

Enzo schenkte sich ein Glas Wein ein und setzte sich auf das Sofa, auf dem Clara sein Bettzeug abgelegt hatte. Obwohl er müde war, würde er jetzt noch nicht schlafen können. Er nahm die Akte aus seiner Tasche und breitete den Inhalt auf dem niedrigen Tisch vor dem Sofa aus. Als er Schritte auf der Treppe hörte, schob er die Bilder hastig zusammen.

»Nicht nötig, lieber Enzo«, sagte Massimo und ließ sich für seine Körperfülle erstaunlich leicht auf dem Boden nieder. Auch er hatte ein Glas Wein in der Hand und stellte es auf den Tisch. »Bei der Hitze kann ich oben nicht schlafen. Also wirst du mich ein wenig unterhalten müssen.«

»Auch wenn ich mich wiederhole: Ihr zwei wisst gar nicht, was für einen Gefallen ihr mir tut. Ich wollte Rosa nicht einfach in irgendeinem Hotel unterbringen und warten, bis mein Chef den Polizeischutz genehmigt.«

»Bedank dich bei Clara. Ich habe es ihr überlassen.« Er hielt inne. »Ist das der Fall?« Massimo zog die Bilder zu sich heran. »Schlimm, mit was du dich beschäftigen musst. Habt ihr schon eine Theorie?« Massimo blies seine ohnehin dicken Backen auf, während er die Bilder betrachtete.

»Eine Theorie? Du meinst, warum er das tut?« Enzo schüttelte den Kopf. »Vielleicht will er keine Kinder haben? Ein Irrer? Ich weiß es nicht. Wenigstens haben wir alle potenziellen Opfer unter Polizeischutz gestellt. Es kann nicht mehr lange dauern, bis wir den Namen des Täters von der Samenbank bekommen.«

»Darf ich?« Massimo zog einen der Obduktionsberichte aus dem Stapel.

Eigentlich durfte er das nicht zulassen. »Du bist ja verschwiegen.« Enzo verzog sein Gesicht zu einem Grinsen.

Enzo sichtete die Akten. Wieder und wieder. Er hatte es bereits Hunderte Male getan in der Hoffnung, etwas zu entdecken, was ihm noch nicht aufgefallen war. Das Ergebnis der Blutanalyse *Tränen der Madonna* war zwischen die Seiten des Obduktionsberichtes von Paola Fabri geraten. Enzo las ihn das erste Mal durch und dachte an Franco Bastinos Worte. Bastino glaubte an dieses Wunder; er glaubte, dass die Statue tatsächlich Blut weinte. Es war mehr als absurd. Enzo blickte zu Massimo, der völlig in dem Bericht versunken war. Er würde es ihm später erzählen. Das Blut vor der Statue stammte von Rosas Bruder. Enzo konnte sich gut vorstellen, wie verärgert Bastino gewesen sein musste, dass die Proben vertauscht worden waren. Doch an diesem Tag, als Ugo Santis starb, gab es viel Blut, viel zu viel. Alles war an diesem Tag außer Kontrolle geraten. Enzo legte den Bericht zurück in die Mappe. Die Madonna hatte nichts mit seinem Fall zu tun.

Massimo warf den Obduktionsbericht auf den Tisch. Er wandte das Gesicht ab und blickte über Enzo hinweg zur Wand. Enzo kannte das Gefühl. Innere Bilder, bei denen man sich wünschte, sie wieder vergessen zu können, und doch wusste, dass sie im Gehirn eingebrannt waren wie auf einer Festplatte. Für immer – unauslöschlich.

»Sie war schwanger«, sagte Massimo schließlich. Er stippte mit dem Daumen gegen die Spitze seines Zeigefingers, Mittelfingers, Ringfingers und kleinen Fingers, dann wiederholte er es – wieder und wieder, als spielte er auf einer unsichtbaren Flöte. »Olivenöl und Rosenöl. Weißt du, wir benutzen das, um Kranke zu salben.«

Enzo setzte sich auf. »Du meinst die Letzte Ölung?« Mit einem Schlag war Enzo hellwach und nüchtern.

»Heute wird die Letzte Ölung als Krankensalbung bezeichnet. Es ist ein Sakrament des Lebens. Dabei salbt der Priester die Stirn und die Handinnenflächen des Kranken. Unser Öl ist aus Olivenöl mit einem Hauch von Rosenöl, das vom Bischof bei der Chrisam-Messe geweiht wird.« Er überlegte. »Das Mehl ... mmh, Hostien werden nur aus Mehl und Wasser herstellt – könnte es vielleicht eine Hostie sein?«

»Du glaubst, der Mörder ist ein Geistlicher?« Enzos Schädel pochte.

»Ein Priester? Nein! Das glaube ich ganz bestimmt nicht!«, betonte Don Massimo. »Jeder, der an das Zeug rankommt, könnte es sein. In meiner Kirche sind das einige, sogar die Putzfrau hat Zugang dazu.«

Das Blut vor der Madonna. Ugo Santis Blut. Der Küster, Luigi. Enzos Gedanken überschlugen sich. Der Küster! Er wusste, wo sich Rosa aufhielt. Als er mit Don Salvino gesprochen hatte, hatte er danebengestanden. Rosa hatte erzählt, dass sie bei seinen Eltern in den Albaner Bergen wohnte. Er hatte alles gehört. Es war für ihn ein Leichtes, die Adresse herauszubekommen. Jetzt passte alles zusammen. Er hatte Ugo ermordet und war dann in die Kirche gegangen, hatte vom Tatort Blut an den Schuhen und einen Abdruck vor der Madonnenstatue hinterlassen. Signora Gaeta war verschwunden. Vielleicht war sie ihm auf die Schliche gekommen, und er hatte sie beseitigt.

Von Anfang an kannten sie den Mörder. Es war also doch keine Verwechselung der Blutproben gewesen, Ispettore Rossi würde das niemals passieren. Es war Ugo Santis Blut vor der Statue. Warum hatte er nie zugehört, warum hatte er es gleich als Fehler abgetan? Er wiederholte es aus Sorge, er könne seine Überlegung vergessen. Luigi – dieser Küster mit den Tätowierungen. Ein Krimineller. Seine Nervosität, als er das erste Mal mit Signora Gaeta und Ispettore Rossi in die Kirche kam. Aber wie hätte er annehmen können, dass es zwischen Tatort und Kirche einen Zusammenhang gab? Was für ein unglaublicher Zufall! Gab es solche Zufälle? Er hätte Massimo fragen können, ob er an Wunder glaubte, aber dafür hatte er jetzt keine Zeit mehr. Er küsste den Priester überschwänglich auf die schimmernde Glatze. »Du bist ein Schatz! Wir zerbrechen uns seit Wochen darüber den Kopf, warum der Täter das Öl und das Mehl mitbringt. Die Opfer haben ihre letzten Sakramente erhalten.« Enzo raffte die Bilder und sämtliche Unterlagen zusammen. »Ich muss los!«

Leise klopfte er an Claras Zimmer. »Ich fahre nach Rom zurück.«

Sie musterte ihn mit verschlafenen Augen. »Es ist mitten in der Nacht.« Clara stand auf.

»Sag Rosa, dass ich sie hole, sobald wir den Täter haben. Sag ihr, sag ihr …« Er stockte.

»Was immer es ist, sag es ihr mal schön selber.« Sie lächelte schwach.

»Clara, schon von Anfang an hatte ich das Gefühl, dass ich sie beschützen müsste.« Er dachte an die Worte von diesem Hausmeister der Eishalle. *Es war so ein Gefühl, das einen beschlich, wenn man wusste, dass etwas nicht stimmte.* Das sind die Momente, in denen es noch etwas anderes gab, etwas anderes als die Realität; da war etwas, das uns versucht, auf etwas hinzuweisen.

»Ich müsste traurig sein, Enzo, dass du mich nie so angesehen hast. Ich bin es aber nicht.« Er küsste sie – flüchtig. Aus Gewohnheit. Dankbar. Ein letzter Kuss. »Sei unbesorgt, Enzo, ich passe gut auf sie auf.«

*

»All die jungen Leute«, wisperte er in den Hörer seines antiquierten Telefons. »Ich – ich möchte damit nichts zu tun haben.« Sein Gesprächspartner am anderen Ende der Leitung schwieg, und Luigi Ruffo glaubte schon, dass er aufgelegt hatte. Als er ihn atmen hörte, sprach er weiter. »Ich habe die Liste gesehen. Früher, ja, früher, da wäre es mir egal gewesen. Aber ich habe mich geändert.«

Da endlich antwortete eine weiche Stimme: »Luigi, du hast das falsch verstanden. Alles ist in bester Ordnung. Ich komme morgen zu dir und erkläre dir alles. Sei unbesorgt, alles wird gut.«

Nachdem er den Hörer auf Gabel gelegt hatte, beruhigte sich Luigi etwas, und doch blieb da dieser bittere, widerliche Geschmack in seinem Mund, der ihn an die *Broccoletti* erinnerte. Ein Gemüse, das seine Mutter früher mit viel zu scharfem *Peperoncino* für ihn gekocht hatte, obwohl sie wusste, dass er es nicht ausstehen konnte.

Es hatte eine Weile gedauert, ehe Luigi Ruffo es verstanden hatte. Längst hatte er die Sache vergessen, doch als die junge Frau mit dem Commissario in die Kirche kam und sich vorstellte, wurde ihm speiübel. Rosa Santis. Hieß nicht einer auf der Liste Santis? Waren es die Namen der jungen Menschen, die nach und nach in Rom ermordet wurden? Das Mädchen hatte so schön und unschuldig ausgesehen, und Luigi wollte nicht, dass ihr etwas geschah. Und als sie schließlich erzählte, dass ihr Bruder gestorben war, schoss ihm das erste Mal der Gedanke durch den Kopf, dass er der Mörder war.

Er war nicht dumm, auch wenn die regelmäßigen Schläge, die er in unzähligen Boxkämpfen einstecken musste, ihm die Birne weichgeklopft hatten und er jeden verdammten Tag unter diesen höllischen Kopfschmerzen litt. Schmerztabletten halfen längst nicht mehr, sie hatten ihn über die Jahre nur abhängig gemacht. Er wollte nicht in die Sache hineingezogen werden. *All die jungen Leute!* Begann nicht die Madonna an dem Tag zu weinen, als der Bruder dieser schönen jungen Frau starb? Luigi war sich sicher, dass die Madonna wegen ihm weinte. Er hatte vor ihrem Antlitz dem Bösen abgeschworen und war rückfällig geworden. Er wusste genau, was ihn erwartete. Er hatte die Höllenqualen gesehen. Damals, als er im Gefängnis in der Dusche ausgerutscht und mit dem Schädel auf den harten Fliesenboden aufgeschlagen war. Wie ein Film war sein Leben vor seinem geistigen Auge abgelaufen, doch der Film endete nicht. Er übertrat eine Schwelle und sah derart Grauenvolles. Von da an schwor er allem Bösen ab. Als er aus dem Gefängnis entlassen wurde, war er in die Kirche gegangen und hatte um Gnade gefleht. Jeden verdammten Tag. Dort traf er auf Don Salvino, der ihm den Job als Küster gab. Dem Priester war es egal, dass er hinter Gittern gesessen hatte, egal, was er alles in seinem Leben Schlechtes getan hatte. Er sagte, dass er nun auf den rechten Pfad gekommen sei.

Aber er war von diesem Pfad abgekommen.

Es war vor ein paar Wochen gewesen. Es sei wichtig, hatte er gesagt. Er hatte ihm die Adresse des Arztes genannt und die Uhrzeit, wann der Alte mit seiner Pflegerin im Park war. Luigi war durch ein geöffnetes Fenster eingestiegen. Warum schafften sich die Leute teure einbruchsichere Türen an, mit Verriegelungen, die in Decke und Boden reichten, wenn sie im Erdgeschoss wohnten und die Fenster offen stehen ließen? Im Haus roch es nach Fäkalien. Der Tod – so wusste Luigi Ruffo – roch so. Nach Scheiße und Blut. Und Pisse. Hier hatte er bereits angeklopft. Oft, wenn er die dünne Schnur um den Hals seiner Opfer gelegt und sie zugezogen hatte, hinterließ er diesen Geruch. Pisse und Scheiße. Das Schloss des alten Aktenschranks war leicht aufzubrechen. Ein einfacher Draht, und schon hörte er das vertraute Knacken. Als er all die Zahlen auf den Akten las, war er sich nicht mehr sicher, welche er ihm genannt hatte; deshalb hatte er noch ein paar andere mitgenommen. Auf der Rückfahrt im Bus hatte er aus schierer Langeweile die Akten durchgeblättert. Es hatten Namen darauf gestanden. Die meisten Listen, die er in seinem Leben gesehen hatte, waren Listen der Sorte, dass niemand, der darauf stand, das nächste Jahr noch erleben würde. Aber diese hier? Wieso auch sollte gerade er töten wollen? Und doch war Luigi nicht wohl bei der Sache gewesen.

*

Etwa zur gleichen Zeit lief ein Mann über die *Piazza San Pietro*. Er hatte es eilig. Den kleinen Zettel mit der Adresse hielt er zusammengeknüllt in seiner Faust.

Ein Wagen hatte vor dem Haus gestanden. Irgendetwas war ihm komisch vorgekommen. Ob es an den beiden Männern lag, die darin saßen und sich unterhielten? Oder weil das Haus hell erleuchtet war? Er hielt sich versteckt. Wartete eine Zeit, bis ihm klar wurde, dass sie nicht wegfahren würden. Sie hielten Wache! Mit einem Schlag wurde ihm bewusst, dass sie auf *ihn* warteten. Sie waren ihm auf die Schliche gekommen.

Er musste sein Vorhaben ändern. Er musste die Spur auf jemand anderen lenken.

Kurz darauf klingelte er, und Luigi Ruffo öffnete ihm die Tür.

»Sie schon?«, fragte Luigi überrascht. »Ich dachte, sie wollten erst morgen kommen. Hier ist es etwas unordentlich.«

»Das macht doch nichts. Du wolltest mit mir reden. Aber bring mir doch zuvor ein Glas Wasser.«

»Ich hoffe, Sie sind nicht mit mir verärgert. Ich – ich werde es niemandem sagen.«

»Was willst du niemandem sagen?« Er folgte ihm in die Küche.

»Es ist wegen der Madonna. Ich habe die Tränen gesehen.«

»Das ist Unfug, mein Lieber«, erwiderte er.

Als Luigi ihm den Rücken zukehrte, zog er das Chloroform aus der Tasche und schüttete den gesamten Inhalt auf das mitgebrachte Stofftuch. Dann ging alles blitzschnell. Seine Befürchtung, dass er ihn nicht würde überwältigen können, war umsonst gewesen. Luigi war augenblicklich bewusstlos. Er schloss die Augen und versuchte sich zu besinnen, was er zu tun hatte. Es musste wie Selbstmord aussehen.

Fieberhaft suchte er im Wohnzimmer nach einer Schnur, sah den Gürtel über dem Stuhl und band ihn fest um den Hals des Bewusstlosen. Dann schleifte er ihn zur Badezimmertür, band ihn mit dem Rücken zur Tür an die Klinke und ließ den leblosen Körper nach vorne fallen. Erst als er den Kot roch, ließ er von ihm ab. Er wäre immer eine Gefahr für ihn gewesen.

Schweißgebadet betrat er das schäbige Wohnzimmer, wo immer noch laut irgendein Sender im Fernseher lief. Seine Hand zitterte unkontrolliert, als er den Zettel aus seiner Tasche nahm und unter den überquellenden Aschenbecher auf den Wohnzimmertisch neben einer Packung Kopfschmerztabletten legte. Er würde ihn nicht mehr brauchen, er kannte die Namen auswendig. Die kleine Papierschachtel mit den Rasierklingen legte er im Schlafzimmer in die oberste Schublade des Nachtschränkchens.

Nun hatten sie ihren Schuldigen.

Kapitel 17

»Hier ist der Teufel los!«, rief Vanni Amidei und tänzelte aufgeregt vor Enzo hin und her.

»Das Telefon klingelt im Sekundentakt, und du bist nicht zu erreichen. Der Direktor will dich sprechen. Warum erfahre ich nicht, wo du bist?«, fuhr Olivia ihn ungewöhnlich schroff an.

Sie war eingeschnappt, was er ihr nicht verdenken konnte. Nur Agente Lupo wusste, wohin er Rosa gebracht hatte, und er hatte sie gebeten, es vertraulich zu behandeln. Anscheinend hatte sie dicht gehalten. »Tut mir leid, Olivia. Ich hatte vergessen, es dir zu sagen. Es hat nichts mit dir zu tun. Ich weiß, dass du verschwiegen bist.«

»Schon gut«, lenkte sie ein. »Ich habe mir nur Sorgen gemacht.«

Enzo hatte gehofft, noch vor allen anderen auf der *Questura* einzutreffen. Aber die A1 war wegen eines umgekippten Lasters für zwei Stunden gesperrt gewesen, und deshalb war er, obwohl er mitten in der Nacht in Florenz losgefahren war, erst nach zehn Uhr auf der *Questura* angekommen. Zu allem Übel hatte es wie aus Kübeln gegossen, was nach all der Trockenheit der letzten Wochen eigentlich ein Segen war.

»Bringt mir diesen Luigi her!« Knapp berichtete er seinem Team, was er von Don Massimo erfahren hatte. Die letzte Ölung. Die Hostie. »Das Blut vor der Madonna ist von Ugo Santis. Was, wenn der Küster ihn umgebracht hat? Wenn er Blut am Schuh hatte und einen Abdruck davon in der Kirche hinterlassen hat? Die Proben wurden nicht verwechselt, wie ich ursprünglich dachte. Rossi, kannst du dich erinnern, wie nervös er war, als wir in die Kirche kamen?«

»*Sì*, aber das wäre ein Wunder, wenn der Täter genau in dieser Kirche zu finden ist.« Ispettore Rossi zuckte zweifelnd die Schultern.

»Jetzt fängst du auch noch damit an. Es ist ein verdammter Zufall. Weiter nichts. Dieser Luigi stand neben Rosa Santis, als sie dem Pfarrer von ihrem Bruder erzählte, als sie sagte, dass sie bei meinen Eltern wohnt. Er hat alles gehört. Er wusste Bescheid, und vor allem wusste er, wo sie zu finden war. Verhaftet ihn!«, wies Enzo an. »Und bringt ihn hierher.«

Vor der Wohnung herrschte Aufruhr.

Der Fernseher lief laut. Es stank muffig und nach kaltem Zigarettenrauch. An den Wänden hingen unzählige Marienbilder und Kruzifixe.

»Wir haben nichts verändert.« Ein Mann im Einwegoverall kam Enzo entgegen. Er sah aus, als hätte er wenig geschlafen.

Enzo nickte. Hinter ihm hörte er Ispettore Rossi, der mit jemandem redete.

»Is was mit dem Luigi?«

Enzo blickte auf den schlaksigen Mann, der vor der Tür stand. Er hatte fettige schulterlange Haare. Um seine Jeans war eine speckige Schürze gewickelt.

»Und wer sind Sie?«, fragte Enzo.

Es war der Kneipenwirt, bei dem Luigi täglich am Abend einkehrte und das Tagesgericht aß. »Der kommt immer, nach dem Luigi kann man die Uhr richten. Und gestern war er nicht da. Da dachte ich mir, ich guck mal nach dem.« Er erhaschte einen Blick durch die geöffnete Haustür in die Wohnung, wo gerade der Tote in einen schwarzen Leichensack gesteckt wurde.

»*Porca miseria.* Is' das der Luigi?«

»Hatte er Feinde?«, fragte Enzo.

»Luigi? Der war harmlos. Der rührte keinen Alkohol an. Suchte nie Streit. Der will einfach nur in Frieden zu Abend essen.« Der Mann sprach mit dem melodiösen neapolitanischen Dialekt.

Franco Bastino erschien in der Tür. »Kommst du?«

Enzo ging mit ihm in die Wohnung.

»Warum macht denn niemand den Fernseher aus?«, maulte Enzo, dem vor Müdigkeit der Kopf schmerzte.

»Er hat sich stranguliert.«

»Selbstmord?«, fragte Enzo.

Bastino zuckte die Schultern. »Ich denke ja, ist eine gängige Methode. Man bindet eine Schnur, in dem Fall hier hat er seinen Gürtel genommen, an die Türklinke, kniet mit dem Rücken davor und lässt sich nach vorne fallen.«

»*Commissario!*« Ein Mann der Spurensicherung kam auf ihn zu. Zwischen den Enden einer Pinzette hielt er einen Zettel.

Sofort erkannte Enzo, was es war. »Wo habt ihr das gefunden?« Sein Blut pochte in seinem Schädel.

»Unter dem Aschenbecher.«

Es war die Liste mit den Namen der Spenderkinder. Das war der Beweis.

»Gratuliere«, dröhnte Primo Dirigente Fontanello durch Enzos Büro. »So wie es aussieht, hat sich der Mörder nun selbst gerichtet. Wahrscheinlich sind wir ihm zu nahe gekommen. Aber das ist nun, *grazie a dio,* nicht mehr wichtig.«

Trotz der Euphorie, die auf der *Questura* herrschte, fühlte sich Enzo ausgelaugt. Die schlaflose Nacht begann sich zu rächen. Er fühlte eine bleierne Müdigkeit in sich aufsteigen.

Doch er wollte erst gehen, wenn er von Bastino Bescheid bekam, ob es sich bei ihm auch um den Samenspender handelte. Er konnte es nicht glauben. Luigi Ruffo hatte nicht die geringste Ähnlichkeit mit irgendeinem der Opfer. Er erinnerte sich an den Decknamen *Topas.* Hatten sie nicht vermutet, dass es die blauen Augen waren? Ruffo hatte braune Augen. Enzo übertrug seine Stimmung auf das ganze Team. Keiner ging nach Hause. Sie warteten auf Bastinos Anruf. Als er schließlich kam, war das Ergebnis niederschmetternd.

»Luigi Ruffo ist nicht der Samenspender. Aber die Spurensicherung hat in seinem Schlafzimmer ein Päckchen Rasierklingen gefunden. Es ist die gleiche Marke, die bei den Opfern verwendet wurde«, sagte Bastino.

»Er ist nicht der Samenspender«, wiederholte Enzo, als er aufgelegt hatte.

»Ist das denn noch wichtig?«, fragte Vanni Amidei.

»Ich finde schon. Warum hat er genau diese jungen Leute getötet? Warum hatte er die Liste, wenn er nicht der Samenspender ist?«, erwiderte Enzo.

Seine Bedenken teilte er Fontanello mit, der sie jedoch mit einer einfachen Handbewegung abtat. »Ihr habt die Liste mit den Namen und die Rasierklingen bei ihm zu Hause gefunden. Das ist Beweis genug. Ihr könnt also den

Personenschutz von den anderen abziehen. Wir müssen Kosten einsparen.«

»Mit Verlaub, *Primo Dirigente*. Vielleicht sollten wir nicht zu voreilig sein.« Enzo versuchte vergeblich, ihn umzustimmen.

Olivia und Ispettore Rossi verabschiedeten sich.

»Bleibst du noch?«, fragte Olivia, während sie ihren Rechner herunterfuhr.

»Ich muss noch meine Eltern anrufen und Agente Lupo befreien.«

»Wieso befreien?«

»Du kennst meine Eltern nicht. Bis morgen, Olivia.«

»Grazie a dio«, stöhnte sein Vater erleichtert durch das Telefon. »Sie hat eine nicht geringe Macke. Sie räumt den ganzen Tag auf. Wusstest du das?«

Enzo lachte das erste Mal an diesem Tag laut auf. »Ja, das wusste ich. Kannst du sie mir geben?« Knapp erzählte er Agente Lupo, was geschehen war und dass sie nach Hause gehen könne.

»Wow, das ging alles irgendwie ziemlich schnell, und ...« Agente Lupo zögerte, »er passt so gar nicht in das Profil, das ich erstellt hatte. Da hab ich wohl ziemlich danebengelegen.«

»Nicht immer entsprechen Mörder ...?« Agente Lupo unterbrach ihn.

»Er passt überhaupt nicht. Luigi Ruffo, ist – oder war – ein Berufskiller. Er würde doch niemals seine Opfer ausbluten lassen. Er hätte sie einfach getötet, ohne den ganzen Aufwand drumherum.«

»Ja, ich sehe das auch so«, gestand Enzo. »Aber es ist nicht zu ändern. Personenschutz ist abgezogen, wir haben den Mörder. Das Motiv werden wir wohl niemals erfahren.«

»Dann werde ich morgen mein Büro räumen, *Commissario.* Es hat mir in Ihrer Abteilung gut gefallen.«

»Noch sind Sie nicht weg. Ich habe schon mit Fontanello gesprochen. Wir brauchen Verstärkung, und bis Agente Boscolo aus seinem *Sabbatical* zurückkommt, dürfen Sie gerne bei uns bleiben. Morgen früh besprechen wir alles Weitere. Und danke, dass Sie es bei meinen Eltern ausgehalten haben.«

Nachdem er aufgelegt hatte, bemerkte er Vanni Amidei in seiner Tür.

»Ist noch was?«, fragte Enzo müde. »Ich dachte, du bist schon weg.«

»Ne, nix, ich gehe jetzt und hey, danke noch für den Brief, den Sie meinem Vater geschrieben haben. Ich wollte mich längst bei Ihnen bedanken, habe es aber immer wieder vergessen.«

»Ich dachte, dein Vater sollte wissen, was du hier leistest.«

»Das ist sehr freundlich, *Commissario.«* Zum ersten Mal erlebte Enzo seinen Sonderermittler verlegen und im Gegensatz zu sonst auffallend distanziert. Fragend schaute Enzo ihn an. »Er hat mir einen Job in seiner Firma angeboten.«

Damit hatte Enzo nicht gerechnet. Sein Brief hatte zur Folge, dass einer seiner Leute ihn verließ; er würde nur ungern auf Vanni Amidei verzichten. »Hört sich gut an«, sagte Enzo dennoch.

»Und Sie hören sich erleichtert an. Sie könnten wenigstens so tun, als ob ich Ihnen fehlen würde«, erwiderte Vanni.

Da war er wieder. Der vorlaute Conte Amidei.

»Erleichtert? Nein, ich bin nicht erleichtert. Ich muss gestehen, dass du mir hier fehlen würdest. Und nicht nur deine Arbeit.«

Vanni Amidei druckste herum. »Also, wenn ich noch ein weiteres Jahr bei Ihnen bleiben könnte, also in Ihrer Abteilung?«, sagte er mit hoffnungsvollem Blick.

»Abgemacht!« erwiderte Enzo prompt, stand von seinem Schreibtisch auf und reichte ihm die Hand. »Was bin ich froh, Vanni. Ich dachte doch glatt, dass du mich verlassen willst.«

»Sie? Niemals!«

»Du könntest auch eine Ausbildung machen. Was meinst du?«

»Als Polizist? – Sie scherzen. Mit meinem Vorstrafenregister wird man mich wohl kaum nehmen.« Er grinste breit.

»Das sind Jugendsünden. Und manchmal verschwinden bestimmte Eintragungen.« Enzo überlegte, wen er fragen konnte, doch der Einzige, der ihm einfiel, war Vanni selbst, der sich Zutritt verschaffen und die Lappalien, die er begangen hatte, löschen konnte.

»Ein Bulle?« Vanni unterbrach Enzos nicht ganz legale Gedanken. Es schien, als gefiele dem jungen Mann die Idee.

Auch am nächsten Morgen wollte sich die erhoffte Erleichterung nicht einstellen. Enzo saß im Zug nach Rom, und seine Gedanken drehten sich im Kreis.

Luigi Ruffo war nicht der biologische Vater der Opfer. Aber er hatte die Liste und war vermutlich auch derjenige, der bei Dottore Pandolfi die Akten gestohlen hatte. Das war so ziemlich das Einzige, das zu ihm passte. Vielleicht fungierte er als Auftragskiller für jemanden? Es war die einzige logische Erklärung, dass er für jemanden die Jugendlichen ermordet hatte. Aber die Art und Weise, wie er es tat – das hatte Agente Lupo bemerkt und Enzo sah es genauso –, war zu konstruiert. Warum ermordete er die Opfer auf diese Weise? Warum ließ er sie ausbluten? Warum die Hostie, warum das Öl? Warum die letzte Salbung. Vielleicht war Ruffo einfach nur verrückt geworden.

Enzo dachte an die Kruzifixe und Marienbilder in Luigi Ruffos Wohnung. Vielleicht war er ein religiöser Fanatiker – auch kam er mit Leichtigkeit an das Öl und an die Hostien ran. Enzo konnte es drehen und wenden, wie er wollte, das letzte Puzzleteil passte nicht! Wahrscheinlich hatte er auch die vermisste Signora Gaeta auf dem Gewissen. Bisher war sie noch nicht aufgetaucht, und man musste von einem Morddelikt ausgehen. Nur warum sollte er die jungen Menschen getötet haben? Wo zum Teufel war das Motiv?

»Zur Feier des Tages selbstgemachte *Makroudhs.* Ein tunesisches Gebäck.« Olivia betrat sein Büro. Sie trug ein kräftiges schwarzes Brillengestell, wodurch sie unnahbar wirkte.

»Neu?«, fragte er.

»Das Gebäck?«, antwortete Olivia lachend.

»Du weißt schon – die Brille.«

»Die habe ich schon seit zwei Wochen; schön, dass es dir jetzt schon auffällt.« Sie sah ihren ernst blickenden Chef an. »*Commissario,* was ist los?«

»Auf den Küster wäre ich nicht gekommen«, fing er mit seinen Bedenken an.

»Ja, das ist komisch. Das habe ich auch gedacht.« Sie stellte den Teller mit dem klebrig glänzenden Gebäck auf den Schreibtisch.

Gedankenverloren nahm Enzo eines davon. »Selbst gemacht?«, fragte er. Nur um überhaupt irgendetwas zu sagen und bemerkte zu spät, dass sie es gerade erwähnt hatte.

»Aus Datteln und Grieß.«

Es war hart und schmeckte nach überhaupt nichts. »Gut«, log er auf ihren fragenden Blick hin. »Wirklich lecker.«

»Was ist mit Rosa Santis?«, fragte Olivia unvermittelt.

Es war wie ein Knuff in den Magen. Er wollte nicht an sie denken. Er hatte gestern noch angerufen und ihr mitgeteilt, dass sie den Mörder gefasst hatten. Sie konnte es kaum glauben und war recht still gewesen. Dann sagte sie ihm, dass sie noch ein paar Tage bei Clara in Florenz bleiben würde.

»Fall abgeschlossen?« Ispettore Rossi erschien in der Türe und sah ihn fragend an.

»So wie es aussieht«, erwiderte Enzo.

»Sie müssen loslassen, *Commissario.* Der Fall hat uns alle mitgenommen.«

»Leichter gesagt als getan«, sagte Enzo und atmete tief durch.

»Warum zweifeln Sie?«, ließ Rossi nicht locker.

Enzo zuckte die Schultern. »Alles spricht dafür – und doch passt da was nicht. Das Motiv, Rossi, was für ein Motiv sollte er gehabt haben?«

»Über seine Beweggründe können wir ihn leider nicht mehr befragen. Und wir müssen uns damit abfinden, dass wir sie auch nie erfahren werden.«

»Ich werde nachher dem Pfarrer einen Besuch abstatten und ihm von seinem Küster berichten«, meinte Enzo. »Vielleicht bringt er etwas Licht ins Dunkel.«

»Ich denke, Sie sollten sich damit anfreunden, dass der Fall abgeschlossen ist«, sagte Ispettore Rossi, als er bereits den Raum verließ.

»Kann ich mitkommen, *Commissario?«*, fragte Vanni, der neben Olivia stand.

»In die Kirche?« Verdutzt schaute Enzo seinen jungen Kollegen an.

»Warum nicht?« Vanni biss in das Gebäck und verzog seinen Mund. »Ganz schön hart das Teil.«

»Klar kannst du mit. Ich hole dich dann.«

Enzo begann mit seinem Abschlussbericht. Erst als sich sein Magen meldete, bemerkte er, wie viele Stunden vergangen waren. Das Einzige, was er gegessen hatte, war dieses pappsüße Teil von Olivia. Enzo dehnte seinen Nacken und versuchte, ein Gähnen zu unterdrücken.

Dann schnappte er seine Anzugjacke und rief durch den Flur nach Vanni Amidei.

In der Kirche knieten oder saßen nur wenige Menschen in den vorderen Reihen. Enzo ging Vanni voran – und obwohl er nicht daran glaubte, hielt er, ehe er die Nische betrat, für einen Moment die Luft an. Beinahe alle Kerzen vor der schönen Madonna waren erleuchtet. Ihr Gesicht war makellos.

»Heute wohl kein Wunder«, seufzte Vanni.

»Commissario, wie schön, Sie hier im Hause Gottes zu sehen!« Don Salvino war zu ihnen getreten und reichte ihm die Hand.

»*Monsignore,* gerade wollte ich zu Ihnen«, erwiderte Enzo und stellte Vanni vor. »Das ist Sonderermittler Amidei.«

»Sie sind also beruflich hier? Wie kann ich Ihnen helfen, *Signori?«* Er lächelte, während er auch Vanni Amidei die Hand gab.

»Ich habe eine traurige Mitteilung für Sie. Ihr Küster Luigi Ruffo hat sich das Leben genommen.« Enzo machte es wie immer kurz und knapp.

»Luigi?« Die Stimme des Pfarrers war eine Spur zu laut. »Aber warum sollte ...«

Enzo unterbrach ihn. »Näheres kann ich Ihnen noch nicht sagen.«

Mit zitternder Hand nahm Don Salvino eine Kerze aus der Pappschachtel und entzündete sie an einer anderen. »Arme Seele. Ruhe in Frieden.«

»Wann haben Sie Luigi Ruffo das letzte Mal gesehen?«, fragte Enzo.

»Das ist zwei Tage her. Was mich wunderte, denn eigentlich war er ein zuverlässiger Mann. Wissen Sie, *Commissario,* man darf die Menschen nicht nach dem Äußeren beurteilen. Und auch nicht nach dem, was sie einmal getan haben. In der Bibel steht: Richtet nicht, dann werdet auch ihr nicht gerichtet werden! Verurteilt niemand, dann werdet auch ihr nicht verurteilt! Vergebt, dann wird auch euch vergeben werden! Luigi hatte zu Gott gefunden und war auf einem guten Weg. Es tut mir sehr leid um ihn. Scheinbar verlassen mich alle, ehe ich selber bald von hier fortgehe.«

»Sie gehen fort?«, fragte Enzo.

»Nun, es obliegt mir nicht, da ich nicht hochnäsig klingen möchte, aber der Herr hat mich zu Höherem berufen.

Ich werde Bischof, obwohl ich hier meine Aufgabe gefunden hatte.«

»Ich gratuliere Ihnen, Eure Exzellenz«, erwiderte Enzo.

»Ich bitte Sie, das ist zu viel der Ehre. Haben Sie denn noch etwas über den Verbleib von Signora Gaeta erfahren? Ich sorge mich sehr um sie«, lenkte Don Salvino von sich ab.

»Leider immer noch nicht. Wir gehen mittlerweile davon aus, dass ihr etwas zugestoßen ist.«

»Ach du liebe Güte. Es vergeht kein Tag, an dem ich nicht für sie bete.«

»Luigi Ruffo und Signora Gaeta, sie haben häufig gestritten. Könnte es sein, dass er etwas mit ihrem Verschwinden zu tun hat?«

»Luigi? Niemals! Das waren doch nur Kindereien. Ich habe sie nicht weiter beachtet. Jeder wollte es besser machen. Glauben Sie mir, mehr war das nicht.«

»Nun, Sie werden es sowieso erfahren. Alle Indizien sprechen dafür, dass Luigi Ruffo der Serienmörder ist, dass er die jungen Leute umgebracht hat.«

»Luigi? Aber das ist nicht möglich! Warum sollte er das getan haben? Sie können sich nur täuschen.«

»Leider nein! Wir haben Beweise. Ist Ihnen denn nichts aufgefallen? Hat er nie etwas zu Ihnen gesagt?« Enzo stockte. »Ich hatte gehofft, dass Sie vielleicht etwas Licht ins Dunkel bringen können.«

»Nein, das schockiert mich sehr. Ich hatte wirklich keinen Verdacht. Ich werde für seine Seele beten. Wie es aussieht, habe ich mich wohl sehr in ihm getäuscht. Sie müssen mich entschuldigen. Es ist nur … es ist sehr traurig, zu erkennen, dass man nicht alle Menschen bekehren kann«, murmelte er und verließ den kleinen Raum.

Vanni blickte ihm nach. »Fast tut er einem leid.«

»Er ist charismatisch.« Enzo dachte an Rosa, wie er sie getröstet hatte, als sie von ihrem Bruder erzählte.

»Beim Thema Charisma gibt es auch durchaus negative Facetten, *Commissario.* Zumindest sagt das mein *Nonno* immer. Dabei zitiert er gerne Oscar Wilde: Alle anziehenden Menschen sind immer im Kern verdorben, denn darin liegt das Geheimnis ihrer sympathischen Kraft. Oder um es mit meinen schlichten Worten zu sagen, *Commissario:* Beim Charisma ist nichts, wie es scheint.«

Enzo lachte Vanni an. »Du überrascht mich immer wieder. Und vielleicht hat dein Großvater da gar nicht mal so unrecht«, erwiderte Enzo in Gedanken bei dem, was der junge Mann gerade gesagt hatte.

»Wie es scheint, werde ich wohl heute hier kein Wunder mehr erleben …« Vanni schaute zur Madonna empor. »Außerdem müsste ich jetzt dringend was zwischen die Zähne kriegen.«

Kapitel 18

Er war gerade mal 20 Jahre alt gewesen und hatte Geld gebraucht. Warum er zum Studieren nach Deutschland gegangen und nicht in Italien geblieben war, wusste er heute nicht mehr zu sagen. Mit diversen Jobs hielt er sich über Wasser, und doch musste er jeden Monat die Miete für das kleine Zimmer über dem Schallplattenladen dieses verrückten Holländers zusammenkratzen. Der Eingang zu seiner Bude lag direkt in der Marktgasse inmitten der Altstadt von Tübingen. In dem engen Treppenhaus ohne Fenster standen unzählige Fahrräder. In seinem Zimmer roch es muffig, egal, wie oft er es auch lüftete. Von allen Seiten drang Lärm auf ihn ein. Von dem Laden unten dröhnte tagsüber beinahe unerträglich laut die Musik, und des Nachts ratschte die Nachbarin an ihrem Webstuhl im Sekundentakt. Dem Ratschen folgten die dumpfen Schläge des schweren Schlagbaums, ein rhythmisches, fast hypnotisierendes Geräusch, das ihm das Lernen auf seine Prüfungen beinahe unmöglich machte. Die schweren Balken knarrten krächzend, das Schiffchen, das sie unentwegt hin- und herjagte, schlug hart gegen das Holz. Eine Pause gab es nur, wenn sie überprüfte, ob der Faden richtig lag. Eines Nachts war er zu ihr hinübergeschlichen und hatte sie durch die Tür, die sie im Sommer offen hielt, beobachtet, wie sie mit nackten Füßen auf die Pedale trat. Sie war nur wenige Jahre älter als er und studierte Kunstgeschichte. Sie war hübsch anzusehen, wie sie vertieft in ihr Tun im spärlichen Licht einer Nachttischlampe den Stoff webte. Die erdbeerroten welligen Haare, die sie nach oben gesteckt hatte, offenbarten ihm einen langen, für ihre Körperfülle ungewöhnlich schmalen Hals. Näher als in dieser Nacht war er ihr nie gekommen, und doch erinnerte er sich noch heute an sie, wie sie, einem barocken Engel gleich, den Teppich webte. Sie war die einzige Frau, für die er jemals mehr als dieses *Nichts* empfunden hatte.

Ein Kommilitone, den er nicht sonderlich gut leiden konnte, sagte ihm, dass dies die einfachste Art war, Geld zu verdienen. »Du gehst hin, machst, was du sowieso jeden Tag machst. Und fertig.« Dabei hatte er obszön gelacht – mit einer eindeutigen Handbewegung. Es war kein Wunder, dass er ihn nicht leiden konnte.

Die Praxis lag in einem kleinen Fachwerkhaus abseits der Touristenpfade in der Nähe der Kliniken. Die Frau an der Rezeption hatte ihn angelächelt, wissend, was er gleich tun würde, und ihm war die Schamesröte ins Gesicht gestiegen. Zuvor musste er einen ganzen Katalog von Fragen beantworten. Fragen nach Haarfarbe: hellbraun, Augenfarbe: helles Blau, Alter: 20. Hobbys und noch vieles mehr.

Dann buxierte sie ihn in einen sterilen Raum, in dem außer einem Fernseher, Sessel und Tisch nichts weiter stand. Er verriegelte die Tür und nahm ein Heft aus dem Zeitschriftenständer. Die Bilder darin waren ekelerregend. Barbusige Frauen mit enormen Brüsten, die vulgär und lüstern in die Kamera gafften. Angewidert steckte er das Heft zurück. Wollten sie ihn damit animieren? Er dachte an die Frau, die gewiss vor der Türe wartete, wartete, bis er endlich so weit war. Reglos saß er auf dem Stuhl. Es kostete ihn Überwindung, sich anzufassen.

Nie hatte er sich für Frauen interessiert. Es gab eine Zeit, da dachte er, dass er schwul sei. Aber auch das war es nicht. Er fühlte einfach überhaupt keinen sexuellen Trieb. Schwänze wie Brüste widerten ihn an. Erst seit ein paar Jahren überkam ihn hin und wieder eine überspringende Lust. Dann fügte er sich Schmerzen zu, bis sein pralles Glied erschlaffte. Die Mönche behalfen sich früher gegen die verwerfliche Fleischeslust mit dem Anaphrodisiakum *Agnus castus* – keusches Lamm. Sie würzten ihre Speisen mit dem Samen des Mönchspfeffers und verteilten die Blumen und Blätter in ihren Betten. Manche hatten gar zu Brom gegriffen und all die Nebenwirkungen in Kauf genommen.

Noch heute, 20 Jahre später, konnte er sich an dieses Gefühl der Ohnmacht erinnern, als er in diesem Raum saß und nicht wusste, wie er es schaffen sollte. Er hatte damals nicht einfach gehen können. Gerettet hatte ihn die Videokassette, die vor dem Fernseher lag. Die Frau darauf erinnerte ihn an seine webende Nachbarin. Er schloss die Augen und dachte an ihre kleinen Füße auf den Pedalen des Webstuhls und ihren langen schmalen Hals. Das Geräusch der Balken. Es dauerte nicht lang, dann griff er nach dem Becher.

Bald darauf hatte er sein Chemiestudium abgebrochen und war nach Rom zurückgekehrt, um Theologie zu studieren. Er hatte das rothaarige Mädchen am Webstuhl zurückgelassen und die Zeit, die er dort verbracht hatte, vergessen.

Bis zu jenem Tag, an dem Ugo Santis bei ihm anrief. Danach war er panisch gewesen. Angewidert und desillusioniert. War es ein Zufall gewesen, dass er wenige Tage zuvor den Brief vom Vatikan erhalten hatte? Nun wurde nach mehr als 20 Jahren alles, was er sich aufgebaut hatte, zunichte gemacht, indem dieser Junge seine Sünde ans Licht brachte.

»Sie sind mein biologischer Vater«, hatte er das unfassbare ausgesprochen. Er versuchte, ihn zu beschwichtigen, sagte ihm, dass er sich täuschte. Aber der junge Mann ließ sich nicht abwimmeln. Sie verabredeten sich, da er wusste, dass der junge Mann nicht aufgeben würde.

Doch viel mehr quälte ihn die Gewissheit, dass Ugo Santis nicht der Einzige war. Er durfte kein Kind haben! Würde es herauskommen, wäre seine Berufung zum Bischof dahin, seine gesamte Existenz wäre vernichtet. Ein Priester – ein Bischof mit unzähligen Kindern? Warum nur hatte er damals in dem kleinen, nach Sperma und Schweiß riechenden Zimmer nicht weiter gedacht?

In seinem Kopf dröhnte eine Stimme, die er nicht hören wollte und doch nicht ignorieren konnte. Sie sagte ihm immerzu, dass sie alle sterben mussten. Sie waren nicht rein, und ihr Blut war verdorben. Sie waren wie eine Frucht, die von innen faulte. So begann er, einen Plan zu schmieden; doch um ihn umzusetzen, brauchte er die Namen der Kinder, seiner Kinder. Als er die Adresse des Arztes, der die künstliche Befruchtung durchgeführt hatte, in Ugo Santis' Geldbeutel fand, schickte er Ruffo. Und nun glaubte die Polizei, dass er der Täter war. Nun musste er nur etwas Zeit verstreichen lassen, dann konnte er sein Werk vollenden. Denn war es nicht einerlei, wie lange er dafür brauchte?

Während er sich in der Sakristei auf den Gottesdienst vorbereitete, hörte er, wie das große Portal immer wieder mit dumpfen Schlägen zufiel. Er lauschte dem Gemurmel der Menschen, die allmählich die Reihen seiner Kirche füllten.

Wer sollte ihm auf die Schliche kommen? Sie hatten den Schuldigen.

Er zählte, wie er es immer tat, die kleinen Knöpfe seiner schwarzen Soutane, die vom Kragen bis hinunter zum Saum die 33 Lebensjahre Christi auf Erden symbolisierten, und bedauerte, das kleine silberne Kreuz verloren zu haben, das er vor fast 20 Jahren zur Priesterweihe bekommen hatte. Seit Tagen suchte er nach der Anstecknadel. Es fiel ihm schwer, die Gewohnheit abzulegen, das Kreuz mehrmals am Tag zu berühren, um dabei ein stummes Gebet zu sprechen. Nun war die Stelle an seinem Revers leer.

Zur Feier der Messe zog er über das weiße Leinengewand die reich bestickte Kasel und zupfte alles zurecht, bis nur noch die Spitzen seiner schwarzen Schuhe unter dem Messgewand hervorragten. Augenblicklich überkam ihn eine tiefe Feierlichkeit. Er verharrte in einem stillen Gebet und dankte dem Herrn für seine Barmherzigkeit.

*

»Wie ich das hasse«, stöhnte Enzo auf und schob die Akten weit von sich. Es war bald 20.00 Uhr, und sie waren immer noch nicht fertig. Müde schaute er zu Olivia, die neben ihm am Besprechungstisch saß und sich Notizen machte. Primo Dirigente Fontanello hatte bereits zweimal nach dem abschließenden Bericht gefragt. Enzo wusste, dass er es nicht länger aufschieben konnte. Vier Tage waren vergangen, seitdem sie Luigi Ruffo tot in seiner Wohnung aufgefunden hatten. Alles war so einfach gewesen – viel zu einfach. Die Beweise sprachen für sich, und dennoch hatte Enzo seinen Vorgesetzten gebeten, noch keine abschließende Pressemeldung und damit noch keine Entwarnung zu geben. Doch es war zwecklos gewesen. Viel zu gerne aalte sich Fontanello im Scheinwerferlicht.

Enzo zog den Stuhl zurück und schaute Olivia nachdenklich an.

»Ich kenne diesen Blick, *Commissario.* Was ist los?«

»Das ist doch merkwürdig. Der bringt sich einfach um.«

»Das hattest du gestern bereits gesagt und vorgestern auch schon. Finde dich damit ab, dass wir den Fall abgeschlossen haben.«

Seit Tagen sortierten sie alles und schrieben Berichte. Primo Dirigente Fontanello prangte strahlend in Uniform gekleidet auf der Titelseite der Tageszeitung. Auf dem YouTube-Video machte er zugegebenermaßen eine gute Figur, und er lobte vor allem die Mordkommission, die, wie er immer wieder betonte, Tag und Nacht an dem Fall gearbeitet hätte. Nur – wie konnte er sich so sicher sein?

Enzo stand auf und nahm die restlichen Bilder von den Pinnwänden.

»Jetzt sind es nur noch ein paar Dinge, die werde ich nachher archivieren, dann sind wir fertig.« Olivia gähnte. »Immer wenn wir einen Fall abschließen, bin ich wie ausgelaugt.«

»Geh nach Hause. Ich kann das auch alleine fertigmachen.« Er hatte bereits Ispettore Rossi und Agente Lupo nach Hause geschickt und hoffte im Stillen, dass Olivia verneinen würde.

»Ist Rosa Santis noch in Florenz?«, fragte Olivia.

»Sie ist seit gestern wieder in Rom. Und weil du mich das sowieso gleich fragen wirst: Morgen fährt sie mit meinen Eltern ins Sommerhaus an den *Lago di Albano.*«

»Hätte ich wahrscheinlich nicht gefragt. Wo sollte sie denn auch sonst hin?«

Enzo wusste nicht, ob sie es ironisch meinte. Aber es war ihm auch egal. Er war hundemüde und wollte das endlich hinter sich bringen.

»Und all das, weil Ugo Santis wissen wollte, wer sein leiblicher Vater ist«, sagte Enzo nach einer Weile.

»Ich kann das gut verstehen. Will nicht jeder wissen, von wem er abstammt? Wenigstens ist der Mörder nicht der Samenspender von den Kindern. Was wäre das für ein Wissen, dass der biologische Vater ein Serienkiller ist?«

»Ich frage mich immer wieder, warum er die anderen Akten mitgenommen hat?«

»Vielleicht hätte er gar nicht aufgehört. Wir kennen seine Gründe nicht.«

»Wir haben bei ihm keine der anderen Akten gefunden. Er hatte es nur auf diese eine Liste abgesehen. Was also macht diese Kinder so anders, so besonders? Und all das passiert, nachdem Ugo Santis den Namen seines biologischen Vaters erfahren hat. Er wird ihn angerufen haben, und wir wissen, dass es nicht Ruffo war. Also Olivia, das stinkt doch zum Himmel. Und Fontanello hat nichts Besseres zu tun, als aller Welt mitzuteilen, dass wir den Täter haben.« – Er hielt inne. »Die Samenbank hat sich noch nicht gemeldet?«

Olivia schüttelte bedauernd den Kopf. »Der Gerichtsbeschluss ist hinfällig. Bisher will auch keines der anderen Spenderkinder die Identität des Spenders erfahren. Das wäre die einzige Möglichkeit gewesen.«

Enzo gab sich vorerst geschlagen.

Es klopfte an der Tür. Vanni Amidei trat ein und übergab Olivia seinen Bericht. »Kannst du da mal bitte drüberlesen? Sind bestimmt noch einige Rechtschreibfehler drin. Ich fühle mich etwas an die gute alte Schulzeit erinnert.« Er verzog sein Gesicht zu einer gequälten Grimasse.

Olivia nickte. »Klar, mach ich.«

»Kann ich noch was helfen?«, wandte er sich an Enzo und setzte sich unaufgefordert an den Tisch. Die Bilder der Toten, die Enzo von den Pinnwänden genommen hatte, lagen ausgebreitet neben Dingen, die sie noch nicht zuordnen konnten oder die sie den Eltern der Opfer zurückgeben wollten. Wortlos zog Vanni ein paar Bilder zu sich heran und betrachtete sie ernst. Dann nahm er einen kleinen Plastikbeutel, in dem sich ein silbernes Kreuz befand.

»Gib mal her, das hatte ich noch gar nicht gesehen.« Olivia nahm Vanni den Beutel aus der Hand.

»Den Ohrring haben wir neben Asuna Kobari auf dem Eis gefunden«, sagte Enzo.

»Wie kommst du darauf? Das ist kein Ohrring! Schau, der Stift ist viel zu dick. Welches junge Mädchen hat denn solche Ohrlöcher?«

»Was sollte es denn sonst sein?« Enzo schaute Olivia fragend an.

Olivia legte die Stirn in Falten. »Ein Anstecker vielleicht.«

»Asunas Eltern wussten nicht, ob er ihrer Tochter gehörte. Aber Signor Kobari sagte auch, dass sie keine Christin war«, überlegte Enzo laut. Sie waren immer davon ausgegangen, dass es ein Ohrring sei, daher waren sie nicht auf die Idee gekommen, dass der Täter ihn am Tatort verloren haben könnte.

»Kann es der Täter am Tatort verloren haben?«, sprach Olivia seine Gedanken aus.

Enzo sah auf den kleinen Plastikbeutel, den Olivia immer noch in der Hand hielt. Ihre Hand zitterte leicht. Er legte seine Hand auf ihre zitternden Finger und spürte, wie sich eine innere Erregung in ihm breit machte. Er hatte einen Fehler gemacht! Nicht Luigi Ruffo war der Täter. Der Pfarrer selbst war es gewesen. Tremor vererbte sich weiter. Das Zittern der Hand des Pfarrers. Rosas Tremor. Er war der Samenspender. Er erinnerte sich an die blauen Augen des Pfarrers.

»Olivia, check, ob er in Tübingen studiert hat!«, zischte Enzo durch die Zähne. »Und veranlasse erneut Personenschutz für die Spenderkinder. Sie sind nicht außer Gefahr.«

»Wer? Wen meinst du?« Olivia sah ihn verwirrt und kreidebleich an.

»Don Salvino!«

»Der Pfarrer?« Vanni war ebenso wie Enzo aufgesprungen.

Enzo rief seine Eltern an. Seit gestern war Rosa aus Florenz zurück.

»Mamma!«, stieß er aus, ehe seine Mutter etwas in den Hörer sagen konnte. »Gib mir Rosa!«

»Sie ist nicht da, Enzo.«

»Wo ist sie?«

»Ich komme gerade mit deinem Vater vom Arzt, und da haben wir den Zettel von ihr gefunden, dass sie in die Kirche gegangen ist.« Die Stimme seiner Mutter klang besorgt. »Was ist los, Enzo?«

Mit einem Schlag wurde ihm übel. »Wenn sie zurückkommt, lass sie nicht raus.« Er hörte sich an, als würde er über einen Hund sprechen, und korrigierte sich. »Sag ihr, dass ich nachher komme, sie soll warten. Bitte, *Mamma,* sie darf die Wohnung nicht mehr verlassen.« Er wusste, dass es überflüssig war. Rosa war bereits zu ihm gegangen und schwebte in Lebensgefahr.

Er rief auf Rosas Handy an. Ließ es endlos klingeln. Dann schrieb er ihr eine Nachricht: Geh nicht in die Kirche, Don Salvino ist der Mörder.

»Olivia, ruf Rossi an, sag ihm, dass er mit Verstärkung in die Kirche kommen soll. Ich gehe schon vor.« Enzo blickte auf Vanni. »Und du gehst mit!«

»Ich? *Yes, Sir!*«, antwortete Vanni aufgeregt.

Unterwegs kam ihnen Agente Galluzzo entgegen. Er führte Bobby an der Leine, der wie immer an Enzo hochsprang.

Enzos Gedanken arbeiteten fieberhaft. Signora Gaeta, vielleicht war sie dem Pfarrer auf die Schliche gekommen. Immer noch fehlte jede Spur von der alten Frau. »Kann ich mir Bobby ausleihen und Sie am besten gleich mit?«, fragte er Agente Galluzzo.

»Bedaure, ich hab eine wichtige Besprechung, aber wenn er mit Ihnen mitgeht. An Ihnen scheint er einen Narren gefressen zu haben.« Er übergab Enzo die Leine. Bobbys Schwanz wedelte wild, als sie die Treppen nach unten gingen.

*

Als er die Tränen sah, entfachten sie in ihm ein Feuer der Wut. Gefolgt von einer unbändigen Furcht. Es war ein Zeichen. Er musste es beenden.

»Signorina Santis, Sie wollten das Wunder sehen«, hatte er in den Hörer gewispert wie der böse Wolf, der mit weicher Stimme ein Geißlein lockte. Er bat sie, zum hinteren Eingang der Kirche zu kommen. Dann verriegelte er das große Portal.

Während er auf sie wartete, schritt er nervös jeden Winkel seiner Kirche ab, ging immer wieder zur Madonna, doch er hatte sich nicht getäuscht. Es war kein Trugbild, keine Einbildung. Erst als er die kleine Türe hinter der Sakristei zufallen hörte, beruhigte er sich. Sie war zu ihm gekommen. Wie das Lamm zur Schlachtbank. Er spürte eine feierliche, fast magische Verbundenheit, als sie sich ihm lächelnd näherte.

»Rosa!« Seine Stimme klang ungewohnt rau. Er räusperte sich und legte seine Hand auf ihre Schulter. Nur ganz leicht, und doch konnte er ihre warme Haut durch die seidene Bluse spüren.

»Buona sera, Don Salvino. Sie sagten, sie weine wieder?«, fragte sie atemlos vor Aufregung.

»Sehen Sie selbst«, erwiderte er und führte sie zur Altarnische.

Fassungslos stand sie vor der Madonna. Dunkelrote Tränen liefen über die Wangen der Statue und tropften auf die marmornen Brüste.

»Sie sieht so unsagbar traurig aus«, flüsterte sie.

Dann schlug er mit der Vase zu. Besinnungslos fiel Rosa zu Boden.

Er trug die junge Frau Richtung Sakristei. Dort betätigte er den Lichtschalter, dass alle Lichter der Kirche erloschen, und nahm die Altarkerze mit in die geheime Kammer.

Mit dem Fuß schob er den in Folie eingepackten Körper, der in der Mitte des Raumes auf dem Boden lag, zur Seite. Signora Gaeta – sie war ihm zu nahe gekommen. Es war an jenem Abend gewesen. Wie so oft hatte sie mit Ruffo gestritten. Er hatte die beiden beobachtet. Wie immer zankten sie sich wegen Nichtigkeiten. Nachdem Ruffo gegangen war, hoffte er, dass auch sie verschwinden würde. Aber sie ging nicht. Sie tastete an der Wand entlang, schnüffelte mit ihrer großen Nase, als hätte sie eine Fährte aufgenommen. Als er sah, dass sie sein geheimes Versteck entdeckt hatte, erwürgte er sie. Hier in der Kammer würde sie niemand finden.

Auch Rosa Santis würde man nicht finden.

Tief schnitt er durch ihre blasse Haut hindurch. Er spürte den Widerstand der Sehnen und die undurchdringliche Härte der Knochen. Gedankenverloren betrachtete er die Bewusstlose und das Blut, das aus ihren Adern floss. Als er ein ungewöhnliches Geräusch vernahm, ging er nach draußen. Auf dem Boden vor der Kammer fand er ihr Handy. Es musste ihr aus der Tasche gefallen sein. Er hob es auf und las auf dem Display die letzte eingegangene Nachricht. *Geh nicht in die Kirche, Don Salvino ist der Mörder.*

*

Enzo rüttelte am Kirchenportal. Es war verschlossen. Er rannte um die Kirche herum und sah ein Fenster, das ebenerdig und groß genug war, dass sie hindurchpassten. Er schlug es ein und half Vanni durch die Öffnung, dann kletterte er selbst hindurch in das Innere der Kirche. Aus Sorge, Bobby könne sich an den bunten Scherben verletzen, hatte er ihn bei geöffneter Hecktür im Wagen gelassen und hoffte, dass er nicht weglaufen würde. Aber es war immer noch warm und er wollte, dass der Hund genug Luft bekam.

Es war das Fenster im Seitenaltar. Schemenhaft erkannte er die Madonnenstatue. Sie standen lautlos im finsteren Raum und lauschten. Enzo legte vorsorglich den Zeigefinger über die Lippen. Dann hörten sie Schritte über den Boden klacken. Jemand war in der Kirche, und der hatte es eilig.

»Du bleibst hier«, zischte er Vanni an, der ihn mit großen Augen anstarrte.

»Was is?«

»Bleib einfach hier«, flüsterte Enzo ihm zu.

Enzo nahm seine Waffe aus dem Holster am Rücken und entsicherte sie. Langsam bewegte er sich den düsteren Seitengang entlang Richtung Altar. Enzo wusste, dass er gerade alle Regeln brach, die er jemals gelernt hatte und die er seinen Leuten immer wieder predigte. Nie im Alleingang. Nie auf eigene Faust. Und schon gar nicht mit einem Sonderermittler, der keinerlei Erfahrung hatte. Von dessen Körpergröße ganz zu schweigen.

Alle Kerzen bis auf das Ewige Licht, das neben dem Tabernakel brannte, waren erloschen. Nur spärlich drang Licht von der Straße durch die Buntglasscheiben. Enzo erreichte das Ende des Ganges. Rechts von ihm lag die angelehnte Türe zur Sakristei. Mit der Schuhspitze stieß er sie auf. Der überkuppelte quadratische Innenraum war leer. Das Messgewand des Pfarrers hing über einem schlichten Holzstuhl.

Warum dauerte es so lange, bis die Verstärkung kam? Von irgendwoher hörte Enzo einen dumpfen Schlag, gefolgt von einem Aufschrei. Vanni schoss es ihm durch den Kopf. Wie hatte er so leichtsinnig sein können, ihn mitzunehmen? Warum hatte er ihn nicht draußen warten lassen? Er eilte zurück zur Altarnische, um zu sehen, was geschehen war, und wurde aus Sorge um seinen Sonderermittler unvorsichtig. Er hielt die Pistole schussbereit. Außer seinem Herzschlag war nichts zu hören. Und doch – da war etwas, er wusste es.

Als er die Nische erreichte, bemerkte er, vielmehr spürte er in der Dunkelheit eine Bewegung. Im nächsten Augenblick bekam er einen so heftigen Schlag auf den Arm, dass er laut aufschrie. Verzweifelt versuchte er noch, seine Pistole festzuhalten. Scheppernd fiel sie auf den Steinboden. Enzo wollte nach ihr greifen, aber der andere war schneller. Im düsteren Licht erkannte er Don Salvino. Er richtete die Pistole auf ihn.

Der Schmerz, als das Geschoss ihn traf, war derart stark, dass er niedersank. Es war das erste Mal, dass er angeschossen wurde. Nur das Bein, stellte Enzo erleichtert fest und hörte, wie sich die Schritte entfernten.

»Vanni«, schrie Enzo in die Dunkelheit. Ihn mitzunehmen, war sein allergrößter Fehler gewesen. »Vanni«, rief er noch einmal, aber er bekam keine Antwort. Er spürte, wie das warme Blut aus der Wunde strömte, und ahnte, dass eine Hauptschlagader getroffen war. Ihm wurde schwarz vor Augen. Alles um ihn herum drehte sich rasant. Enzo versuchte, auf die Beine zu kommen; die Besinnungslosigkeit durfte er nicht zulassen. Er biss die Zähne zusammen und kroch zu Vanni, der bewusstlos am Boden lag. Er befühlte dessen Puls und stellte erleichtert fest, dass er lebte. Er zog sein Handy aus der Tasche, aber er hatte keinen Empfang.

Im gleichen Moment sah er etwas Dunkles über Vanni hinweg durch das Fenster springen. Es war Bobby. Er leckte Enzo winselnd übers Gesicht, dann spitzte er die Ohren und rannte davon.

Enzo rappelte sich auf. In der Ferne hörte er Bobby bellen. Er wusste, dass es klüger wäre, hier einfach sitzen zu bleiben, bis Ispettore Rossi kam. Dennoch. Er nahm seinen Gürtel ab und band ihn oberhalb der Schusswunde um sein Bein. Humpelnd ging er in die Richtung, aus der das Gebell kam.

Bobby stand vor einer Wand in der düsteren Sakristei. Für einen einzigen Augenblick glaubte Enzo, einen feinen hellen Streifen senkrecht der Wand entlang zu erkennen. Hektisch blickte er sich um. Von dem Pfarrer war nichts zu sehen. Enzo kroch zu der Wand und tastete entlang der kalten Mauersteine. Versuchte den Streifen, den er gesehen hatte, zu ertasten. Bobby stand immer noch davor, Enzo streichelte ihn geistesabwesend. Er hatte nicht mehr viel Zeit. »Rosa!«, schrie er verzweifelt durch die Sakristei. Sein Gefühl sagte ihm, dass sie hier irgendwo war. Seine Hände hinterließen eine feuchte Spur auf der Wand. Sein Blut, viel zu viel Blut. Er tastete weiter. Plötzlich spürte er einen Widerstand. Er zog daran, und wie von Geisterhand öffnete sich eine schmale Tür, die zuvor nicht zu sehen war. Enzos Schädel pochte. Er wusste, dass er sich gleich übergeben würde.

Eine Kerze stand auf einem Tisch in der Mitte der Kammer und erleuchtete schemenhaft die Konturen. Auf dem Boden konnte er einen in Folie eingewickelten Körper erkennen. Sein Herz krampfte sich panisch zusammen, weil er glaubte, es sei Rosa; dann sah er sie in einer Ecke sitzen. Den letzten Meter kroch er auf sie zu. Sie weinte. Entsetzt stellte er fest, dass blutige Tränen über ihre Wangen flossen. Überall war Blut. Enzo wusste, was dieser verfluchte Priester getan hatte. Unter Schmerzen zog er sein Hemd aus und wickelte es fest um die fleischigen Wunden an ihren Handgelenken. Dann wischte er ihr das Blut aus dem Gesicht. Es waren keine Tränen, es war Blut von einer Platzwunde an ihrem Kopf. Dann plötzlich fiel sie ihm in die Arme und schluchzte hemmungslos, und als er dachte, dass er sie liebte, wusste er, dass er es ihr ins Ohr geflüstert hatte.

Enzo hörte ein lautes Krachen. Endlich. Sie hatten das Portal aufgebrochen. Erleichtert hörte er Schritte, die über den steinernen Boden der Kirche hallten. Immer noch bellte Bobby vor der Tür. Durch den schwarzen Schleier, der sich vor Enzos Augen gebildet hatte, erkannte er die athletische Statur des Inspektors.

»Schnell einen Krankenwagen«, brüllte Rossi durch die Sakristei. Er nahm Rosa hoch, trug sie aus der Kammer und legte sie einem Helfer in die Arme. Im nächsten Moment war er wieder zurück bei Enzo. »Ein Arzt, schnell«, schrie er und zog den Gürtel fester um das Bein, bis dieser aufschrie. »Nicht so schlimm, *Commissario«,* murmelte er, und Enzo sah an Rossis Gesicht, dass dies wohl nicht ganz stimmte. »Sie haben viel Blut verloren.« Dann hörte er ihn abermals laut nach einem Arzt brüllen.

»Vanni?«, stöhnte Enzo. »Wie geht es Vanni?«

»Er ist bei Bewusstsein, wahrscheinlich nur eine Gehirnerschütterung. Er hat eins über den Schädel bekommen. Aber Sie sehen weniger gut aus.«

Ispettore Rossi brachte Enzo vor die Tür und legte ihn vorsichtig auf den Boden der Sakristei. Sein Blick war besorgt, als sich der Arzt neben ihn kniete.

Zwei Polizisten tauchten auf, gefolgt von zwei weiteren Uniformierten. Sie hielten Don Salvino derart fest gepackt, dass Enzo glaubte, er schwebe über dem Kirchenboden. Einer von ihnen hatte ihm den rechten Arm auf den Rücken gedreht.

»Sie haben ihn beim Hintereingang geschnappt«, sagte Ispettore Rossi.

Enzo sah noch, wie Vanni auf einer Liege an ihm vorbeigeschoben wurde.

Es hätte böse enden können.

»Der Priester«, rief Vanni ihm zu. »*Commissario,* der Priester war's.« Sein Lachen hallte durch die Kirche.

»Das ist das Schmerzmittel, das sie ihm gespritzt haben. War wohl zu viel für ihn«, sagte Rossi und musste Vanni abklatschen.

»Ohne Sie wären wir hier wohl nicht mehr lebend rausgekommen. Ich liebe Sie, *Ispettore.* Wissen Sie, was Vanni bedeutet? Gott ist gnädig.« Die letzten Worte waren kaum mehr zu verstehen. Sie glichen dem Gelalle eines Betrunkenen.

*

Er blickte durch die geöffnete Tür in Rosas Krankenzimmer und sah seine Mutter, die ihr das Haar bürstete. Rosa hielt die Augen geschlossen. Sein Vater legte ihm still eine Hand auf die Schulter: »Sie wird sich schon berappeln. Sie ist eine starke junge Frau. Die Ärzte haben, *grazie a dio,* alle Sehnen wieder zusammennähen können.«

Rosa hob den Kopf. »Enzo, ich habe schon auf dich gewartet.« Er humpelte mithilfe seiner Krücken ins Zimmer, das seine Mutter im gleichen Augenblick verließ. Rosa stand auf und umarmte ihn.

Enzo vergrub sein Gesicht in ihren Haaren.

Sein Vater hatte recht behalten.

Zwei Wochen später traf er Rosa Santis in Rom vor der *Fontana di Trevi.* Sie stand inmitten einer Menschentraube quasselnder und lachender Touristen. Sie sah zu ihm herüber. Ihre Haare hatte sie unordentlich nach hinten gebunden. Sie winkte und kam auf ihn zu.

»Ich habe sicherheitshalber eine Münze in den Brunnen geworfen.«

»Nur eine? Du musst drei Münzen hineinwerfen.« Enzo gab ihr zwei 10-Cent-Stücke und beobachtete sie dabei, wie sie sie hintereinander über die Schulter in das Wasser des Brunnens warf.

Es entschädigte ihn für die am Morgen von Fontanello erhaltene Maßregelung. Obwohl sein Chef mit keinem Wort, das er ihm gegen den Kopf warf, unrecht hatte. Enzo hatte Conte Amidei in Gefahr gebracht und war froh, dass er nur eine Gehirnerschütterung davongetragen hatte. Er hätte es sich nie verzeihen können, wenn ihm Schlimmeres passiert wäre.

Er hatte nicht zu sagen gewusst, weshalb er alle Vorschriften in den Wind geschlagen hatte und sich und Vanni diesem unkalkulierbaren Risiko aussetzte. Seine Vermutung – und zugleich seine Entschuldigung – war, dass er Rosa hatte retten wollte. Enzo hatte sich nie selbst überschätzt, und er musste auch niemandem etwas beweisen. Hier war ihm jedoch alles aus dem Ruder gelaufen.

»Es tut mir aufrichtig leid, *Primo Dirigente*«, sagte er nach der erhaltenen Standpauke.

»*Va bene, va bene,* schon gut, gehen Sie jetzt und – Sie haben das ja doch ganz gut gemacht. Sie und Ihr Team.«

Fontanello erwähnte mit keinem Wort, dass er selbst voreilig gehandelt und alle anderen Kinder damit in Gefahr gebracht hatte.

»Warum drei Münzen. Um auf Nummer sicher zu gehen?«, fragte Rosa und holte ihn in die Gegenwart zurück.

»Wahrscheinlich«, antwortete Enzo und verschwieg ihr den wahren Grund. Eine Münze bedeutete, dass man nach Rom zurückkehrte. Zwei, dass man sich verliebte, und drei, dass man innerhalb eines Jahres heiratete.

»Wie geht es dir?«, fragte sie und strich mit ihren Fingern über seine Hand, die die Krücke umschloss.

»Gut. Jetzt gut.« Als er sie lächeln sah, wusste er, dass sie verstanden hatte, wie er es meinte.

»Mir auch«, erwiderte sie. Eine Pause entstand. Er hatte ihr so viel zu sagen und stand nun schweigend vor ihr. Aber sie hatten noch Zeit, sie würde nicht fortgehen. Dieses Mal wollte er alles richtig machen.

»Stell dir vor, Professore Rinaldi hat uns in Albano besucht. Er hat mir Ugos Arbeiten gebracht. Wie konntet ihr diesen netten Mann jemals verdächtigen?« Sie schaute Enzo tadelnd an. Noch ehe er etwas erwidern konnte, sprach sie weiter. »Er wollte lediglich eine kleine Statue behalten. Er hat mich darum gebeten. Und dann«, sie lachte auf, »hat er mich gefragt, ob ich nicht auch zeichnen könne. Was ich leider verneinen musste. Von dieser Begabung hat wohl alles mein lieber Bruder abbekommen.«

Sie klang beschwingt. Niemals durfte sie erfahren, von wem Ugo das Talent geerbt hatte. In der Wohnung des Pfarrers hatten sie nicht nur die fehlenden beiden Akten gefunden, die Ruffo für ihn bei Dottore Pandolfi gestohlen hatte, sondern auch Zeichnungen. Professore Rinaldi hätte seine Freude an ihnen gehabt. Abgebildet waren Dämonen, Fratzen, die das ganze Ausmaß dieser kranken Seele offenbarten. Don Salvino malte mit der Asche des Weihrauchs – und mit Blut, wie Bastinos Analyse ergab. Ein Bild war Enzo besonders in Erinnerung geblieben: der schmale weiße Nacken einer Frau, die aus blutroten Fäden ein Gewand webte. Einer der mit Blut gemalten Fäden war um ihren Hals gewickelt und schnitt ihr durch die Kehle.

*

»Nur persönlich«, sagte der Postbote, der vor Olivias Schreibtisch stehen geblieben war. »Sind Sie Signora Olivia Greco?«

Olivia zeigte ihm ihren Ausweis. Dann überreichte er ihr das unscheinbare Päckchen. Es kam aus Dänemark. Sie hatte es tatsächlich getan. Der Mops.

Epilog

Ispettore Rossi stütze Enzo, als sie die Stufen zur Kirche emporgingen. Dicht gefolgt von Olivia Greco, Vanni Amidei und Agente Gabriella Lupo. Im gleichen Moment, als sie das Portal erreichten, fuhr Federico mit Dottore Bastino vor und parkte verbotenerweise auf dem Gehweg.

Gemeinsam betraten sie die Kirche und schritten zielstrebig zum Seitenaltar.

»Komisches Gefühl«, sagte Vanni ernst, und Enzo verstand, was er meinte.

Zu aller Erstaunen war der Sockel, auf dem die Statue gestanden hatte, leer.

Ein Mann in schwarzer Soutane trat zu ihnen. *»Signore, Signori?* Kann ich Ihnen vielleicht helfen?« Er lächelte.

»Wir sind von der Polizei und wollten die Madonna sehen«, sagte Dottore Bastino ohne Umschweife.

»Ah, die Polizei. Ich bin Don Alfredo, der neue Pfarrer dieser Gemeinde. Sie wissen ja, was hier passiert ist?«

»Nur zu gut«, antwortete Vanni mürrisch und betastete das Pflaster auf seiner Stirn.

»Es tut mir leid, aber ich befürchte, dass Sie sich umsonst die Mühe gemacht haben. Die Madonnenstatue wird restauriert. Sie haben sie um wenige Minuten verpasst, eben wurde sie freundlicherweise von einigen Herren abgeholt.«

Sein Blick war nicht zu deuten.

»Das ist doch seltsam«, sagte Ispettore Rossi, als sie in die Sonne hinaustraten.

»Vor allem sah die Statue kein bisschen angegriffen oder beschädigt aus«, meinte Vanni.

»Sie war makellos«, fügte Enzo hinzu.

In einer kleinen Seitengasse neben der Kirche bemerkten sie im gleißenden Licht der Sonne vier Männer in schwarzen Anzügen. Sie trugen eine helle Kiefernholzkiste, die an einen Sarg erinnerte, und schoben sie in einen schwarzen Lieferwagen mit dunkel verspiegelten Glasscheiben.

»SCV«, las Agente Lupo die schwarzen Lettern auf dem weißen Autokennzeichen. *»Status Civitatis Vaticanae* – wird wohl im Vatikan restauriert.«

»Wisst ihr«, begann Dottore Bastino, »dass es gerade mal 500 Autos mit diesem Kennzeichen gibt? Die der Kardinäle habe rote Buchstaben, und die Dienstfahrzeuge des Papstes lauten immer *SCV 1.«*

»Hört sich ja an wie *Air force One.«* Vanni lachte über seinen eigenen Witz.

»SCV – heißt das nicht *Se Christo vedesse,* und in umgekehrter Reihenfolge *Vi caccerebbe subito.* Wenn Christus das gesehen hätte, würde er euch sofort zum Teufel jagen.« Jetzt war es Rossi, der über seinen Witz lachte.

Enzo verzog sein Gesicht zu einem Lächeln. »Ich frage mich ... also wenn der Vatikan an der Statue interessiert ist ...«, er unterbrach sich.

»Was dann, *Commissario?«,* fragte Dottore Bastino.

»Es ist absurd, das wisst ihr«, sagte Enzo. »Ein Wunder wird es bestimmt nicht sein.« Längst war er sich nicht mehr so sicher mit dem, was er sagte. Rosa hatte ihm erzählt, dass auch sie die Tränen gesehen hatte, ehe Don Salvino sie niedergeschlagen hatte.

»Jeder Mensch braucht Wunder, *Commissario«,* erwiderte Rossi.

»Es ist schwer, an Wunder zu glauben, außer man sieht oder erlebt eines. *Commissario,* Sie haben es doch gesehen«, erwiderte Agente Lupo. »Warum also zweifeln?«

»Der Vatikan entscheidet, was ein Wunder ist und was nicht. Die haben richtige Regeln dafür«, sagte Olivia Greco, die ihre neue Brille gegen eine Sonnenbrille austauschte.

»Mein *Nonno,* ihr wisst schon, der liebt ja so Sprüche. Als ich noch etwas kleiner war«, Vanni lachte laut auf, »also, ich meine, als ich noch jünger war, da sagte er immer zu mir: *Du musst an Wunder glauben, damit sie geschehen.«* Während er sprach, zündete er sich mit einem goldenen Feuerzeug eine Zigarette an.

»Kluger Mann, dein Großvater«, erwiderte Rossi. »Und hey, du weißt, die Dinger bringen dich um, Vanni.«

»Vielleicht darf es einfach keine Wunder mehr geben auf dieser Welt. Denn Wunder bedeuten doch, dass es etwas gibt, das mächtiger ist als der Mächtigste«, sinnierte Dottore Bastino. »Das würde bestimmt dem einen oder anderen nicht gefallen.«

Federico, Bastinos bärtiger Sektionsgehilfe, mischte sich ein. »Die Spurensicherung hat uns ein Taschentuch aus Luigi Ruffos Wohnung zur Analyse gegeben. AB negativ. Ruffo hatte Blutgruppe 0. Also haben wir mal überprüft …« Bastino unterbrach ihn.

»Um es kurz zu machen: Das Blut vom Taschentuch ist identisch mit der Probe von den *Tränen der Madonna.«*

»Das ist leicht zu erklären. Signora Gaeta hatte den Küster damals angewiesen, die Tränen von der Statue zu wischen. Erinnern Sie sich, Ispettore Rossi? Er wird dafür sein Taschentuch verwendet haben«, erwiderte Enzo.

»Enzo, es ist zu viel Blut. Das ganze Taschentuch ist voll davon. Es ist quasi blutgetränkt, er hat öfter als ein paarmal die Tränen abgewischt.«

Der Lieferwagen fuhr gemächlich an ihnen vorbei.

»Da fährt sie dahin, und wir werden es wohl nie erfahren«, seufzte Olivia Greco.

»Aber eines ist sicher, ohne die *Tränen der Madonna* hätten wir diesen Fall niemals gelöst. Und das allein würde ich schon mit einem Wunder gleichsetzen«, meinte Rossi.

Enzo musste ihm wohl oder übel beipflichten. Wenn sie damals nicht mit Signora Gaeta in die Kirche gegangen wären, wären alle Kinder von Don Salvino mittlerweile tot.

Und so endete der Fall dort, wo alles begann.

Pasta al Forno

Lieblingsessen von Commissario Enzo Leone.
In Neapel hat jedes Quartier, ja sogar jede Familie, ihr eigenes Rezept für *Pasta al Forno.*
Die einen nehmen Knoblauch in den *Sugo,* die anderen nicht; der eine bevorzugt Sellerie, der andere Karotten, der dritte nichts von beiden. *Pasta al Forno* kann mit oder ohne Béchamelsauce aufgeschichtet werden, auch die Eier kann man weglassen. Vegetarier können auf die Fleischbällchen *(Polpettine)* verzichten.
Hier das Rezept meiner *Nonna,* die 1948 von einem Dorf im *Apennin* mit ihren fünf kleinen Kindern nach Rom kam, um dort neu anzufangen.

Zutaten für 4–6 Personen

- 400 g Rigatoni oder Tortiglioni
- 300 g Mozzarella
- 3 hartgekochte Eier
- ein paar Blätter Basilikum
- 2 Esslöffel geriebener Parmesankäse
- Salz

Für die Tomatensauce (Sugo)

- 1 l passierte Tomaten
- 1 kleine Zwiebel

- 2 Esslöffel Olivenöl
- ein paar Blätter Basilikum
- Salz, Pfeffer

Für die Polpettine (Fleischbällchen)

- 150 g Rinderhackfleisch
- 1 kleines Eiweiß
- 1 Teelöffel Semmelbrösel
- 1 Teelöffel geriebener Parmesankäse
- etwas klein gehackte glatte Petersilie
- Salz
- Olivenöl zum Anbraten

Für die Béchamelsauce

- 300 ml Milch
- 25 g Butter
- 25 g Mehl
- Salz, Pfeffer, Muskatnuss

Zubereitung

Den Mozzarella in kleine Würfel schneiden und abtropfen lassen.
Die hart gekochten Eier (10 Minuten) klein schneiden.

Sugo

Die Zwiebel klein hacken und in etwas Olivenöl goldgelb bräunen. Passierte Tomaten, ein halbes Glas Wasser, Salz, Pfeffer und Basilikum dazugeben und das Ganze 15 Minuten auf leichter Flamme abgedeckt köcheln lassen. Beiseitestellen und abkühlen lassen.

Polpettine (Fleischbällchen)

Alle Zutaten miteinander vermischen. Die Masse eine Weile ziehen lassen (ca. 20 Minuten). Danach mit den Händen kleine Kugeln (etwas größer als Murmeln) formen. In einer Pfanne in heißem Olivenöl ca. 4 Minuten von allen Seiten anbraten.

Béchamelsauce

Butter in einem Topf zerlassen, nach und nach das Mehl dazugeben und bei geringer Hitze anschwitzen. Das Mehl darf dabei nicht braun werden. Die Milch langsam unter ständigem Rühren (Schneebesen verwenden!) dazugeben. Salz, Pfeffer und Muskatnuss nach Belieben hinzufügen. Bei mittlerer Temperatur 10 Minuten köcheln lassen. Immer wieder umrühren. Danach abgedeckt stehen lassen. Am besten Frischhaltefolie direkt auf die Béchamelsauce legen, damit sich keine Haut bildet.

Fertigstellung

Nudeln in der Hälfte der angegeben Zeit in kochendem Salzwasser kochen. Nudelwasser durch ein Sieb abgießen und die Nudeln in den Topf zurückgeben. Die Hälfte der Tomatensauce dazu geben und mit 1 Esslöffel geriebenem Parmesan vermischen. Nun die Fleischbällchen dazugeben und unterrühren. Noch 2 Esslöffel Sauce hinzufügen und alles gut verrühren. (Die restliche Sauce brauchen wir noch.)

Backofen auf 180 Grad Umluft vorheizen.
In eine Auflaufform etwas Sugo geben und auf dem Boden verteilen. Dann eine Schicht Nudeln darübergeben. Darauf die Hälfte des Mozzarella und der klein geschnit-

tenen Eier verteilen. Darüber ein paar Kleckse Béchamelsauce, etwas geriebenen Parmesan und ein paar Basilikumblätter geben.
Die nächste Schicht einfüllen wie oben: Nudeln, Mozzarella, Ei, Béchamelsauce, Parmesan, Basilikum. Achtung: Vom Mozzarella nicht alles nehmen, etwa 50 g werden noch gebraucht.
Nun noch einmal eine Schicht mit Nudeln dazugeben. Anschließend kommt der übrige Sugo darüber, zusammen mit etwas Parmesan und Basilikum.

Die Pasta al Forno in den Ofen schieben und etwa 30 Minuten backen.
Nach 25 Minuten den restlichen Mozzarella auf die Pasta legen und auch ein wenig Parmesan darüberstreuen. Die letzten 5 Minuten die Pasta al Forno unter den Grill stellen.
Aus dem Ofen nehmen und sofort servieren.

Buon appetito!